COLLECTION JULES VERNE

COLLECTION JULES VERNE
BAND 18

Das Land der Pelze

Band 2

Pawlak Taschenbuch Verlag, Berlin, Herrsching

Nachdruck mit freundlicher Genehmigung des
Verlages A. Hartleben, Inh. Dr. Walter Rob, Wien I.
Die Vorlagen für die Umschlagillustrationen der
Collection Jules Verne sind Jules Verne Bänden,
erschienen im A. Hartleben's Verlag, Wien, entnommen.
Umschlaggestaltung: Bine Cordes, Weyarn
Die Orthographie wurde der heutigen Schreibweise angeglichen.

Gesamtherstellung: Elsnerdruck GmbH, Berlin
Printed in Germany
ISBN: 3-8224-1018-7

Inhalt

Erstes Kapitel

Ein schwimmendes Fort

Das von Jasper Hobson an der Grenze des Polarmeeres gegründete Fort-Esperance war von seiner Stelle gewichen! Verdiente der mutige Agent der Kompanie deshalb einen Vorwurf? Nein, jeder andere hätte sich dabei ebenso getäuscht. Keine menschliche Vorsicht hätte vor einer solchen Zufälligkeit schützen können. Er hatte auf Felsen zu bauen geglaubt und hatte nur – auf Sand gebaut.

Dieser die Halbinsel Victoria bildende Teil des Landes, welchen die genauesten Karten des englischen Amerika an das Festland anfügten, hatte sich nun plötzlich davon getrennt. Im Grunde bestand diese Halbinsel nur aus einem ungeheuren Eisfelde von etwa hundertundfünfzig Quadratmeilen Oberfläche, dem allmähliche Anschwemmungen nach und nach das Aussehen eines festen Landes, welchem weder die Vegetation noch der Humus fehlte, erteilt hatten. Seit undenklichen Jahrtausenden mit dem Ufer verbunden, hatte die Erderschütterung am 3. Januar seine Bande zerrissen, und aus der Halbinsel war eine Insel, aber seit drei Monaten eine umherschwimmende geworden, welche die Strömungen auf dem Arktischen Ozean hinwegführten.

Ja, ein Eisfeld war es nur, das Fort-Esperance nebst seinen Bewohnern davontrug! Jasper Hobson hatte es sogleich begriffen, daß die Veränderung der beobachteten Breite nicht anders zu erklären war.

Der Isthmus, d. h. die Landzunge, welche die Halbinsel Victoria mit dem Kontinent verband, war offenbar durch die Kräfte unterirdischer Konvulsionen infolge der vor einigen Monaten stattgefundenen vulkanischen Eruption gebrochen. Solange dann der Winter noch anhielt und das Meer unter dem strengen Frost fest blieb, veranlaßte dieser Bruch keinerlei Änderung in der geographischen Lage der Halbinsel. Als aber das Tauwetter kam und das Eis unter den Sonnenstrahlen zusammenschmolz, als die Schollen in das freie Meer hinausgetrieben wurden und hinter dem Horizont verschwanden, als endlich das ganze Meer frei wurde, geriet auch dieses ganze Gebiet, das auf eisigem Untergrund lagerte, mit seinen Wäldern, seinen Küsten und seinem Vorgebirge, der Lagune im Inneren unter dem Einfluß einer unbekannten Strömung in Abweichung. So war es nun schon während einiger Monate dahingeschwommen, ohne daß die Überwinternden, die sich gelegentlich ihrer Jagden niemals weit von Fort-Esperance entfernten, es hätten bemerken können. Ein Merkzeichen war nicht vorhanden, da die dicken Dünste kaum einen Fernblick auf einige Meilen gestatteten, und hatte auch die Unbeweglichkeit des Bodens weder den Leutnant Hobson, noch seine Genossen wahrnehmen lassen, daß sie aus Festlandbewohnern zu Insulanern geworden waren. Zu verwundern blieb es, daß sich die Lage der Insel hinsichtlich der Himmelsgegenden trotz ihrer Abweichung nicht geändert hatte, was jedenfalls auf ihre Ausdehnung und die Geradlinigkeit des Stromes, dem sie folgte, zurückzuführen war. Denn es liegt auf der Hand, daß ein Wechsel der Hauptpunkte des Kap Bathurst durch eine Drehung der Insel, wenn also etwa die Sonne oder der Mond an anderen Stellen als früher auf- oder untergegangen wären, von Thomas Black, Jasper Hobson, Mrs. Paulina Barnett oder irgend jemand anderem bemerkt worden sein müßte. Aus irgendeinem Grunde aber ging die Ortsveränderung parallel den Längengraden der Erde vor sich, und obgleich sie vielleicht eine schnelle sein mochte, wurde man sie doch nicht gewahr.

Obgleich Jasper Hobson den Mut, das kalte Blut und die moralische Energie seiner Begleiter durchaus nicht bezweifelte, zögerte er doch, ihnen die volle Wahrheit mitzuteilen. Ihnen über die jetzige Lage Aufklärung zu geben, mußte ja immer noch Zeit sein, wenn man sich selbst erst ordentlich darüber klargeworden war. Zum Glück verstanden diese braven Männer, Soldaten und Werkleute, wenig von astronomischen Beobachtungen noch von geographischer Länge und Breite, und aus der seit einigen Monaten stattgefundenen Lageveränderung der Insel konnten sie die ernsten Schlußfolgerungen nicht ziehen, welche Jasper Hobson so vollberechtigt in Unruhe versetzten.

Der Leutnant raffte mit dem Entschluß, so lange als möglich zu schweigen und eine Situation, welche er doch nicht zu ändern imstande war, zu verheimlichen, alle seine Energie zusammen. Mit einer äußersten Anstrengung des Willens, welche aber Mrs. Barnett keineswegs entging, suchte er seiner selbst Herr zu werden und tröstete den unglücklichen Thomas Black, welcher sich klagend die Haare raufte, nach besten Kräften.

Der Astronom seinerseits ahnte den Vorgang, dessen Opfer er geworden war, noch keineswegs.

Da er nicht, wie der Leutnant, die Eigentümlichkeiten des Territoriums beobachtet hatte, kam er zu keinem Einsehen und grübelte über nichts, als über das unselige Faktum, daß an jenem Tag der Mond zur vorausberechneten Stunde die Sonne nicht vollkommen bedeckt habe. Welches war aber sein natürlicher Gedankengang! Daß die Ephemeriden zur Schande der Observatorien falsch seien, und daß diese so ersehnte Sonnenfinsternis, seien Thomas Blacks Sonnenfinsternis, zu deren Beobachtung er um den Preis so vieler Strapazen so weit hergekommen war, für diese Zone des Erd-Sphäroides unter dem siebzigsten Parallelkreise überhaupt nicht »total« gewesen wäre? Nein! Das hätte er nie zugegeben! Niemals! Deshalb war auch seine Enttäuschung so groß und mußte es sein. Aber Thomas Black mußte doch bald die Wahrheit erfahren.

Jasper Hobson hatte indessen seine Leute glauben lassen, daß die nicht eingetroffene Sonnenfinsternis nur den Astronomen interessiere und sie selbst nichts angehe. Daraufhin hielt er sie zur Wiederaufnahme ihrer Beschäftigungen an. In dem Augenblick aber, als sie den Gipfel des Kap Bathurst verlassen und nach der Faktorei zurückkehren wollten, blieb Korporal Joliffe plötzlich stehen.

»Herr Leutnant«, sagte er, näher tretend und die Hand an der Mütze, »dürfte ich eine Frage an Sie richten?«

»Gewiß, Korporal«, antwortete Jasper Hobson, der

nicht recht wußte, wohinaus sein Untergebener ziele; »sprechen Sie!«

Der Korporal sprach aber nicht; er zauderte, so daß ihn seine kleine Frau mit dem Ellbogen stieß.

»Nun, Herr Leutnant«, begann er zögernd, »es handelt sich um diesen siebzigsten Breitengrad. Habe ich recht verstanden, so befinden wir uns nicht an der Stelle, welche Sie annahmen . . .«

Der Leutnant zog die Augenbrauen zusammen.

»In der Tat«, antwortete er ausweichend, ». . . wir haben uns in unserer Rechnung getäuscht. Unsere erste Beobachtung ist falsch gewesen. Aber inwiefern kann Sie das beunruhigen?«

»Ei, es handelte sich dabei um den Sold«, erwiderte der Korporal, der eine sehr pfiffige Miene annahm. »Sie wissen selbst, der uns von der Kompanie versprochene doppelte Sold . . .«

Jasper Hobson atmete auf. Seine Leute hatten wirklich, wie man sich erinnern wird, für den Fall der Überschreitung des siebzigsten Breitengrades ein Anrecht auf erhöhte Löhnung. Korporal Joliffe, der immer seinen Vorteil im Auge hatte, betrachtete die ganze Angelegenheit als eine Geldfrage, und konnte also befürchten, daß der ausgesetzte Preis noch nicht erworben sei.

»Beruhigen Sie sich, Korporal«, antwortete lächelnd Jasper Hobson, »und beruhigen Sie Ihre braven Kameraden. Unser wirklich unerklärbarer Irrtum gereicht Ihnen nicht zum Nachteil. Wir befinden uns nicht unter, sondern über dem siebzigsten Grad, und folglich bleibt Ihnen der doppelte Sold gesichert.«

»Ich danke, Herr Leutnant«, sagte der Korporal, dessen Gesicht wieder freudig erglänzte, »ich danke Ihnen. Es ist nicht darum, daß man am Gelde hinge, aber das verdammte Geld hängt uns so sehr an.«

Korporal Joliffe und seine Kameraden begaben sich hierauf wieder, ohne eine Ahnung der schrecklichen und sonderbaren Veränderung der Natur und der Lage des Gebietes, an ihre Arbeit. Auch Sergeant Long wollte eben nach der Faktorei zurückkehren, als Jasper Hobson ihn aufhielt.

»Bleiben Sie, Sergeant Long!« rief er.

Der Unteroffizier machte rechtsum kehrt und erwartete, was der Leutnant ihm zu sagen habe.

Die einzigen jetzt noch auf dem Vorgebirge befindlichen Menschen waren Mrs. Paulina Barnett, Madge, Thomas Black, der Leutnant und der Sergeant. Seit der Entdeckung gelegentlich der Sonnenfinsternis hatte die Reisende noch kein Wort gesagt. Nur mit den Augen fragte sie Jasper Hobson, welcher ihr auszuweichen suchte. Das Gesicht der mutigen Frau zeigte aber mehr Erstaunen als Unruhe. Sah sie jetzt schon klar? War der Schleier vor ihren Augen ebenso schnell gefallen wie vor denen Jasper Hobsons? Auf jeden Fall verhielt sie sich ruhig und stützte sich auf Madge, deren Arm sie umschlang.

Der Astronom lief immer hin und her; er konnte an keiner Stelle ausdauern; sein Haar war verwirrt; er schlug die Hände zusammen und ließ sie wieder sinken. Mancher Ausruf der Verzweiflung entrang sich seinen Lippen, und gegen die Sonne ballte er die Faust, während er ihr, ohne zu bedenken, wie er sich schaden könne, frei entgegen sah.

Nach einigen Minuten schien sich seine innere Aufregung zu legen. Er bekam die Sprache wieder, und mit gekreuzten Armen, wutflammenden Blicken und unheildrohender Stirn pflanzte er sich quer vor Leutnant Hobson.

»Jetzt haben wir zwei es miteinander zu tun«, rief er, »wir zwei, Sie, Herr Agent der Hudsons-Bai-Kompanie!«

Diese Worte, deren Ton und seine Haltung sahen einer Herausforderung sehr ähnlich. Jasper Hobson wollte darauf kein Gewicht legen und begnügte sich, den armen Mann, dessen ungeheure Enttäuschung er sich wohl vorstellen konnte, ruhig anzusehen.

»Herr Hobson«, fuhr Thomas Black mit schlecht verhehltem Zorn in seinem Ton fort, »wollen Sie mir nun wohl sagen, was das alles bedeutet? Ist das eine Mystifikation Ihrerseits? In dem Falle, mein Herr, würde sie ihre Wirkung auch noch weiter, als nur auf mich, äußern, und Sie dürften sie zu bereuen haben!«

»Was wollen Sie damit sagen, Herr Black?« fragte ganz gelassen Jasper Hobson.

»Ich will damit sagen, mein Herr, daß Sie sich verpflichtet hatten, Ihr Detachement an die Grenze des siebzigsten Breitengrades zu führen . . .«

»Oder darüber hinaus, Herr«, fügte Jasper Hobson hinzu.

»Darüber hinaus, Herr«, schrie Thomas Black, »was hatte ich denn darüber hinaus zu suchen? Um diese Finsternis zu beobachten, durfte ich mich nicht aus dem kreisförmigen Schatten, der sie begrenzt, hinausbegeben, und der hier im britischen Amerika innerhalb des siebzigsten Breitengrades liegt, jetzt sind wir aber drei Grad darüber hinaus!«

»Jawohl, Herr Black«, erwiderte Jasper Hobson immer gelassen, »wir haben uns getäuscht, das ist eben alles!«

»Das soll alles sein!« rief der Astronom, den die Gelassenheit des Leutnants noch mehr erregte.

»Ich mache Sie überdies darauf aufmerksam«, fuhr Jasper Hobson fort, »daß, wenn ich mich täuschte, Sie, Herr Black, diesen meinen Irrtum geteilt haben, denn nach unserer Ankunft bei Kap Bathurst haben wir zusammen, Sie mit Ihrem Instrument, ich mit dem meinigen, die Breitenlage desselben bestimmt. Sie können mich also nicht für einen Beobachtungsfehler verantwortlich machen wollen, der Sie ebenso schwer trifft!«

Diese Anwort entriß Thomas Black alle Waffen, und trotz seiner Erregung hatte er nichts dawider vorzubringen. Es gab eben keine Entschuldigung!

War ein Fehler vorgekommen, so war er schuldig, er selbst auch. Was würde man aber im gelehrten Europa, auf dem Observatorium in Greenwich von einem Astronomen denken, der so ungeschickt war, sich bei einer Aufnahme der geographischen Breite zu täuschen? Ein Thomas Black beging einen Fehler von drei Grad bei Beobachtung der Sonnenhöhe, und das unter welchen Verhältnissen? Hier, wo die genaue Bestimmung der Parallele zur Beobachtung einer totalen Sonnenfinsternis, welche erst nach langer, langer Zeit wiederkehrte, so besonders nötig war! Thomas Black war von nun an ein entehrter Gelehrter!

»Aber wie in aller Welt«, rief er endlich, und raufte sich von neuem das Haar, »wie habe ich mich nur so sehr irren können? Ich weiß also mit keinem Sextanten mehr umzugehen, ich verstehe keine Winkel zu berechnen – ich bin eben mit Blindheit geschlagen! Und wenn es so ist, ist es am besten, mich überhaupt hier von dem Vorgebirge herabzustürzen . . .«

»Herr Black«, fiel Jasper Hobson mit ernster Stimme ein, »klagen Sie sich nicht an, Sie haben keinen Beobachtungsfehler begangen, und haben sich keinen Vorwurf zu machen!«

»Also Sie allein . . .«

»Ich trage nicht mehr Schuld als Sie. Hören Sie mich freundlichst an, ich bitte Sie, und Sie auch, Madam«, sagte er, sich an Mrs. Barnett wendend, »Sie auch Madge, und auch Sie, Sergeant Long. Ich verlange von Ihnen allen zunächst nur das eine, die vollkommenste Geheimhaltung dessen, was ich Ihnen mitteilen werde. Es ist unnütz, die Genossen unseres Winterlagers zu erschrecken und zur Verzweiflung zu bringen.«

Die Zuhörer dieser Worte hatten sich dem Leutnant genähert. Sie antworteten nicht, aber es erschien wie eine stillschweigende Übereinkunft, die erwartete Mitteilung geheimzuhalten.

»Meine Freunde«, sagte Jasper Hobson, »als wir vor nun einem Jahr an dieser Stelle des britischen Amerika anlangten und die Lage des Kap Bathurst aufnahmen, befand es sich genau unter dem siebzigsten Breitengrad, und wenn es diesen jetzt um drei Grad nach Norden zu überschritten hat, so liegt das daran, daß es von seiner Stelle – abgewichen ist.«

»Abgewichen?« rief Thomas Black, »das erzählen Sie anderen, mein Herr! Seit wann weicht denn ein Kap ab?«

»Und doch ist es an dem«, entgegnete ernsthaft Leutnant Hobson. »Diese ganze Halbinsel Victoria ist nichts als eine Eisinsel. Das Erdbeben hat sie von der Küste losgerissen, und nun entführt sie eine der großen arktischen Strömungen ...«

»Wohin?« fragte Sergeant Long.

»Wohin es Gott gefällt!« antwortete Jasper Hobson.

Die Genossen des Leutnants verharrten in tiefem Schweigen. Unwillkürlich wandten sich ihre Blicke nach Süden, über die weiten Ebenen hinaus, und nach der Seite des zerrissenen Isthmus hin, doch von der Stelle, die sie einnahmen, konnten sie, außer im Norden, den Meereshorizont nicht wahrnehmen, der sie jetzt von allen Seiten umschloß. Wäre Kap Bathurst um einige hundert Fuß höher über dem Meere gewesen, so hätte ihr Blick wohl den ganzen Umfang ihres Gebietes umfassen und ihnen beweisen können, daß es sich in eine Insel verwandelt hatte.

Wohl krampfte sich ihnen das Herz zusammen, wenn sie Fort-Esperance betrachteten und seine Bewohner, welche vom Lande weg in die offene See trieben und mit jenem ein Spiel der Winde und Wellen geworden waren.

»Auf diese Weise also«, sagte da Mrs. Barnett, »erklären sich alle die sonderbaren Erscheinungen, welche Sie auf diesem Lande bemerkten?«

»Ja, Madam, diese Halbinsel oder jetzt vielleicht Insel Victoria, welche wir für unerschütterlich fest betrachteten, ist nur ein ungeheures Eisfeld, welches jahrhundertelang an das amerikanische Festland geschmiedet war. Nach und nach wehte der Wind Sand und Erde darauf und verstreute die Samen, aus denen der Wald und die Moose entstanden sind. Aus den Wolken stammte das süße Wasser der Lagune und des kleinen Baches. Die Vegetation hatte das Aussehen der Oberfläche verändert. Aber unter diesem See, unter der Erde, unter dem Sand und unter unseren Füßen erstreckt sich ein Eisboden, der vermöge seiner spezifischen Leichtigkeit auf dem Meer schwimmt. Ja, ein Eisfeld ist es, das uns trägt und das uns davonführt, und daher kommt es auch, daß wir während unseres Aufenthaltes hier weder einen Kiesel noch sonst einen Stein gefunden haben. Daher kommen diese schroff abfallenden Ufer, daher die seltsame Erscheinung, daß wir bei der Anlage von Rentiergruben zehn Fuß unter dem Erdboden auf Eis trafen, daher endlich die Unmerkbarkeit der Flut an der Küste, weil das steigende und fallende Wasser die Insel gleichmäßig hob und senkte.«

»Wahrlich, jetzt erklärt sich alles, Herr Hobson«, fiel Mrs. Paulina Barnett ein, »und Ihre Ahnung hat Sie nicht getäuscht. Doch möchte ich Sie bezüglich der Flut noch fragen, warum sie früher am Kap Bathurst noch leicht bemerkbar war, während sie doch jetzt ganz verschwunden ist?«

»Ganz einfach«, entgegnete der Leutnant, »weil sich die Halbinsel zur Zeit unserer Hierherkunft noch durch ihren biegsamen Isthmus an das Festland hielt. Sie leistete der Flut eben dadurch einen gewissen Widerstand, und deshalb hob sich das Wasser an ihrer Nordküste noch um etwa zwei Fuß über den niedrigen Wasserstand, statt um zwanzig, wie es eigentlich hätte der Fall sein sollen. Von dem Augenblick aber, da das Erdbeben den vollständigen Bruch veranlaßte und die nun völlig freie Halbinsel sich mit Ebbe und Flut senken und heben konnte, wurde deren Einfluß gleich Null, was wir ja vor einigen Tagen bei Gelegenheit des Neumondes bestätigt gesehen haben.«

Mit wechselndem Interesse hatte Thomas Black trotz seiner erklärlichen Verzweiflung der Auseinandersetzung Jasper Hobsons gelauscht. Die Schlußfolgerungen des Leutnants schienen ihm vollkommen richtig; aber wütend darüber, daß solch ein seltener, unerwarteter, so »absurder« Vorgang, wie er ihn später nannte, gerade stattfinden mußte, um ihm die Beobachtung der Sonnenfinsternis unmöglich zu machen, sprach er für jetzt kein Wort, sondern hörte düster und fast verschämt zu.

»Armer Herr Black«, sagte da endlich Mrs. Barnett, »man muß wohl zugestehen, daß kein Astronom seit Entstehung der Welt ein solches Mißgeschick erlebt hat!«

»Auf jeden Fall, Madam«, fiel Jasper Hobson ein, »trifft uns keine Schuld an dem Unfall, und niemandem ist deshalb ein Vorwurf zu machen. Die Natur hat es allein getan, sie ist die einzig Schuldige. Die Erderschütterung hat das Band zerrissen, welches die Halbinsel an den Kontinent fesselte, und wir selbst sind von einer schwimmenden Insel entführt worden. Das erklärt auch, warum die Pelztiere und andere, welche mit uns gefangen sind, in der Umgebung des Forts so zahlreich bleiben.«

»Und warum wir«, mischte sich Madge in das Gespräch, »in der guten Jahreszeit von dem Besuche aller Konkurrenten verschont geblieben sind, deren Anwesenheit Sie, Herr Hobson, so besonders befürchteten.«

»Und warum«, fügte der Sergeant hinzu, das von Kapitän Craventy entsendete Detachement nicht bei Kap Bathurst anlangen konnte.«

»Und warum ich endlich«, sagte noch Mrs. Paulina Barnett mit einem Seitenblick auf den Leutnant, »mindestens für dieses Jahr auf jede Rückkehr nach Europa verzichten muß.«

Diese letzte Bemerkung hatte die Reisende in einem Ton gemacht, welcher bewies, daß sie sich in ihr Schicksal mit weit größerer philosophischer Ruhe ergab, als man hätte erwarten sollen.

Sie schien sich ganz plötzlich in diese fremdartige Lage eingelebt zu haben, eine Lage, welche ihr mindestens eine Reihe interessanter Beobachtungen versprach. Und wenn sie verzweifelt gewesen wäre, wenn alle ihre Begleiter gejammert und sich gegenseitig beschuldigt hätten, konnten sie die Vergangenheit ungeschehen machen?

Konnten sie den Lauf der umherirrenden Insel aufhalten, oder sie auf irgendeine Weise wieder an das Festland heften? Nein! In Gottes Hand allein lag das Schicksal des Fort-Esperance; seinem Willen mußten sie sich fügen.

Zweites Kapitel

Wo man sich befand

Jasper Hobson beeilte sich, mit der Karte in der Hand, die neue, den Agenten der Kompanie unvorhergesehen geschaffene Lage möglichst sorgfältig aufzunehmen. Um aber die Länge der Insel Victoria – denn dieser Name wurde beibehalten – zu bestimmen, so wie es mit der Breite schon geschehen war, mußte der andere Tag abgewartet werden. Zur Ausführung dieser Berechnung bedurfte man zwei Beobachtungen der Sonnenhöhe, in der Vormittags- und Nachmittagszeit, um die beiden Stundenwinkel messen zu können.

Um zwei Uhr nachmittags maßen Leutnant Hobson und Thomas Black mittels der Sextanten die gerade Aufsteigung der Sonne über dem Horizonte.

Am anderen Tag wollten sie die Beobachtung um zehn Uhr morgens fortsetzen, um aus den beiden Höhen die geographische Länge des von der Insel jetzt eingenommenen Punktes herzuleiten.

Die kleine Gesellschaft ging aber noch nicht sogleich zum Fort zurück, und das Gespräch zwischen Jasper Hobson, dem Astronomen, dem Sergeanten, Mrs. Pauline Barnett und Madge dauerte noch ziemlich lange Zeit fort. Die letztere dachte an sich selbst gar nicht, sondern hatte sich vollkommen in den Willen der Vorsehung ergeben. Ihre Herrin, »ihre Tochter Paulina«, vermochte sie aber nicht ohne Besorgnis anzusehen, wenn sie an die Prüfungen, vielleicht die Gefahren dachte, welche die Zukunft ihr vorbehalten haben könne. Madge war wohl bereit, ihr Leben für Paulina zu lassen, aber würde dadurch diejenige, welche sie mehr liebte als alles in der Welt, gerettet werden? Jedenfalls wußte sie, daß Mrs. Paulina Barnett nicht eine so schnell niederzubeugende Frau sei. Ihre unerschrockene Seele sah der kommenden Zeit furchtlos entgegen, und für jetzt hatte sie ja auch noch keinen Grund, zu verzagen.

Wirklich drohte den Insassen des Fort-Esperance keine unmittelbare Gefahr, im Gegenteil rief alles den

Glauben hervor, daß ihnen eine äußerste Katastrophe erspart bleiben werde, wenigstens sprach sich Jasper Hobson gegen seine Begleiter in dieser Weise aus.

Nur zwei Gefahren drohten der schwimmenden Insel. Entweder wurde sie durch die Strömung bis nach jenen hohen Polarbreiten hingeführt, aus denen man nie wiederkehrt, oder die Strömungen trieben sie nach Süden, vielleicht nach der Beringstraße und von da aus in den Stillen Ozean.

Im ersteren Falle würden die Überwinternden, im Eise gefesselt und von einem unübersteiglichen Schollenwalle umschlossen, jeder Verbindung mit der Außenwelt beraubt sein und durch Hunger und die Kälte der hochnördlichen Einöden umkommen.

Im anderen Falle mußte die Insel Victoria von der Strömung bis nach den wärmeren Gewässern des Stillen Ozeans entführt werden, an der Basis nach und nach zum Schmelzen kommen und sich unter den Füßen ihrer Bewohner allmählich senken.

Jede Hypothese stellte den Untergang Jasper Hobsons, aller seiner Gefährten und der um den Preis so vieler Strapazen errichteten Faktorei in gleich gewisse Aussicht.

Aber mußte denn einer oder der andere Fall wirklich unbedingt eintreten? Nein; viel Wahrscheinlichkeit hatte das nicht.

Die Jahreszeit war jetzt schon weit vorgeschritten. Vor Ablauf dreier Monate stand zu erwarten, daß das Meer unter dem ersten Polarfroste fest würde. Es versprach dann eine zusammenhängende Eisfläche, über welche hin man mittels Schlitten das nächstgelegene Land, entweder das russische Amerika, wenn sich die Insel östlich hielt, oder die Küste Asiens, im Falle sie nach Westen verschlagen wurde, zu erreichen hoffen konnte.

»Denn«, fügte Jasper Hobson hinzu, »wir sind nach keiner Seite hin unserer schwimmenden Insel Herr. Da das Aufspannen eines Segels, wie an einem Schiff, untunlich ist, vermögen wir auf ihre Richtung nicht im geringsten einzuwirken und gehen eben hin, wo sie uns gerade hinführt.«

Jasper Hobsons klarer und bestimmter Darlegung der Sachlage wurde ohne Widerspruch beigestimmt. Es war unzweifelhaft, daß der strenge Winterfrost die Insel Victoria an das unendliche Eisfeld anlöten und diese weder nach Norden noch nach Süden hin allzu weit abweichen würde. Einige hundert Meilen über das Eisfeld zurückzulegen, setzte aber mutige und entschlossene Männer, die an das Polarklima und weite Exkursionen durch die arktischen Länder gewöhnt waren, nicht in große Verlegenheit. Zwar mußte Fort-Esperance, das Ziel aller ihrer Sorgen, aufgegeben und auf den Lohn so vieler glücklich durchgeführter Arbeiten verzichtet werden; doch was blieb denn anderes übrig? Die auf beweglichem Boden aufgeführte Faktorei konnte der Hudsons-Bai-Kompanie ja doch keine weiteren Dienste leisten und ihrem endlichen Untergange im Ozean über kurz oder lang nicht entgehen. Es galt also dieselbe zu verlassen, sobald es die Umstände gestatteten.

Die einzige bedenklichste Aussicht, auf welche Jasper Hobson immer und immer wieder zurückkam, war die, daß die Insel Victoria während der acht oder neun Wochen bis zur Erstarrung des Eismeeres zu weit nach Norden oder nach Süden hinweggeführt werden möchte, und wirklich kannte man aus den Berichten über Durchwinterungen Beispiele von Abweichungen, welche auf sehr weite Strecken hin stattfanden, ohne daß man ihnen Einhalt zu tun vermochte.

Alles hing demnach von den unbekannten Strömungen ab, welche von der Beringstraße her ihren Ausgang nahmen, und es machte sich nötig, ihre Richtungen nach den Karten des Eismeeres möglichst genau kennenzulernen. Jasper Hobson, der eine solche Karte besaß, bat Mrs. Paulina Barnett, Madge, den Astronomen und den Sergeanten, ihm in sein kleines Zimmer zu folgen; bevor sie jedoch Kap Bathurst verließen, legte er ihnen nochmals das tiefste Stillschweigen über die gegenwärtige Sachlage ans Herz.

»Ganz zum Verzweifeln ist unsere Lage keineswegs«, setzte er noch hinzu, und folglich halte ich es für unzweckmäßig, unsere Gefährten überhaupt zu beunruhigen, da sie nicht so wie wir die guten und die schlechten Aussichten unserer Zukunft abzuwägen verstehen.«

»Sollte es indessen«, bemerkte Mrs. Paulina Barnett, »nicht weise sein, von jetzt ab die Erbauung eines uns allen Raum bietenden Fahrzeuges in die Hand zu nehmen, welches bei einer Überfahrt von einigen hundert Meilen die See zu halten imstande wäre?«

»Gewiß wäre es das«, antwortete Jasper Hobson, »und wir werden es nicht unterlassen. Einen Vorwand, diese Arbeit ohne Verzug aufzunehmen, werde ich leicht finden und deshalb dem Meister Zimmermann sofort den nötigen Befehl geben, an die Konstruktion eines seefesten Schiffes zu gehen. Diesen Ausweg der Rückkehr verspare ich mir indessen nur für den schlimmsten Fall. Das wichtigste wird es immer bleiben, nicht mehr auf der Insel zu sein, wenn die Verschiebung der Eismassen wieder beginnt, das heißt also, sie zu verlassen und das Festland wieder zu Fuße zu erreichen, sobald der Ozean im Winterfrost erstarrt ist.«

In der Tat war dieser Beschluß wohl der beste. Zur Erbauung eines Schiffes von dreißig bis fünfunddreißig Tonnen bedurfte es wenigstens der Zeit dreier Monate, dann aber konnte man von demselben keinen Gebrauch machen, da das Meer nicht mehr offen sein würde. Gelang es dagegen Leutnant Hobson, seine kleine Kolonie über das Eisfeld nach dem festen Land zurückzuführen, so bildete das gewiß die einfachste und glücklichste Lösung des Knotens, denn die Einschiffung der ganzen Gesellschaft bei eintretendem Tauwetter blieb immerhin ein sehr gefährliches Unternehmen. Mit Recht betrachtete Jasper Hobson also das zu erbauende Fahrzeug nur als das letzte Hilfsmittel, und alle Übrigen teilten seine Meinung. Überdies wiederholte man ihm, der offenbar der sachkundigste Beurteiler der Frage war, das Versprechen der Geheimhaltung.

Wenige Minuten, nachdem sie Kap Bathurst verlassen hatten, umringten die beiden Frauen und die drei Männer in Fort-Esperance den Tisch des großen Saales, in welchem sich deshalb niemand befand, weil alle mit verschiedenen Arbeiten im Freien beschäftigt waren.

Der Leutnant brachte eine ausgezeichnete Karte der atmosphärischen und ozeanischen Strömungen herbei und unterzog mit den anderen denjenigen Teil des Eismeeres, der zwischen der Beringstraße und Kap Bathurst liegt, der eingehendsten Prüfung.

Vorzüglich sind es zwei Stromrichtungen, welche jene gefährlichen Seegegenden zwischen dem Polarkreise und der seit der kühnen Entdeckungsfahrt Mac Clures sogenannten »nordwestlichen Durchfahrt« teilen, mindestens verzeichneten die hydrographischen Beobachtungen bisher keine weiteren.

Die eine nennt man den Kamtschatkastrom. Nach seiner Entstehung in dem der Halbinsel dieses Namens benachbarten Meere folgt er der asiatischen Küste und dringt unter Berührung des Ostkaps, einer vorspringenden Spitze des Landes der Tchouktchis, durch die Beringstraße. Sechshundert Meilen oberhalb der Meerenge verändert sich seine Hauptrichtung von Süden nach Norden und wendet sich, etwa in dem Breitengrad, welcher der während der warmen Jahreszeit gewiß einige Monate lang passierbaren Durchfahrt Mac Clures entspricht, direkt nach Westen.

Ein anderer, der sogenannte Beringstrom, verläuft in gerade entgegengesetztem Sinne. Nachdem er höchstens hundert Meilen vom Ufer ab längs der amerikanischen Küste von Osten nach Westen gezogen ist, stößt er sozusagen mit dem Kamtschatkastrome an der Öffnung der Meerenge zusammen, wendet sich dann unter Annäherung an das russische Amerika nach Süden und verschwindet im Beringmeer, geteilt durch den fast kreisförmigen Wall der Aleuten.

Diese Karte gewährte einen vollkommen getreuen Überblick über die nautischen Entdeckungen bis auf die neueste Zeit, und durfte man sich wohl auf sie verlassen.

Jasper Hobson sah sie sehr aufmerksam durch, bevor er sich aussprach. Dann strich er mit der Hand über die Stirn, so als wollte er ein unangenehmes Vorgefühl verscheuchen, und sprach:

»Hoffen wir, meine Freunde, daß unser Unstern die Insel nicht allzu weit ins offene Meer hinaustreibt, aus der sie Gefahr liefe, nie zurückzukehren.«

»Und weshalb, Herr Hobson?« fragte lebhaft Mrs. Paulina Barnett.

»Weshalb, Madam?« erwiderte der Leutnant. Betrachten Sie diesen Teil des Arktischen Ozeans, und Sie werden es leicht einsehen. Zwei uns gleich gefährliche Ströme laufen dort in entgegengesetztem Sinne. An dem Punkte, wo sie aufeinandertreffen, würde die Insel in großer Entfernung von jedem Lande festgehalten werden. Genau an derselben Stelle würde sie den Winter über verbleiben und bei Gelegenheit des wieder eintretenden Eisganges entweder dem Kamtschatkastrom bis mitten in die verlassenen Gegenden im Nordwesten folgen oder unter dem Einfluß des Beringstromes in den Tiefen des Pazifischen Ozeans versinken.«

»Das wird nicht geschehen, Herr Leutnant«, sagte Madge mit glaubensinnigem Ton, »Gott kann das nicht wollen.«

»Ich habe nur«, fiel Mrs. Paulina Barnett ein, »bis jetzt keine Vorstellung davon, auf welchem Teile des Polarmeeres wir augenblicklich treiben, denn in der offenen See neben Kap Bathurst sehe ich nur jenen gefährlichen Kamtschatkastrom, der unmittelbar nach Nordwesten führt. Liegt nicht die Befürchtung nahe, daß dieser uns schon ergriffen habe und wir nach dem Gebiete von Nord-Georgia zu geführt werden?«

»Das glaube ich nicht«, sagte Jasper Hobson nach einigen Augenblicken der Überlegung.

»Und warum nicht?«

»Weil dieser Strom ein sehr rascher ist, Madam, und wir, wenn wir seit drei Monaten mit ihm gingen, irgendeine Küste hätten in Sicht bekommen müssen, was doch noch nicht der Fall gewesen ist.«

»Wo befinden wir uns also nach Ihrer Ansicht?« fragte die Reisende.

»Ohne Zweifel«, antwortete ihr Jasper Hobson, »zwischen dem Kamtschatkastrome und dem Ufer, wahrscheinlich in einer Art großen Wirbels, der nahe der Küste vorhanden ist.«

»Das kann nicht sein, Herr Hobson«, entgegnete

schnell Mrs. Paulina Barnett.

»Das kann nicht sein?« wiederholte der Leutnant, »und aus welchem Grunde nicht, Madam?«

»Weil die von einem Wirbel erfaßte, also in keiner bestimmten Richtung gehaltene Insel Victoria gewiß irgendwelcher Drehungsbewegung unterlegen wäre. Da sich nun ihre Lage gegenüber den Himmelsgegenden nicht verändert hat, so ist auch jenes nicht der Fall gewesen.«

»Sie haben recht, Madam«, erwiderte Jasper Hobson, »Sie sehen in diesen Dingen völlig klar, und ich habe keine Einwendung gegen Ihre Beobachtung, vorausgesetzt, daß nicht ein unbekannter Strom, der auf dieser Karte noch nicht eingezeichnet wäre, existiert. Wirklich, diese Ungewißheit ist abscheulich. Ich wünschte, es wäre schon der morgige Tag, um über die Lage der Insel sicher aufgeklärt zu sein.«

»Auch der morgige Tag wird kommen«, vertröstete ihn Madge.

Es galt jetzt also nur zu warten. Man ging auseinander, und jeder nahm seine gewohnten Beschäftigungen wieder auf. Sergeant Long unterrichtete seine Leute, daß die für morgen angesetzte Abreise nach Fort-Reliance nicht stattfinden werde. Als Grund dafür gab er ihnen an, daß man nach genauerer Überlegung die Jahreszeit schon für so vorgeschritten erachten müsse, daß es unmöglich sei, die Faktorei vor Eintritt der strengen Kälte zu erreichen; daß der Astronom sich der Vervollständigung seiner meteorologischen Beobachtungen wegen zu einer zweiten Überwinterung entschlossen habe und daß die frische Verproviantierung von Fort-Esperance nicht so unbedingt nötig sei usw. – Lauter Gründe, welche in den wackeren Leuten keinen Verdacht aufkommen ließen.

Den Jägern empfahl Leutnant Hobson noch speziell, in Zukunft die Pelztiere, mit denen er nun nichts anzufangen wußte, zu schonen und sich auf das eßbare Wild zu beschränken, um die Vorräte der Faktorei zu erneuern. Ebenso verbot er ihnen, sich weiter als zwei Meilen von dem Fort zu entfernen, da er nicht wollte, daß Marbre, Sabine oder die anderen Jäger plötzlich da angesichts eines Meeres stehen sollten, wo sich vor einigen Monaten der Isthmus, welcher die Halbinsel an das Festland kettete, befand. Das Verschwinden der schmalen Landzunge hätte ja über ihre Lage Licht verbreiten müssen.

Dieser Tag wollte für Jasper Hobson gar kein Ende nehmen. Mehrmals kehrte er, nur in Begleitung der Mrs. Paulina Barnett, nach dem Kap Bathurst zurück. Die Reisende, eine starke, abgehärtete Seele, war keineswegs entsetzt. Die Zukunft erschien ihr nicht im geringsten furchtbar. Ja, sie scherzte sogar noch, indem sie zu Leutnant Hobson sagte, diese umherirrende Insel sei vielleicht das einzig richtige Fahrzeug, um nach dem Nordpol zu gelangen! Warum sollte man bei einer günstigen Strömung nicht nach diesem unerreichbaren Punkte der Erdkugel vordringen können?

Leutnant Hobson schüttelte den Kopf, als er seine Begleiterin ihre Theorie entwickeln hörte, aber seine Augen rissen sich nicht vom Horizont los und suchten, ob nicht ein bekanntes oder unbekanntes Land in der Nähe erschiene. Himmel und Erde verschwammen aber unzertrennlich in einer ununterbrochenen Kreislinie, was Jasper Hobson in der Annahme bekräftigte, daß die Insel Victoria mehr nach Westen als nach irgendeiner anderen Richtung hin abwich.

»Haben Sie nicht die Absicht, Herr Hobson«, fragte da Mrs. Paulina Barnett, »unsere Insel, und zwar so bald als möglich, einmal zu umgehen?«

»Gewiß, Madam«, antwortete Leutnant Hobson, sobald ich ihre Lage genau aufgenommen habe, wollte ich die Form und Ausdehnung derselben kennenzulernen suchen. Es ist das ja eine unerläßliche Maßnahme, um die Veränderungen, welche die Zukunft herbeiführen wird, abschätzen zu können. Mit höchster Wahrscheinlichkeit aber hat sie sich von dem Isthmus selbst losgelöst und ist durch diesen Bruch die ganze Halbinsel zur vollständigen Insel geworden.«

»Wir haben doch ein eigentümliches Geschick, Herr Hobson«, fuhr die Reisende fort. »Andere kommen von ihrer Reise zurück und haben dem geographischen Kontinent wohl einige neue Länder hinzugefügt, wir werden ihn dagegen vermindert haben, da wir diese vermeintliche Halbinsel Victoria von den Karten streichen lassen.«

Am anderen Tag, am 18. Juli, um zehn Uhr morgens, ermittelte Jasper Hobson bei reinem Himmel genau die Sonnenhöhe. Durch Zusammenstellung dieses Resultates mit dem des vorigen Tages berechnete er die geographische Länge des Ortes.

Selbst während dieser Operation hatte sich der Astronom nicht blicken lassen; er schmollte wie ein großes Kind in seinem Zimmer, daß er dem wissenschaftlichen Leben geraubt sei.

Die Insel befand sich unter 157° 37' östlicher Länge von Greenwich. Die am Tage vorher, d. h. die an dem nach der Sonnenfinsternis, nachgewiesene Breite war, wie erwähnt, 73° 7' 20".

In Gegenwart der Mrs. Paulina Barnett und des Sergeant Long wurde der Punkt auf der Karte angemerkt.

Es war das ein Augenblick ängstlicher Erwartung, die übrigens folgendes Resultat ergab:

Die schwimmende Insel hatte sich, wie Leutnant Hobson vorausgesehen hatte, nach Westen gewendet, aber ein auf der Karte nicht verzeichneter und den Hydrographen dieser Küste unbekannter Strom führte sie offenbar nach der Beringstraße zu. Alle von dem Leutnant Hobson vorausgefühlten Gefahren blieben also zu befürchten, wenn die Insel Victoria nicht vor dem Winter wieder an eine Küste anlief.

»In welcher Entfernung vom amerikanischen Kontinent befinden wir uns nun aber eigentlich?« fragte die Reisende; das hat doch für jetzt das meiste Interesse.«

Mittels des Zirkels maß Jasper Hobson die geringste Meeresweite zwischen der Küste und dem dreiundsiebzigsten Breitengrad auf der Karte.

»Wir sind tatsächlich mehr als zweihundertundfünfzig Meilen entfernt von jenem Teil des nördlichen Amerika, welcher die Barrow-Spitze bildet.«

»Dazu müßte man die Größe der Abweichung kennen, welcher die Insel gegenüber der früheren Lage des Kap Bathurst unterlegen ist«, sagte Sergeant Long.

»Diese beträgt schlecht gerechnet siebenhundert Meilen«, antwortete Jasper Hobson nach wiederholter Zurateziehung der Karte.

»Und in welche Zeit ist der Anfang der Abweichung zu versetzen?«

»Gewiß begann sie gegen Ende April«, belehrte Leutnant Hobson. Zu dieser Zeit lockerte sich das Eisfeld und wurde die von der Sonne nicht geschmolzene Scholle nach Norden weggeführt. Es ist also anzunehmen, daß sie durch einen der Küste nahezu parallelen Strom etwa seit drei Monaten nach Westen zu abweicht, was eine mittlere Geschwindigkeit von neun bis zehn Meilen täglich ergäbe.«

»Ist das nicht eine sehr beträchtliche Schnelligkeit?« fragte Mrs. Paulina Barnett.

»Jawohl ist sie das«, schloß Jasper Hobson, »und Sie können selbst berechnen, wie weit wir in den beiden Monaten, während denen das Meer noch eisfrei bleibt, verschlagen werden dürften!«

Der Leutnant, Mrs. Paulina Barnett und Sergeant Long schwiegen einige Augenblicke. Unbeweglich hafteten ihre Augen auf der Karte jener Polarländer, welche dem Fuße des Menschen so hartnäckig jeden Eintritt verwehren und gegen welche sie selbst jetzt mit unwiderstehlicher Gewalt geführt wurden.

»In unserer jetzigen Lage haben wir also nichts zu tun, nichts zu versuchen?« fragte die Reisende.

»Gar nichts, Madam«, antwortete Leutnant Hobson, wir müssen warten und können nur aus ganzem Herzen jenen arktischen Winter herbeisehnen, der im allgemeinen und mit vollem Recht von den Seefahrern so sehr gefürchtet wird und der uns doch allein noch zu erretten vermag. Der Winter, Madam, ist das Eis, und das Eis ist der Anker unserer Hoffnung, der einzige, der dem Laufe unserer schwimmenden Insel Einhalt gebieten kann.«

Drittes Kapitel

Ein Gang um die Insel

Von diesem Tage ab wurde beschlossen, die jedesmalige Lage, so wie es an Bord der Schiffe gebräuchlich ist, einzutragen, vorausgesetzt, daß der Zustand der Atmosphäre die Beobachtungen gestatte. War diese Insel Victoria denn im Grunde etwas anderes als ein Schiff, und zwar ein solches, welches ohne Segel und Steuer dem Zufall überlassen umherirrte?

Am anderen Tag konstatierte Jasper Hobson nach Berechnung der geographischen Lage, daß die Insel ohne Veränderung der nördlichen Breite einige Meilen weiter nach Westen geführt worden war. Dem Zimmermann wurde nun Auftrag gegeben, unverzüglich an den Bau eines geräumigen Schiffes zu gehen. Jasper Hobson schützte dabei eine im nächsten Sommer zu unternehmende Entdeckungsreise längs der Küste bis zum russischen Amerika hin vor. Ohne weiter zu fragen, beschäftigte sich der Zimmermann mit der Auswahl der nötigen Stämme und wählte als Werft eine seichte Uferstelle neben Kap Bathurst, um sein Bauwerk dereinst bequem ins Meer bringen zu können.

Leutnant Hobson wollte an demselben Tag sein Vorhaben, das Territorium, auf welchem er jetzt samt seinen Gefährten gefangen war, zu untersuchen, ausführen. Da in der Gesamtform dieser Insel, welche unter dem Einflusse der wechselnden Wassertemperatur stand, wesentliche Veränderungen eintreten konnten, erschien es von Wichtigkeit, deren jetzige Form, Oberfläche und selbst deren Dicke an gewissen Stellen genau festzustellen. Die Bruchstelle, das heißt also wahrscheinlich der Isthmus, sollte sorgfältig untersucht werden, da an diesem frischen Bruche vielleicht die geschichtete Lage von Eis und Erde zu erkennen war, welche den Boden der Insel bildete.

An ebendiesem Tag verdüsterte sich indes die Atmosphäre, und ein von dickem Nebel begleiteter Sturm brach noch am Nachmittag los. Bald entlud sich der

Himmel und fiel der Regen in Strömen. Große Hagelkörner schlugen auf das Dach des Hauses nieder, und dann und wann ließ sich sogar ein entfernter Donner – eine in diesen Breiten sehr ungewöhnliche Erscheinung – hören.

Leutnant Hobson mußte seine Abreise verschieben und abwarten, bis der Aufruhr der Elemente sich gelegt hatte. Während des 20., 21. und 22. Juli trat aber in dem Zustand des Himmels keine Besserung ein. Bei dem heftigen Sturm donnerten die Wogen mit betäubendem Lärmen an die Küste. Flüssige Lawinen brachen sich mit solcher Gewalt am Kap Bathurst, daß man für dessen ohnehin sehr problematische Solidität fürchten mußte, insofern es sich ja überhaupt nur aus einer Anhäufung von Sand und Erde ohne sicheren Untergrund aufbaute. Wie waren die im offenen Meere diesem wütenden Sturme ausgesetzten Schiffe zu beklagen? Auf der schwimmenden Insel fühlte man aber nichts von der Bewegung des Wassers, indem deren enorme Masse dem Zorn des Ozeans widerstand.

In der Nacht vom 22. zum 23. Juli ließ der Sturm plötzlich nach. Eine steife, aus Nordosten wehende Brise verjagte die letzten am Horizont aufgehäuften Dunstmassen. Das Barometer stieg um einige Linien, und die atmosphärischen Bedingungen schienen Leutnant Hobson zum Antritt der kleinen Reise günstig.

Mrs. Paulina Barnett und der Sergeant sollten ihn bei dieser Erforschung begleiten. Eine Abwesenheit von ein bis zwei Tagen konnte den Bewohnern der Faktorei nicht auffallen, und so versorgte man sich mit einer gewissen Menge gedörrten Fleisches, mit Schiffszwieback und einigen Flaschen Branntwein, wodurch die Reisetasche der Wanderer nicht allzu sehr belastet werden konnte. Noch waren die Tage sehr lang, und nur wenige Stunden über verschwand die Sonne unter dem Horizonte.

Ein Zusammenstoß mit gefährlichen Tieren hatte keine große Wahrscheinlichkeit für sich. Die Bären schienen, von ihrem Instinkt geführt, die Insel Victoria zur Zeit, als sie noch eine Halbinsel bildete, verlassen zu haben. Aus Vorsicht bewaffneten sich aber Jasper Hobson, der Sergeant und selbst Mrs. Paulina Barnett mit Gewehren. Der Leutnant und sein Unteroffizier trugen außerdem eine Axt und das Schneemesser bei sich, ohne welches ein Reisender in Polarländern überhaupt niemals ausgeht.

Für die Zeit der Abwesenheit des Leutnants Hobson ging das Kommando des Forts dem Range nach auf Korporal Joliffe, d. h. auf seine kleine Frau über, und Jasper Hobson wußte auch, daß er sich auf diese verlassen konnte. Auf Thomas Black war nicht mehr zu zählen, selbst wenn er sich nur einem derartigen Zug anschließen sollte, doch versprach er wenigstens, während der Abwesenheit des Leutnants das Meer im Norden zu beobachten und die Veränderungen zu notieren, die sich entweder in jenem oder in der Lagune der Insel vollziehen könnten.

Vielfach hatte Mrs. Paulina Barnett versucht, den armen Gelehrten wieder zur Vernunft zu bringen, doch wollte dieser von nichts hören. Er hielt sich nicht ohne Grund für mystifiziert von der Natur und konnte derselben diese Mystifikation niemals verzeihen.

Nach manchem beim Abschied gewechselten Händedruck verließen Mrs. Paulina Barnett und ihre Begleiter das Fort, wandten sich nach Westen und folgten dem vom Kap Bathurst bis zum Kap Eskimo sich hinziehenden langen Küstenstrich.

Es war acht Uhr morgens. Die schrägen Strahlen der Sonne belebten die Küste mit falbem Licht. Die hohle See glättete sich mehr und mehr; alle vom Sturm vertriebenen Vögel, wie die Fettgänse, Wasserscherer, Tauchhühner und Sturmvögel, kehrten zu Tausenden zurück. Ganze Züge Enten flatterten nach den Ufern des Barnett-Sees, ohne zu ahnen, daß sie Mrs. Joliffes Kochtopf gerade entgegenflogen. Einzelne Polarhasen, Zobelmarder, Bisamratten und Hermeline erhoben sich vor den Reisenden und entflohen, doch ohne zu große Eile.

Die Tiere schienen im Vorgefühl einer allgemeinen Gefahr die Gesellschaft der Menschen zu suchen.

»Sie wissen es recht gut, daß das Meer sie umschließt«, sagte Jasper Hobson, »und daß sie die Insel nicht verlassen können.«

»Haben diese Nager, wie die Hasen und andere«, fragte Mrs. Paulina Barnett, nicht die Gewohnheit, vor Eintritt des Winters im Süden ein milderes Klima aufzusuchen?«

»Ja, Madam«, bestätigte Jasper Hobson, »für dieses Mal werden sie aber, falls das Eis ihnen keinen Ausweg zu fliehen bietet, mit uns gefangen bleiben, und zum großen Teil durch Kälte und Hunger umkommen.«

»Hoffentlich sollen jene Tiere«, fügte Sergeant Long ein, »uns noch durch die Nahrung, welche sie liefern, sehr nützlich sein und ist es ein wahres Glück für die Kolonie, daß sie nicht darauf gekommen sind, vor dem Bruch des Isthmus zu entfliehen.«

»Die Vögel werden uns aber zweifellos verlassen?« fragte Mrs. Paulina Barnett.

»Ja, Madam«, erwiderte Jasper Hobson, »alle diese Geflügelarten dürfte die erste Kälte vertreiben. Sie vermögen sehr weite Räume, ohne zu ermüden, zu durchfliegen, und werden, glücklicher als wir, das feste Land wieder erreichen können.«

»Nun wohl, warum sollten wir uns ihrer nicht als Boten bedienen?« warf da die Reisende ein.

»Das wäre ein Gedanke«, sagte Jasper Hobson, »ein prächtiger Gedanke. Einige hundert Vögel sind leicht zu fangen, an deren Hals wir ein Papier, welches das Geheimnis unserer Lage enthält, befestigen könnten. Schon im Jahre 1848 versuchte John Roß die Lage seiner Schiffe, Entreprise und Investigator, im Polarmeer den etwa Überlebenden von der Expedition Franklins durch ein analoges Mittel bekanntzugeben. Er fing einmal einige hundert weiße Füchse in Fallen, versah diese mit einem Halsband von Kupfer, auf dem die nötigen Notizen eingraviert waren, und jagte sie dann nach allen Richtungen auseinander.«

»Und vielleicht sind einige dieser Boten den Schiffbrüchigen in die Hände gefallen?« fragte Mrs. Paulina Barnett.

»Vielleicht«, antwortete Jasper Hobson, »jedenfalls

erinnere ich mich, daß einer dieser Füchse, damals schon ein altes Tier, von dem Kapitän Hatteras bei Gelegenheit seiner Entdeckungsreise gefangen wurde. Dieser Fuchs trug noch das halb durchgescheuerte Halsband unter seinem weißen Pelzfell versteckt. Was wir nun mit Vierfüßlern nicht auszuführen imstande sind, das werden wir mit Vögeln ausführen.«

Unter solchem Geplauder und dem Entwerfen verschiedener Projekte für die Zukunft verfolgten die drei die Küste der Insel, an der sie zunächst keine Veränderung vorfanden. Überall dieselben sehr abschüssigen und mit Sand und Erde bedeckten Ufer; auch zeigte sich kein Sprung, welcher eine neuerliche Veränderung im Umfang der Insel hätte vermuten lassen.

Es war wohl weit mehr zu befürchten, daß der ungeheure Eisblock, wenn er in wärmere Strömungen geriet, an seiner Basis und folglich an Dickedurchmesser abnähme, eine Hypothese, die Jasper Hobson mit Recht beunruhigte.

Um elf Uhr morgens hatten die Forscher die acht Meilen, welche Kap Bathurst vom Kap Eskimo trennten, zurückgelegt. An dieser Stelle fanden sie noch die Spuren des Lagers, das die Familie Kalumahs innegehabt hatte. Von dem Schneehaus war natürlich nichts übrig, doch erinnerten die kalte Asche und die umherliegenden Robbenknochen noch an den Durchzug der Eskimos.

Mrs. Paulina Barnett, Jasper Hobson und der Sergeant machten an dieser Stelle halt, wollten jedoch die kurzen Stunden der Nacht an der Walroß-Bai, die man einige Stunden später zu erreichen hoffte, verbringen. Sie frühstückten also auf einer leichten, mit magerem und dünnem Grase bedeckten Bodenerhebung. Vor ihren Augen entrollte sich der schöne, glatte Meereshorizont. Kein Segel, kein Eisberg belebte diese weite Wasserwüste.

»Würden Sie sehr erstaunt sein, Herr Hobson«, fragte Mrs. Paulina Barnett, wenn sich ein Fahrzeug jetzt Ihren Blicken zeigte?«

»Sehr erstaunt, nein, Madam«, antwortete Leutnant Hobson, »aber ich gestehe, sehr erfreut würde ich sein.

Während der guten Jahreszeit ist es nicht selten, daß Walfänger von der Beringstraße bis in diese Breiten vordringen, vorzüglich, seitdem der Arktische Ozean zum Fischbecken der Wale und Pottfische geworden ist. Wir schreiben jedoch den 23. Juli, und der Sommer ist schon weit vorgeschritten. Die ganze Fischerflotte ist jetzt ohne Zweifel am Kotzebue-Golf, am Eingang der Meerenge, versammelt. Die Walfänger mißtrauen, und das mit Recht, den Überraschungen des Polarmeeres. Sie fürchten das Eis und sind besorgt, etwa davon eingeschlossen zu werden. Gerade diese Eisberge aber, diese Eiströme und dieser Schollenwall, – die Gegenstände der Furcht aller übrigen, gerade diese wünschen wir mit größter Sehnsucht herbei.«

»Sie werden auch kommen, Herr Leutnant«, fiel Sergeant Long ein, »nur Geduld; bevor zwei Monate ins Land sind, werden die Wellen des Meeres nicht mehr an das Kap Eskimo schlagen.«

»Das Kap Eskimo!« sagte lächelnd Mrs. Paulina Barnett, »ist aber dieser Name, sind nicht alle die Benennungen, welche wir den Buchten und Spitzen der Halbinsel gegeben hatten, nun etwas verfrüht? Den Barnett-Hafen und den Paulina-Fluß haben wir schon eingebüßt, wer weiß, ob nicht auch Kap Eskimo und die Walroß-Bai an die Reihe kommen?«

»Sie werden auch dahingehen, Madam«, antwortete Jasper Hobson, »sowie nach ihnen die ganze Insel Victoria, da sie nichts mehr an das Festland bindet und ihr Untergang vom Schicksal vorausbestimmt ist. Dieses Ende erscheint unvermeidlich, und haben wir uns bezüglich der geographischen Nomenklatur unnötige Kosten verursacht. Zum Glück sind unsere Benennungen von der Königlichen Gesellschaft noch nicht angenommen worden, und der ehrenwerte Roderick Murchison* wird deshalb keinen Namen aus seinen Karten zu streichen haben.«

»Und doch einen einzigen!« bemerkte der Sergeant.

»Welchen?« fragte Jasper Hobson.

»Das Kap Bathurst«, erwiderte jener.

---

*Derzeit Präsident der Königlich Geographischen Gesellschaft.

»Wirklich, Sie haben recht, Sergeant, Kap Bathurst ist nun aus der Polar-Kartographie zu löschen!«

Zwei Stunden hatten zum Ausruhen genügt. Um ein Uhr mittags brach die kleine Gesellschaft wieder auf.

Als Jasper Hobson Kap Eskimo schon verlassen wollte, warf er einen letzten Blick auf das umgebende Meer. Da aber nichts seine Aufmerksamkeit zu fesseln vermochte, schloß er sich Mrs. Paulina Barnett, welche mit dem Sergeanten schon voraus war, an.

»Madam«, begann er, »Sie haben die Familie Eingeborener, welche wir eben hier früher antrafen, es war wohl kurz vor dem Ende des Winters, doch nicht vergessen?«

»Nein, Herr Hobson«, entgegnete die Reisende, »der guten kleinen Kalumah erinnere ich mich noch heute recht gern. Sie versprach sogar, uns in Fort-Esperance wieder aufzusuchen, ein Versprechen, welches ihr nun zu halten unmöglich ist. Doch weshalb stellen Sie diese Frage an mich?«

»Weil ich mich eines Umstandes entsinne, eines Umstandes, auf welchen ich damals kein besonderes Gewicht legte, der sich jetzt aber meiner Erinnerung aufdrängt.«

»Und dieser wäre?«

»Erinnern Sie sich eines gewissen unruhigen Erstaunens, welches die Eskimos an den Tag legten, als sie am Fuße des Kap Bathurst eine Faktorei errichtet sahen?«

»Vollkommen, Herr Hobson.«

»Entsinnen Sie sich auch, daß ich mich gern verständlich zu machen suchte, um die Gedanken der Eingeborenen zu enträtseln, es aber leider nicht vermochte?«

»Recht gut.«

»Nun«, sagte Leutnant Hobson, »jetzt wird mir ihr Kopfschütteln erklärlicher. Jene Eskimos kannten aus Überlieferungen, aus Erfahrung oder sonst welchem Grunde die Natur und den Ursprung der Halbinsel Victoria. Sie wußten, daß wir auf keinem festen Grund gebaut hatten. Da die Sachen aber ohne Zweifel seit Jahrhunderten ebenso standen, ahnten sie auch keine drohende Gefahr und haben sich deshalb nicht deutlicher erklärt.«

»Das kann wohl der Fall sein, Herr Hobson«, antwortete Mrs. Paulina Barnett, »gewiß war der Verdacht ihrer Genossen der Kalumah aber unbekannt, denn das arme Kind würde nicht angestanden haben, uns denselben mitzuteilen.«

Hierin stimmte auch Leutnant Hobson der Ansicht Mrs. Paulina Barnetts vollkommen zu.

»Man muß gestehen«, sagte da der Sergeant, »daß es ein rechtes Unglück ist, uns gerade zu der Zeit auf der Halbinsel anzusiedeln, als sie sich vom Kontinent losriß, um durch die Meere zu irren; denn lange, wahrscheinlich sehr lange Zeit wird dort alles in gleichem Zustande gewesen sein, vielleicht Jahrhunderte hindurch!«

»Sagen Sie tausend und abertausend Jahre, Sergeant Long«, erwiderte Jasper Hobson, »bedenken Sie nur, daß die Pflanzenerde, welche wir augenblicklich unter unseren Füßen haben, erst Zelle für Zelle durch den Wind hierher geführt werden mußte; daß dieser Sand Körnchen für Körnchen hierhergeflogen ist! Überdenken Sie den Zeitraum, der einst nötig war, aus den Samen der Tannen, Birken und anderer Gewächse, Bäume und Sträucher entstehen und sich auch wieder vermehren zu lassen! Das Eis, auf dem wir wandeln, könnte wohl schon vor dem Auftreten des Menschen auf der Erde an den Kontinent gelötet worden sein!«

»Nun«, rief Sergeant Long, »dann konnte es auch noch ein paar Jahrhunderte warten, bevor es sich ins Weite aufmachte, dieses wunderliche Eis. Wie manche Unruhe, wie manche Gefahren vielleicht, wären uns erspart geblieben!«

Diese sehr richtige Reflexion des Sergeant Long beendete das Gespräch, und man setzte seinen Weg rüstig fort.

Vom Kap Eskimo bis zur Walroß-Bai verlief die Küste ziemlich genau von Norden nach Süden, etwa in der Richtung des hundertundsiebenundfünfzigsten Meridianes. Nach rückwärts sah man in einer Entfernung von vier bis fünf Meilen das spitze Ende der Lagune, welche im Strahle der Sonne widerglänzte, und etwas weiter die letzten bewaldeten Erhöhungen, deren Grün ihre Gewässer zierte. Mit rauschendem Flügelschlag zogen einige Pfeiferadler durch die Lüfte. Zahlreiche Pelztiere, wie Marder, Wiesel und Hermeline, die in sandigen Aushöhlungen halb versteckt oder zwischen magerem Gebüsch verborgen waren, schauten die Reisenden an. Sie schienen zu wissen, daß sie nichts von deren Gewehren zu fürchten hatten. Auch einige Biber bemerkte Jasper Hobson, die in der Irre herumliefen und sich nicht auszufinden wußten, seit der kleine Fluß verschwunden war. Ohne Hütten zu ihrem Schutz und ohne Wasserlauf, um neue Dörfer daran zu errichten, stand es ihnen bevor, durch den Frost umzukommen, sobald die strenge Winterkälte eintrat. Ebenso erkannte Sergeant Long eine Bande Wölfe, welche durch die Ebene stürmte. Man war demnach veranlaßt, zu glauben, daß eine ganze Menagerie der Pelztiere auf der schwimmenden Insel gefangen sei, und mußten die Raubtiere, wenn der Winter ihren Hunger reizte und sie ihre Nahrung in wärmeren Klimaten doch nicht zu suchen vermochten, den Insassen des Fort-Esperance unzweifelhaft sehr gefährlich werden.

Nur die weißen Bären schienen der Fauna der Insel abzugehen – ein Umstand, über den man sich gewiß nicht zu beklagen hatte. Hinter einer Gruppe Birken glaubte zwar Sergeant Long eine weiße ungeheure Masse in langsamer Bewegung zu erblicken, kam aber, als er genauer nachsah, zu der Überzeugung, daß er sich getäuscht habe.

Dieser Teil der Küste, welcher an die Walroß-Bai grenzte, stieg nur sehr wenig über das Niveau des Meeres auf. Da und dort lag es fast in gleicher Ebene mit der Wasserfläche, und schäumend rollten die letzten Ausläufer der Wellen, wie über einen sanften Uferabhang, über ihre Oberfläche. Es schien zu befürchten, daß sich der Erdboden an diesem Teil der Insel schon seit einiger Zeit gesenkt habe; da man aber genaue Merkzeichen nicht besaß, war es unmöglich, eine Veränderung zu erkennen oder deren Umfang abzuschätzen.

Jasper Hobson bedauerte, nicht vor der Abweichung

des Kap Bathurst solche Zeichen angebracht zu haben, die ihm gestattet hätten, die verschiedenen Senkungen und Vertiefungen der Küste zu messen. Er beschloß aber diese Maßregel sofort nach der Rückkehr auszuführen.

Es ist erklärlich, daß unsere drei Reisenden bei diesen Untersuchungen nicht allzu schnell vorwärts kamen. Oft hielt man an, prüfte den Boden, suchte nach, ob sich irgendwo ein Sprung an der Küste gebildet habe, und dabei drangen die Forscher manchmal eine halbe Meile weit in das Land ein. An gewissen Stellen gebrauchte Sergeant Long die Vorsicht, Weiden- und Birkenstöcke in den Boden zu stecken, welche für die Zukunft als Visierpunkte vorzüglich an den tiefer liegenden Teilen, deren Haltbarkeit zweifelhaft war, dienen sollten. Hier mußte es also leicht sein, spätere Veränderungen zu erkennen.

Inzwischen ging man vorwärts, und gegen drei Uhr befand sich die Walroß-Bai nur noch etwa drei Meilen weit im Süden entfernt. Schon von hier aus konnte Jasper Hobson die Mrs. Paulina Barnett auf die Veränderung aufmerksam machen, welche der Bruch des Isthmus, in der Tat ein Vorgang von tiefgehendstem Einfluß, hervorgerufen hatte.

Früher zeigte sich der südwestliche Horizont durch eine lange Linie rundlicher Erhöhungen abgeschlossen, die das Ufer der großen Bai Liverpool bildeten – jetzt umrahmte das Wasser den endlosen Horizont. Das Festland war verschwunden. An der Stelle selbst, an der der Bruch stattgefunden hatte, endete die Insel Victoria mit einem schroffen Winkel. Ging man um diesen herum, so mußte das Meer, welches jetzt diese ganze Linie umspülte, die sonst als fester Boden zwischen der Walroß- und der Washburn-Bai lag, sichtbar werden.

Nicht ohne tiefe Bewegung betrachtete Mrs. Paulina Barnett den neuen Anblick; sie hatte ihn zwar erwartet, und doch klopfte ihr heftig das Herz. Suchend schweiften ihre Augen nach dem Land, das jetzt am Horizont fehlte, jenes Land, das nun über zweihundert Meilen hinter ihnen lag, und sie glaubte es zu fühlen, daß ihr Fuß nicht mehr auf amerikanischen Boden trat. Für empfindsame Seelen ist es wohl unnötig, hierbei zu verweilen, doch verdient es erwähnt zu werden, daß Jasper Hobson und selbst der Sergeant die Gemütsbewegung der Reisenden teilten. Alle beeilten ihre Schritte, um den scharfen Winkel ganz zu erreichen, der noch im Süden vor ihnen lag, und an dem sich der Erdboden etwas hob. Die Schicht von Erde und Sand war allda etwas stärker, was sich ja leicht aus der Nachbarschaft dieses Gebietsteiles und des wirklichen Festlandes erklärte. Die Dicke der Eiskruste und der Erdschichten an dieser Verbindungsstelle machte es auch verständlich, wie der Isthmus so lange hatte halten können, bis ein geologisches Ereignis dessen Bruch herbeiführte. Das Erdbeben vom 8. Januar hatte den amerikanischen Kontinent nur wenig erschüttert, sein Stoß aber hingereicht, die Halbinsel, welche nun den Launen des Ozeans preisgegeben war, abzubrechen.

Um vier Uhr endlich wurde der Winkel erreicht. Die von einer Ausbuchtung des festen Landes gebildete Walroß-Bai existierte nicht mehr. Sie war bei dem Kontinent verblieben.

»Meiner Treu, Madam«, sagte ernsthaft Sergeant Long zu der Reisenden, »es war gut, daß wir ihr nicht den Namen der ›Paulina-Barnetts-Bai‹ gegeben hatten.«

»Ja wirklich«, erwiderte die Dame, »und ich fange an zu glauben, daß ich für geographische Nomenklatur eine unselige Patin bin!«

Viertes Kapitel

Ein Nachtlager

Jasper Hobson hatte sich also bezüglich der Bruchstelle nicht getäuscht. Der Isthmus war durch die Stöße des Erdbebens getrennt worden. Westlich von der Insel zeigten sich keine Spuren des amerikanischen Festlandes, keine steilen Gestade, keine Vulkane mehr – allüberall nur Wasser!

Der jetzt durch die Südwestspitze der Insel gebildete Winkel ragte als scharf abgeschnittenes Kap hervor, welches, angenagt durch wärmere Gewässer und deren Anprall ausgesetzt, einer baldigen Zerstörung anheimfallen mußte.

Die Reisenden setzten ihren Weg längs der fast geraden und ziemlich genau von Westen nach Osten verlaufenden Bruchlinie fort. Die Fläche des Bruches selbst war so glatt, als rührte sie von einem schneidenden Werkzeug her, und gestattete an manchen Stellen das Gefüge des Erdbodens zu erkennen. Das zur Hälfte aus Eis und zur Häfte aus Erde und Sand bestehende Ufer tauchte gegen zehn Fuß hoch über das Wasser auf. An dem vollkommen steilen Abfall verrieten mehrere ganz frische Stellen noch neuerliche Nachstürze. Sergeant Long wies sogar auf zwei bis drei kleine Eisschollen hin, welche eben in Auflösung begriffen waren. Durch die anbrandenden Wellen mußte das wärmere Wasser natürlich diesen Saum um so leichter benagen, da ihn die Zeit noch nicht, so wie die übrigen Küstenstriche, mit einer Art Mörtel aus Sand und Schnee bekleidet hatte; ein Umstand, der auch nicht zu besonderer Beruhigung diente.

Mrs. Paulina Barnett, Leutnant Hobson und Sergeant Long wollten, bevor sie sich zur Ruhe begaben, die ganze südliche Kante der Insel untersuchen. Die Sonne, welche jetzt einen sehr verlängerten Bogen beschrieb, konnte vor elf Uhr nicht untergehen, und es fehlte demnach nicht an Tageslicht. Langsam zog die glänzende Scheibe über den westlichen Himmel, deren schräge Strahlen riesenhafte Schattenbilder vor die Füße der Wanderer warfen. Diese selbst kamen manchmal in lebhaftes Gespräch, manchmal aber traten lange Pausen ein, während der sie das Meer überschauten oder ihre Zukunft bedachten.

Es lag in Jasper Hobsons Absicht, an der Washburn-Bai zu übernachten. An diesem Punkte rechnete er, wenn sich seine Voraussetzungen als richtig erwiesen, gegen achtzehn Meilen, das heißt die Hälfte der Rundreise, zurückgelegt zu haben. Wenn sich dann seine Begleiterin nach einigen Stunden der Ruhe von ihrer Anstrengung erholt hätte, gedachte er sich nach dem nördlichen Ufer zu wenden und längs desselben nach Fort-Esperance zurückzukehren.

Bei der Besichtigung des neuen Ufers zwischen der Walroß- und der Washburn-Bai ereignete sich nichts Besonderes. Um sieben Uhr abends war Jasper Hobson nach dem Punkte gelangt, den er zum Übernachten ausersehen hatte. Auch an dieser Seite zeigte sich dieselbe Veränderung; von der Washburn-Bai war nur noch die eine flachbogige Seite übrig, welche die Küste der Insel bildete. Diese erstreckte sich ohne nennenswerte Unterbrechung bis zu einem »Kap Michel« genannten Vorsprunge in einer Länge von sieben Meilen. Dieser Teil der Insel schien durch den Bruch des Isthmus in keiner Weise gelitten zu haben. Lustig grünten Fichten- und Birkengruppen etwas landeinwärts; auch Pelztiere sah man in ziemlicher Menge über die Ebene dahinlaufen.

Mrs. Paulina Barnett und ihre beiden Begleiter hielten an dieser Stelle an. Waren ihre Blicke auch nach Norden hin beschränkt, so umfaßten sie doch nach Süden zu die volle Hälfte des Gesichtskreis. Die Sonne beschrieb einen so flachen Kreis, daß ihre von dem höheren Ufer im Westen aufgefangenen Strahlen nicht bis zur Washburn-Bai dringen konnten. Noch war es aber nicht Nacht, nicht einmal Dämmerung, denn das Strahlengestirn war noch nicht untergegangen.

»Herr Leutnant«, begann da der Sergeant im ernsthaftesten Ton der Welt, »wenn jetzt durch ein Wunder eine Glocke ertönte, welche Stunde würde sie nach Ihrer Meinung schlagen?«

»Die Stunde des Abendessens, Sergeant«, entgegnete Jasper Hobson. »Ich denke, Madam, Sie werden auch dieser Ansicht sein?«

»Ganz und gar«, bestätigte die Reisende; »und da unser Tisch überall ist, wo wir uns niedersetzen, so wollen wir es sofort tun. Hier befindet sich gleich ein freilich etwas abgenutzter Moosteppich, den die Vorsehung eigens für uns ausgebreitet zu haben scheint.«

Die Provianttasche ward also geöffnet. Getrocknetes

Fleisch und eine aus der Speisekammer der Mrs. Joliffe bezogene Hasenpastete bildeten nebst etwas Schiffszwieback die Speisekarte.

Eine Viertelstunde nach eingenommener Mahlzeit wandte sich Jasper Hobson noch einmal nach der südöstlichen Ecke der Insel zurück, während Mrs. Paulina Barnett am Fuße einer dürftigen, halb entästeten Tanne sitzen blieb und der Sergeant sich mit der Einrichtung einer Lagerstätte für die Nacht beschäftigte.

Leutnant Hobson wollte die Struktur des Eisfeldes, welches die Insel bildete, untersuchen und wenn möglich die Entstehungsweise desselben erforschen. An einer durch Einsturz entstandenen abschüssigen Stelle konnte er bis zum Meeresniveau hinabgelangen und von diesem Punkte aus bequem die steile Ufermauer betrachten.

An dieser Stelle stieg der Erdboden kaum drei Fuß über das Wasser heraus. Sein oberer Teil bestand aus einer dünnen Schicht von Erde und Sand, untermischt mit Trümmern von Muschelschalen. Den unteren Teil bildete eine zusammenhängende, sehr harte, fast metallähnlich gewordene Eislage, welche also unmittelbar die Humusdecke der Insel trug.

Diese Eisschicht überragte die Wasserfläche kaum um einen Fuß. An der frischen Schnittfläche waren die Einzelschichten des Eisfeldes deutlich zu unterscheiden. Die ganz horizontalen Ablagerungen schienen darauf hinzudeuten, daß die aufeinanderfolgenden Frostperioden, denen sie ihre Entstehung verdankten, ein völlig ruhiges Wasser betroffen hatten.

Bekanntlich gefrieren Flüssigkeiten zuerst an ihrer Oberfläche; dauert der Frost dann länger an, so wächst die erste feste Schale von oben nach unten weiter. So ist der Vorgang wenigstens bei stillstehendem Wasser. Bei fließendem dagegen hat man beobachtet, daß sich zuerst in der Tiefe Eisschollen bilden, welche später zur Oberfläche aufsteigen.

Für dieses Eisfeld, die Unterlage der Insel Victoria, aber war es nicht zweifelhaft, daß es am Ufer des Festlandes aus ruhigem Wasser entstanden sei, und drängte sich die Annahme auf, daß dasselbe an seiner unteren Fläche wegschmelzen werde. Gelangte es also in wärmere Gewässer, so mußte die Eisinsel an Dicke abnehmen, ihre Oberfläche dementsprechend aber dem Niveau des Meeres näher kommen.

Hierin lag die größte Gefahr.

Jasper Hobson hatte, wie erwähnt, beobachtet, daß die feste Unterlage der Insel, also der eigentliche Eisblock, die Wasserfläche nur um etwa einen Fuß überragte. Nun weiß man aber, daß eine Scholle höchstens zu vier Fünfteln in das Wasser einsinkt. Ein Eisfeld oder ein Eisberg hat demnach für jeden Fuß sichtbaren Durchmessers vier Fuß unter der Wasserfläche. Doch ist nicht zu übersehen, daß schwimmende Schollen je nach ihrer Bildung und Entstehungsweise eine verschiedene Dichtigkeit, also ein wechselndes spezifisches Gewicht aufweisen. Solche aus Meerwasser nämlich sind poröser, undurchsichtig, je nach der Richtung der Lichtstrahlen von blauer oder grüner Färbung und leichter als die aus Süßwasser entstandenen. Ihre Oberfläche steigt also etwas höher über das Meeresniveau empor. Gewiß bestand nun der Untergrund der Insel Victoria aus einer Salzwasserscholle.

Brachte Jasper Hobson auch das Gewicht der mineralischen und vegetabilischen Decke derselben in Anschlag, so gelangte er zu dem Schlusse, daß ihr Durchmesser unter dem Meere nur etwa vier bis fünf Fuß betragen könne. Das wechselnde Relief der Insel, ihre verschiedenen Bodensenkungen und Erhebungen, ging offenbar nur der erdig-sandigen Oberfläche derselben an und machte die Annahme wahrscheinlich, daß die schwimmende Insel nirgends tiefer als höchstens fünf Fuß eintauche.

Diese Überzeugung weckte in Jasper Hobson sehr ernste Sorgen! Nur fünf Fuß! War es, ohne von der Auflösung zu reden, welcher die Insel aus verschiedenen Ursachen unterliegen konnte, nicht anzunehmen, daß der geringste Anprall hinreichen werde, sie durch und durch zu spalten? – Daß eine heftige Bewegung des Wassers, etwa durch einen Sturm oder nur durch einen einzelnen starken Windstoß, sie in einzelne Schollen zersprengen und ihrer völligen Auflösung entgegenführen könnte? Wie sehnlich wünschte Leutnant Hobson den Winter, den Frost, das Erstarren des Quecksilbers in der Thermometerkugel jetzt herbei! Nur die furchtbare Kälte der Polarländer und des arktischen Winters konnte die Grundlage der Insel fester und stärker machen und gleichzeitig eine Verbindung zwischen ihr und dem Kontinent wiederherstellen.

Leutnant Hobson kam nach dem Halteplatz zurück. Sergeant Long war damit beschäftigt, ein Nachtlager herzurichten, da er nicht unter freiem Himmel kampieren wollte, obgleich Mrs. Paulina Barnett sich dabei beruhigt hätte. Er teilte Jasper Hobson seine Absicht mit, im Erdboden ein für drei Personen genügendes Eishaus auszuhöhlen, das ihnen gegen die Nachtkälte vollkommen Schutz gewähren sollte.

»Im Lande der Eskimos«, sagte er, »ist nichts klüger, als zu leben wie ein Eskimo.«

Jasper Hobson stimmte zu, empfahl ihm aber, nicht zu tief in den Eisboden, dessen Dicke nur fünf Fuß betragen könne, hineinzugraben.

Sergeant Long ging an die Arbeit. Mit Hilfe der Axt und des Schneemessers hatte er bald das Erdreich beiseite geschafft und eine Art Vorraum, der direkt auf die Eisschicht stieß, ausgehöhlt. Dann nahm er diese mürbe Masse in Angriff, auf der Sand und Erde wohl Jahrhunderte hindurch geruht hatten.

Es bedurfte kaum einer Stunde, um diese unterirdische Zufluchtsstätte, oder vielmehr diese Höhle mit Eiswänden, welche die Wärme sehr gut zusammenhielt und demnach für wenige Stunden der Nacht eine hinreichende Wohnlichkeit darbot, auszuschlachten.

Während Sergeant Long wie eine Termite arbeitete, gesellte sich Hobson zu seiner Reisegefährtin und teilte ihr die Resultate seiner Beobachtung der physikalischen Beschaffenheit der Insel mit, wobei er ihr die ernsten Befürchtungen nicht verhehlte, die jene Prüfung in ihm erregt hatte. Bei der geringen Stärke des Eisfeldes mußten in nicht ferner Zeit Sprünge und Brüche entstehen, deren Stelle ebensowenig vorher zu sehen, als sie selbst zu verhindern waren. Jeden Augenblick konnte die umherirrende Insel durch Veränderung ihres spezifischen Gesammtgewichtes tiefer einsinken oder sich in mehr oder weniger zahlreiche Inselchen von notwendig ephemerer Existenz zerteilen. Er hielt es demnach für angezeigt, daß sich die Bewohner von Fort-Esperance so wenig als möglich von der Faktorei entfernten, um auf einem Punkte vereinigt mindestens das gleiche Geschick zu teilen.

Hier wurde das Gespräch plötzlich durch einen Aufschrei unterbrochen.

Mrs. Paulina Barnett und der Leutnant erhoben sich sofort und blickten forschend rund umher.

Niemand war zu sehen.

Das Hilferufen verdoppelte sich.

»Das ist der Sergeant! Der Sergeant!« sagte Jasper Hobson.

Eiligst begab er sich, Mrs. Barnett hinter ihm her, nach der Lagerstätte.

Kaum angelangt an der klaffenden Mündung des Eishauses, gewahrte er den Sergeanten, der sich mit beiden Händen krampfhaft an seinem Messer hielt, das er in die Eiswand eingestoßen hatte, und mit lauter, aber völlig ruhiger Stimme um Hilfe rief.

Nur Kopf und Arme blieben noch von ihm sichtbar. Beim Aufhacken des Eises hatte der Boden plötzlich unter ihm nachgegeben, und er war bis an den Gürtel ins Wasser gesunken.

»Aushalten!« rief ihm Jasper Hobson zu.

Den Einschnitt hinabgleitend, gelangte er an den Rand der Öffnung und reichte dem Sergeanten die Hand, welcher mit Hilfe dieses sicheren Stützpunktes aus dem Loche herauskam.

»Mein Gott, Sergeant Long!« rief Mrs. Paulina Barnett, was ist Ihnen widerfahren?«

»Ei, Madam«, erwiderte Long, der sich wie ein nasser Pudel schüttelte, »das Eis brach unter mir und half mir zu einem unfreiwilligen Bade.«

»Dann haben Sie aber«, fragte Jasper Hobson,

»meine Mahnung, nicht zu tief zu graben, außer acht gelassen?«

»Entschuldigen Sie, Herr Leutnant. Sie sehen, daß ich kaum fünfzehn Zoll in den Eisboden hinein war. Es ist nur anzunehmen, daß sich unter mir eine Blase, eine Art Höhlung, befand, denn das Eis lag nicht auf dem Wasser auf, und ich brach durch wie durch eine Zimmerdecke. Hätte ich mich nicht an meinem Messer halten können, so konnte ich einfältiger Weise unter die Insel geraten, und das wäre doch etwas unangenehm gewesen; nicht wahr, Madam?«

»Sehr unangenehm, wackerer Sergeant!« antwortete die Reisende und bot dem braven Mann die Hand.

Sergeant Longs abgegebene Erklärung war völlig richtig.

Aus irgendwelchem Grund, vielleicht infolge der Entwicklung von Luft, bildete das Eis an dieser Stelle eine hohle Wölbung, und folglich hatte deren ohnehin nicht starke und durch das Schneemesser noch weiter geschwächte Decke unter dem Gewicht des Sergeanten nachgegeben.

Diese innere Gestaltung, welche sich gewiß an so manchen Punkten des Eisfeldes wiederholte, diente auch nicht zur besonderen Beruhigung. Wo war man nun sicher, den Fuß auf verläßlichen, festen Boden zu setzen? Konnte dieser nicht bei jeder Belastung einsinken? Nahm man noch hinzu, daß sich der grundlose Ozean unter jener dünnen Erd- und Sandkruste befand, welches noch so mutige Herz wäre dadurch nicht verzagt geworden?

Sergeant Long, der sich um das eben genommene Bad blutwenig kümmerte, wollte seine Mineurarbeiten an einer anderen Stelle frisch beginnen. Diesmal gab aber Mrs. Paulina Barnett ihre Zustimmung nicht, da es ihr nicht schwer ankam, eine Nacht ganz im Freien zuzubringen. Der Schutz des benachbarten Gehölzes würde ihr ebenso wie ihren Gefährten vollkommen genügen, und deshalb widersprach sie unbedingt der Wiederaufnahme einer so gefährlichen Arbeit. Sergeant Long mußte sich fügen und gehorchen.

Die Lagerstätte wurde demnach um etwa hundert Fuß vom Ufer nach rückwärts an eine kleine Bodenerhebung verlegt, wo sich einige vereinzelte Gruppen von Fichten und Weiden, welche zusammen den Namen eines Gehölzes noch nicht verdienten, erhoben. Um zehn Uhr abends, gerade als die Sonne den Horizont, unter dem sie für wenige Stunden verschwinden sollte, noch streifte, loderte knisternd ein Feuer von dürren Ästen empor.

Dem Sergeant Long bot dasselbe eine herrliche Gelegenheit, seine Füße zu trocknen, von der er eiligst Gebrauch machte. Jasper Hobson verplauderte mit ihm die Zeit, bis die Dunkelheit anstelle des Tageslichtes trat. Von Zeit zu Zeit mischte sich auch Mrs. Paulina Barnett in das Gespräch und suchte den Leutnant von seinen etwas düsteren Gedanken abzulenken. Diese schöne Nacht, am Zenit so sternenreich wie alle Polarnächte, erschien einer Besänftigung des Geistes besonders günstig. Leise murmelte der Wind in den Gipfeln, und das Meer an der Küste schien zu schlafen. Kaum erhoben sich langgedehnte Wellen auf seiner Fläche und verliefen sich geräuschlos am Ufersaume der Insel. Kein Schrei eines Vogels war in den Lüften, kein Laut von irgendeinem Tier auf der Ebene hörbar. Nur die vom Harze genährten Flammen brachen prasselnd aus den Tannenstämmchen hervor, und dann und wann unterbrach das Gemurmel der Stimmen, welche im Luftzug verhallten, das Schweigen der Nacht, das dadurch nur erhabener erschien.

»Wer möchte glauben«, sagte da Mrs. Paulina Barnett, daß wir jetzt auf weitem Meere entführt werden? Wahrlich, Herr Hobson, jetzt habe ich Mühe, mir das richtig vorzustellen, denn uns erscheint das Meer unbeweglich, und doch treibt es uns mit unwiderstehlicher Gewalt dahin!«

»Ja, Madam«, antwortete Jasper Hobson, »wenn der Boden dieses Fahrzeuges verläßlich wäre, wenn der Kiel dem Schiffe nicht über kurz oder lang mangeln müßte, wenn seine Planken nicht drohten, sich heut oder morgen zu öffnen, und wenn ich endlich wüßte, wohin es mich trägt, dann, gestehe ich Ihnen, wäre ich auch nicht böse, den Ozean in dieser Weise zu befahren.«

»Wahrlich, Herr Hobson«, fuhr die Reisende fort, »gibt es denn eine angenehmere Fortbewegung als die unserige? Wir bemerken ja gar nichts davon, da unsere Insel mit der Meeresströmung genau dieselbe Schnelligkeit besitzt. Entspricht das nicht vollkommen den Verhältnissen des Luftballons in der Höhe? Wie reizend müßte es sein, so mit seinem Haus, Garten, Park, ja, mit dem ganzen Land zu verreisen! Eine schwimmende Insel, darunter verstehe ich aber eine wirkliche Insel mit festem Grund und Boden, müßte doch das bequemste und herrlichste Fahrzeug abgeben, das nur zu erdenken wäre. Man berichtet von schwebenden Gärten; ei, warum soll man dereinst nicht schwimmende Parks herstellen, die uns nach jedem beliebigen Punkte der Erde dahintragen? Ihre Größe würde sie von dem Seegang ganz unabhängig und ihnen die Stürme unschädlich machen. Vielleicht wären bei günstigem Wind auch große Segel dabei zu benutzen. Welche Wunder der Vegetation entfalteten sich dann wohl vor den Blicken der Reisenden, wenn sie aus der gemäßigten Zone in die Tropenzone einträten! Sicher müßte man mit geschickten und über alle Meeresströmungen genau unterrichteten Lotsen sich in jeder beliebigen Breite erhalten und eines ewigen Frühlings erfreuen können!«

Jasper Hobson vermochte gegenüber diesen Traumbildern der enthusiastischen Mrs. Barnett ein Lächeln nicht zu unterdrücken. Die kühne Frau ließ ihren Gedanken so liebenswürdig freien Lauf und glich so sehr der Insel Victoria, welche sich weiterbewegte und es doch nicht verriet. Gewiß konnte man sich nach Lage der Sachen über diese eigentümliche Art, die Meere zu durchziehen, nicht beklagen, wenn man davon absah, daß die Insel in jedem Augenblick zu schmelzen und zu versinken drohte.

Die Nacht verstrich. Nach wenigen Stunden der Ruhe frühstückte man zum allgemeinen Wohlgefallen. Ein lebhaftes Feuer von dürrem Gesträuch erwärmte und belebte auch die Füße der Schläfer wieder, welche durch die Nachtkälte etwas erstarrt gewesen waren.

Um sechs Uhr morgens begaben sich Mrs. Paulina Barnett, Leutnant Hobson und Sergeant Long wieder auf den Weg.

Vom Kap Michael bis zum vormaligen Barnett-Hafen verlief die Küste fast geradlinig von Süden nach Norden und in einer Länge von fast elf Meilen. Sie bot nichts Besonderes und schien durch den Bruch des Isthmus nicht gelitten zu haben. Ein wenig rückwärts von dem im allgemeinen niedrigen und ebenen Ufer brachte Sergeant Long auf Jasper Hobsons Anordnung einige Merkzeichen an, um mit ihrer Hilfe spätere Veränderungen richtiger erkennen zu können.

Der Leutnant wünschte Fort-Esperance noch denselben Abend wieder zu erreichen; Mrs. Paulina Barnett ihrerseits drängte es, ihre Genossen, ihre Freunde wiederzusehen, und unter den obwaltenden Verhältnissen empfahl es sich auch nicht, die Abwesenheit des Chefs der Faktorei weiter auszudehnen.

Man ging also schneller, verfolgte eine schräge Linie und kam gegen Mittag schon um das kleine Vorgebirge herum, welches vordem den Barnett-Hafen gegen die Ostwinde deckte.

Von hier bis nach Fort-Esperance war es etwa noch acht Meilen weit. Vor vier Uhr nachmittags wurde diese Strecke zurückgelegt, und begrüßten die Hurras des Korporal Joliffe die Heimkehr der Reisenden.

Fünftes Kapitel

Vom 25. Juli bis zum 20. August

Bei seiner Rückkehr in das Fort war es Jasper Hobsons erste Sorge, Thomas Black über den Zustand der Kolonie zu befragen.

Seit vierundzwanzig Stunden hatte keine merkbare Veränderung stattgehabt, wohl aber befand sich die Insel, wie eine spätere Messung ergab, um einen Breitengrad südlicher und etwas westlicher als vorher. Jetzt mochte sie in der Höhe des Eiskaps, einer kleinen Spitze von Nord-Georgia und zweihundert Meilen vom amerikanischen Festland entfernt, umherschwimmen. Die Schnelligkeit der Strömung schien hier etwas weniger groß zu sein als in den östlicheren Teilen des Polarmeeres, doch trieb sie die Insel noch immer vorwärts, welche sich zu Jasper Hobsons Leidwesen der Beringstraße unaufhaltsam näherte. Jetzt schrieb man erst den 24. Juli, und auch ein langsamer Strom reichte wohl hin, sie binnen einem Monat durch die Meerenge in die erwärmten Gewässer des Pazifischen Ozeans zu führen, in dem sie sich auflösen mußte wie ein Stück Zucker in einem Glas Wasser.

Mrs. Paulina Barnett teilte Madge das Ergebnis ihrer Rundfahrt um die Insel mit, beschrieb ihr die streifige Lage der Schichten an der Bruchstelle des Isthmus, die auf fünf Fuß abgeschätzte Dicke des Eisfeldes unter Wasser, den Unfall Sergeant Longs nebst dessen unfreiwilligem Bad und legte ihr alle die Gründe vor, welche jeden Augenblick den Bruch oder die Versenkung der Eisscholle veranlassen könnten.

Indessen herrschte das Gefühl der vollkommensten Sicherheit in der Faktorei. Den wackeren Insassen derselben war nie ein Gedanke daran gekommen, daß Fort-Esperance über einem Abgrund schwebe und das Leben seiner Bewohner jede Minute in Gefahr sei. Allen ging es aufs beste. Das Wetter war schön, das Klima gesund und stärkend, und Männer und Frauen wetteiferten in froher Laune und strotzender Lebensfülle. Der kleine Michael wurde nun ganz reizend; er versuchte in der Umgebung des Forts seine ersten Schritte, und der ganz in ihn vernarrte Korporal Joliffe wollte ihm gar schon die Handhabung eines Gewehres und die Elemente der Soldatenschule lehren. Oh, welchen Kriegsmann hätte er in seinem Sohn erzogen, wenn Mrs. Joliffe ihm nur einen solchen schenkte; doch dafür war nur geringe Aussicht, und bis jetzt wenigstens verweigerte der Himmel hartnäckig dem Ehepaar jenen Segen, um den es ihn tagtäglich anflehte.

Den Soldaten fehlte es nicht an Beschäftigung. Mac Nap, der Zimmermann, und seine Werkleute, Petersen, Belcher, Garry, Pond und Hope, arbeiteten eifrig an dem zu erbauenden Schiff – ein lange dauerndes, schwieriges Werk, welches leicht noch mehrere Monate beanspruchen konnte. Da die Benutzung des Fahrzeuges aber doch erst für kommenden Sommer nach eingetretenem Tauwetter in Aussicht genommen war, versäumte man daneben auch nicht die Befriedigung der spezielleren Bedürfnisse der Faktorei. Jasper Hobson ließ alles geschehen, als wäre der Fortbestand seines Etablissements für ewige Zeit gesichert, und hielt seine Leute fortdauernd in Unkenntnis der Sachlage. Mehr als einmal wurde hierüber zwischen denjenigen, welche man gewissermaßen den »Generalstab« der Insel nennen konnte, verhandelt. Mrs. Paulina Barnett und Madge stimmten niemals der Ansicht des Leutnants in diesem Punkte völlig bei, sondern meinten, daß ihre tatkräftigen und entschlossenen Gefährten keine Leute seien zum vorzeitigen Verzweifeln und der Schlag sie nur um so unerwarteter treffen müsse, wenn die Gefahren der Situation ein weiteres Verhehlen derselben unmöglich machten. Nichtsdestoweniger bestand Jasper Hobson auf seinem Urteil und wurde von Sergeant Long nur noch darin bekräftigt. Vielleicht hatten diese beiden, denen bezüglich der Umstände und der Menschen die Erfahrung zur Seite stand, auch vollkommen recht.

Die Arbeiten für die innere Einrichtung und die Verteidigungsfähigkeit des Forts wurden ebenfalls fortgesetzt. Der durch neue Pfähle verstärkte und stellenweise erhöhte Palisadenkranz bildete eine sehr widerstandsfähige Umwallung; Mac Nap führte selbst eins seiner Lieblingsprojekte, welches auch die Zustimmung seines Chefs fand, aus, indem er an den vorspringenden Winkeln, welche die Umzäunung nach dem See zu bildete, kleine, spitze Wachttürmchen errichtete. Korporal Joliffe seufzte fast nach dem Augenblick, daß er dorthin die Wache zur Ablösung führen werde, wodurch die ganze Anlage erst den für ihn so herzerquickenden Anblick zu bieten versprach.

Nach Vollendung der Außenwerke konstruierte Mac Nap, gewitzigt durch die Strenge des verflossenen Winters, einen neuen Holzschuppen an der Seite des Hauptgebäudes rechts, und zwar so, daß man ihn von letzterem aus, ohne sich der freien Luft aussetzen zu müssen, erreichen konnte, um das Brennmaterial immer in der Nähe der Konsumenten zu haben. An der linken Seite erbaute er einen großen zur Soldatenwohnung bestimmten Raum, um das Feldbett in dem allgemeinen Saale zu räumen, der ferner nur zu den Mahlzeiten, Spielen und Arbeiten dienen sollte. Die neue Wohnung bezogen von nun an die drei Ehepaare in abgesonderten Zimmern und die übrigen Soldaten. Dazu wurde hinter dem Hause ein besonderes Pelzmagazin errichtet, wodurch der ganze Bodenraum frei ward, dessen Dachsparren und Balken eiserne Klammern in den Stand setzten, jedem neuen Angriffe zu trotzen.

Auch eine Kapelle aus Holz wollte Mac Nap noch herstellen. Ursprünglich in Jasper Hobsons Hauptplan mit aufgenommen, sollte sie die fertige Faktorei noch vervollständigen, doch wurde ihr Bau bis zur nächsten Sommersaison vertagt.

Mit welcher Sorgfalt, welch tätigem Eifer hätte Jasper Hobson unter anderen Verhältnissen alle Einzelheiten seines Etablissements verfolgt! Hätte er auf festem Grund gebaut, wieviel Vergnügen hätte ihm dann das Aufwachsen dieser Häuser, Schuppen und Magazine gewährt! Und dazu noch das zukünftig ganz nutzlose Vorhaben, Kap Bathurst mit einem Werk zu krönen, welches die Sicherheit des Fort-Esperance so wesentlich erhöhen sollte! Das Fort-Esperance (Fort der Hoffnung)! Wie lastete jetzt dieser Name auf seinem Herzen! Kap Bathurst hatte ja für immer das amerikanische Festland verlassen, und Fort-Esperance hätte vielmehr Fort-Sans-Espoir (Fort ohne Hoffnung) heißen sollen!

Jene verschiedenen Arbeiten ließen keine Hand zum Feiern kommen. Der Bau des Schiffes schritt nach Vorschrift vorwärts. Nach Mac Naps Aufriß war es zu dreißig Tonnen Tragkraft berechnet und mußte geeignet werden, in der besseren Jahreszeit an zwanzig Passagiere wohl einige hundert Meilen weit zu führen. Der Zimmermann hatte glücklicherweise einige krummgewachsene Bäume aufgefunden, welche zu den Rippen des Fahrzeuges verarbeitet wurden, und bald erhoben sich am Kiele der Vorder- und Hintersteven auf der Werft am Fuße des Kaps Bathurst.

Während die Zimmerleute mit Äxten, Sägen und Hohlbeilen arbeiteten, stellten die Jäger dem Tafelwild, wie Rentieren und Polarhasen, die in der Umgebung der Faktorei in Menge vorkamen, eifrig nach. Der Leutnant hatte Sabine und Marbre eingeschärft, sich niemals weit zu entfernen, wofür er ihnen als Grund angab, daß er vor vollkommener Fertigstellung der Faktorei in der Umgebung keine Spuren zurückgelassen wissen wollte, welche irgendeinen Feind herbeilocken könnten. In Wahrheit wollte Jasper Hobson freilich nur die Veränderungen, die die Halbinsel betroffen hatten, nicht bekannt werden lassen.

Eines Tages kam es sogar vor, daß Jasper Hobson, als Marbre die Frage an ihn gestellt hatte, ob es nicht Zeit sei, an der Walroß-Bai die Jagd auf jene Amphibien, die ein so vorzügliches Brennmaterial lieferten, wiederaufzunehmen, diesem lebhaft antwortete:

»Nein, das ist nutzlos, Marbre!«

Leutnant Hobson wußte nur zu gut, daß die Walroß-Bai zweihundert Meilen im Süden zurückgeblieben war und daß jene Tiere die Ufer der Insel nicht mehr besuchten.

Man darf indes nicht glauben, daß er die Situation für ganz verzweifelt ansah. Davon war er weit entfernt und hatte sich gegen Mrs. Paulina Barnett oder Sergeant Long mehrfach in diesem Sinne ausgesprochen. Er behauptete stets, daß die Insel so lange Widerstand leisten werde, bis der Winterfrost ihre Stärke wieder erhöhen und sie in seinem Laufe aufhalten müßte.

Nach seiner Umreisung der Insel hatte Jasper Hobson den Umfang seines neuen Gebietes genau gemessen. Derselbe betrug mehr als vierzig Meilen*, die Oberfläche aber mindestens einhundertundvierzig Quadratmei-

*Gegen zweiundfünfzig Kilometer oder sieben geographische Meilen.

len. Zur Vergleichung diene die Angabe, daß die Insel Victoria etwas größer war als die Insel Helena und etwa ebensogroß als die Stadt Paris innerhalb der Befestigungslinie. Selbst wenn sie sich in mehrere Bruchstücke spaltete, konnten diese noch eine genügende Ausdehnung behalten, um eine Zeitlang bewohnbar zu sein.

Als Mrs. Paulina Barnett ihre Verwunderung über die Ausdehnung eines solchen Eisfeldes aussprach, führte ihr Leutnant Hobson die Beobachtungen der Polarfahrer hierüber an. Nicht selten stießen Parry, Penny, Franklin und andere bei ihren Reisen im Arktischen Ozean auf Eisschollen von hundert Meilen Länge und fünfzig Meilen Breite. Kapitän Kellet verließ sein Schiff auf einem Eisfeld von 3000 Quadratmeilen Oberfläche. Was war im Vergleich hiermit die Insel Victoria?

Immerhin konnte deren Größe hinreichend sein, um bis zum Winterfroste auszuhalten, bevor wärmere Strömungen ihre Grundlage schmolzen. Jasper Hobson setzte hierein gar keinen Zweifel und war nur tief betrübt über soviel nutzlose Bemühungen, so viel vergebliche Anstrengungen, so viele zerstörte Pläne und darüber, daß sein der Erfüllung so naher Traum buchstäblich zu – Wasser werden sollte. Man sieht leicht ein, daß er für die eigentlichen Arbeiten kein besonderes Interesse haben konnte. Er ließ eben alle gewähren, das war alles!

Mrs. Paulina Barnett machte gute Miene zum bösen Spiel. Sie hielt ihre Begleiter ebenso zur Arbeit an, wie sie selbst daran teilnahm. Da sie die Sorge bemerkte, welche Mrs. Joliffe um ihre Sämereien hatte, stand sie ihr täglich ratend zur Seite. Sauerampfer und Löffelkraut hatten eine reichliche Ernte ergeben, die man nicht zum kleinsten Teil dem Korporal verdankte, der mit der Ausdauer einer leibhaftigen Vogelscheuche das besäte Terrain gegen Tausende diebischer Schnäbel verteidigte.

Die Zähmung der Rentiere glückte vollkommen. Mehrere Weibchen warfen Junge, und der kleine Michael wurde zum Teil mit Rentiermilch aufgezogen. Die ganze Herde zählte nun gegen dreißig Köpfe. Die Tiere trieb man nach den Rasenflächen am Kap Bathurst auf die Weide und sammelte auch einen Wintervorrat von kurzem, trockenem Gras an den Abhängen des Vorgebirges. Diese Rentiere, welche gegen die Leute im Fort schon ganz zutraulich wurden, ließen sich übrigens leicht zähmen, liefen nicht aus der Umzäunung heraus, und manche von ihnen dienten beim Holztransport als Zugtiere vor den Schlitten.

Daneben fing man in der Nachbarschaft der Faktorei noch eine ziemliche Anzahl derselben in der halbwegs zwischen dem Fort und dem Barnett-Hafen angelegten Fallgrube.

Im vorigen Jahre war ebenda, wie erzählt, ein riesiger Bär gefangen worden, jetzt fand man sehr häufig Rentiere darin. Das Fleisch derselben wurde gesalzen, getrocknet und als Nahrungsmittel aufbewahrt. Wohl zwanzig jener Wiederkäuer gingen in die Falle.

Infolge der Bodengestaltung wurde dieselbe aber eines Tages plötzlich außer Gebrauch gesetzt, und als Jäger Marbre am 5. August von der Visitation zurückkam, trat er an Jasper Hobson heran und sagte mit ganz eigentümlichem Ton:

»Ich melde mich von der täglichen Visitation der Fallgrube zurück, Herr Leutnant.«

»Gut, Marbre«, antwortete Jasper Hobson, »Sie waren heute hoffentlich ebenso glücklich wie gestern und haben ein paar Rentiere darin vorgefunden?«

»Nein, Herr Leutnant ... das nicht ...« entgegnete Marbre mit sichtbarer Verlegenheit.

»Wie? Ihre Falle hätte nicht den gewohnten Ertrag geliefert?«

»Nein, und wenn heute ein Stück Wild hineingefallen wäre, müßte es sicherlich – ertrunken sein.«

»Ertrunken?« rief der Leutnant und fixierte den Jäger mit unruhig forschendem Blick.

»Ja, Herr Leutnant«, antwortete Marbre, der seinen Vorgesetzten aufmerksam im Auge behielt, »die Grube ist voller Wasser.«

»Ah, gut«, fuhr Jasper Hobson in einem Tone fort, als lege er auf die Sache gar kein besonderes Gewicht, »Sie wissen ja, daß die Grube zum Teil im Eise ausgebrochen war. Nun hat die Sonne die Wände abgeschmolzen, und dann . . .«

»Entschuldigen Sie, wenn ich unterbreche, Herr Leutnant«, fiel Marbre ein, »jenes Wasser kann aber nicht von geschmolzenem Eis herrühren.«

»Weshalb nicht, Marbre?«

»Weil es dann, wie Sie seinerzeit erklärt haben, Süßwasser sein müßte; das Wasser in der Grube ist im Gegenteil aber salzig!«

Sosehr sich Jasper Hobson sonst beherrschte, so erbleichte er jetzt doch leicht und hatte keine Erwiderung.

»Im Übrigen«, fügte der Jäger hinzu, »wollte ich eine Sondierung vornehmen, um die Höhe des Wasserstandes zu erfahren, doch zu meiner großen Verwunderung, ich gestehe es, konnte ich keinen Grund finden.«

»Nun wohl, Marbre«, sagte Jasper Hobson, »was ist dabei groß zu verwundern? Zwischen der Fallgrube und dem Meer wird durch einen Bodenspalt eine Verbindung eingetreten sein; das kommt manchmal vor, selbst bei dem festesten Boden. Darum beunruhigen Sie sich also nicht, mein wackerer Jäger. Verzichten Sie vorläufig auf die Benutzung der Falle und beschränken sich auf die Aufstellung von Schlingen in den Umgebungen des Forts.«

Marbre legte grüßend die Finger an die Stirn, drehte sich auf den Fersen um und verließ den Leutnant, nicht ohne einen eigentümlichen Blick auf seinen Chef zu werfen.

Nachdenklich verweilte Jasper Hobson einige Augenblicke. Es war das eine wichtige Neuigkeit, die er durch Marbre erfahren hatte. Offenbar war der Grund der Grube durch wärmeres Wasser geschmolzen, geborsten, und nun bildete die Oberfläche des Meeres den Grund der Fallgrube.

Jasper Hobson suchte den Sergeant Long auf und machte ihm von dem Zufall Mitteilung. Beide begaben sich unbemerkt von den anderen nach der Uferstelle am Kap Bathurst, an der sie Marken angebracht hatten.

Sie sahen nach diesen.

Seit der letzten Beobachtung hatte sich das Niveau der Insel um sechs Zoll gesenkt!

»Wir gehen nach und nach unter«, murmelte halblaut Sergeant Long; »das Eisfeld schmilzt unter Wasser weg!«

»Oh, der Winter! Der Winter!« rief Jasper Hobson, und stampfte den verwünschten Boden mit den Füßen.

Noch trat aber kein Vorzeichen der kalten Jahreszeit ein. Das Thermometer hielt sich im Mittel auf 15° über Null, und auch die wenigen Nachtstunden hindurch fiel das Quecksilber kaum um drei bis vier Grad.

Indessen wurden die Vorbereitungen für die zweite Durchwinterung eifrig fortgesetzt. Es mangelte ja an nichts, und obgleich Fort-Esperance durch kein vom Kapitän Craventy entsendetes Detachement mit neuen Vorräten versorgt worden war, durfte man doch den langen Stunden der Polarnacht mit vollkommener Ruhe entgegensehen. Nur die Munition erheischte einige Sparsamkeit. An Spirituosen, von welchen übrigens nur ein sehr beschränkter Gebrauch gemacht wurde, und an dem an Ort und Stelle nicht zu ersetzenden Schiffszwieback war noch ein tüchtiger Vorrath vorhanden. Dazu hatte man für das konsumierte frische Wild und konservierte Fleisch hinlänglichen Ersatz, und es erhielt diese reichliche und gesunde Nahrung in Verbindung mit antiskorbutischer Pflanzenkost alle Mitglieder der kleinen Kolonie bei bester Gesundheit.

In dem Wald, welcher die Ostseite der Lagune bekränzte, fällte man reichlich Holz für den Winterbedarf. Eine große Menge Weiden, Fichten und Tannen fielen unter dem Beile Mac Naps, und die gezähmten Rentiere schleiften sie nach dem Schuppen. Der Zimmermann schonte die Waldung nicht; er mußte der Ansicht sein, daß das Holz dieser Insel, welche er noch für eine Halbinsel hielt, nie ausgehen könne, wozu ihn wohl der reiche Bestand an verschiedenen Baumarten in der Nachbarschaft des Kaps Michael verleiten mochte.

Häufig war er ganz außer sich vor Freude und beglückwünschte den Leutnant, dieses vom Himmel so gesegnete Gebiet erschlossen zu haben, auf dem das neue

Etablissement zweifelsohne gedeihen müßte. Holz, Wild, Pelztiere für die Magazine der Kompanie – alles bot sich in Überfluß dar. Dazu eine Lagune zum Fischen, deren Ergebnisse die Tischfreuden durch angenehme Abwechslung erhöhten; Gras für die Haustiere und »doppelter Sold für die Mannschaften«, hätte Korporal Joliffe sicher noch hinzugesetzt. War dieses Kap Bathurst also nicht ein bevorzugtes Stück Erde, dem kaum eine Gegend des Arktischen Kontinentes gleichkommen konnte? O gewiß, Leutnant Hobson hatte eine glückliche Hand gehabt und mußte der Vorsehung danken, ihn nach diesem Land ohnegleichen geführt zu haben.

Natürlich wurde in der kleinen Kolonie die Herstellung der nötigen Winterkleidung daneben nicht vernachlässigt. Das ganze weibliche Personal, auch Mrs. Joliffe, wenn sie aus der Küche abkommen konnte, arbeitete fleißig. Mrs. Paulina Barnett, welche ja wußte, daß man das Fort bald verlassen müsse, wollte für den Fall eines weiten Zuges bei strenger Winterkälte über das Eis bis zum Festland jedermann mit hinreichend schützender Kleidung versehen wissen. Voraussichtlich war in der langen Polarnacht einer furchtbaren Kälte Trotz zu bieten, und das viele Tage lang, wenn die Insel Victoria sich in großer Entfernung von der Küste festsetzte. Hunderte von Meilen unter solchen Verhältnissen zurückzulegen, stellten an Kleidung und Schuhwerk weitgehende Ansprüche. Die Reisende bemühte sich, nebst ihrer Madge, deshalb ernstlich um deren Vollendung. Das Pelzwerk, welches zu retten ja keinerlei Aussicht war, fand unter den verschiedensten Formen Verwendung. Man legte es z. B. doppelt, so daß die Kleidungsstücke innerlich und äußerlich eine Haarseite zeigten. Die Soldaten und deren Frauen mußten, wenn jene Zeit herankam, ebenso wie ihre Offiziere in den kostbarsten Pelzen einhergehen, um welche sie die reichsten Ladys und die verwöhntesten russischen Fürstinnen beneidet hätten.

Die Mrss. Raë, Mac Nap und Joliffe waren einigermaßen verwundert über diese Vergeudung der Schätze der

Kompanie. Leutnant Hobsons Befehl lautete aber dahin, und ohnedem konnten ja die Zobelmarder, Wiesel, Bisamratten, Biber und Füchse jeder Zeit durch einige Flintenschüsse ersetzt werden. Als Mrs. Mac Nap überdies das kostbare Hermelinkleidchen sah, das Madge für ihr kleines Kind hergestellt hatte, erschien ihr die Sache gar nicht mehr so außerordentlich.

So enteilten die Tage bis Mitte August. Die Witterung war immer prächtig, und wenn auch dann und wann am Horizont Nebel auftauchten, so sog die Sonne sie doch unverzüglich auf.

Tagtäglich bestimmte Leutnant Hobson die Lage der Insel, entfernte sich aber immer weit genug, um von seinen Leuten nicht dabei bemerkt zu werden, da die so häufige Wiederholung dieser Beobachtung einen gewissen Verdacht notwendig erregen mußte. Auch nahm er wiederholt verschiedene Teile der Insel in Augenschein, zum Glück ohne wesentliche Veränderungen derselben zu bemerken.

Am 16. August befand sich die Insel Victoria unter 167° 27’ der Länge und 70° 49’ nördlicher Breite. Sie war seit einiger Zeit demnach wieder nach Süden zurückgegangen, doch ohne eine Annäherung an die Küste, welche hier auch selbst bogenförmig zurückwich und deshalb immer noch gegen zweihundert Meilen nach Südosten entfernt blieb.

Den von der Insel seit dem Bruche des Isthmus oder genauer seit der letzten Tauperiode zurückgelegten Weg konnte man wohl auf elf- bis zwölfhundert Meilen veranschlagen.

Doch wie gering war diese Strecke gegenüber dem unermeßlichen Ozean? Hat man nicht Schiffe unter der Gewalt von Strömungen schon Tausende von Meilen verschlagen sehen, wie die »Resolute«, ein englisches Fahrzeug, die amerikanische Brigg »Advance« und den »Fox«, welche mit ihren Eisfeldern viele, viele Grad weit hinweggeführt wurden, bis der Winter sie in ihrem Unglückszug aufhielt!

Sechstes Kapitel

Zehn Tage Sturm

Während der vier Tage, vom 17. bis zum 20. August, war das Wetter immer schön und die Wärme beträchtlich. Die Dünste des Horizontes verdichteten sich niemals zu Wolken; nur selten erhielt sich unter so hohen Breiten die Atmosphäre bei solcher Klarheit. Selbstverständlich konnten diese klimatischen Verhältnisse Jasper Hobson keineswegs erfreuen.

Am 21. August verkündete das Barometer eine bevorstehende Witterungsveränderung, indem die Quecksilbersäule plötzlich um einige Linien fiel; doch stieg sie am anderen Tag wieder, sank dann noch einmal, und erst am 23. August blieb sie dauernd niedriger.

Am 24. August stiegen die angesammelten Nebel, statt sich zu zerstreuen, als Wolken auf und verschleierten die Sonne zur Mittagszeit vollkommen, so daß Leutnant Hobson seine gewöhnliche Beobachtung aussetzen mußte.

Am nächsten Tag erhob sich ein scharfer Wind aus Nordosten und fiel, wenn dieser sich zeitweilig legte, reichlicher Regen. Dabei unterlag die Temperatur aber keiner wesentlichen Veränderung, sondern hielt sich immer auf + 12°.

Die projektierten Arbeiten waren um diese Zeit zum Glück ausgeführt, und Mac Nap hatte den Rumpf des Schiffes im groben vollendet. Auch die Jagd auf eßbares Wild konnte ohne Gefahr eingestellt werden, da man hinreichende Vorräte besaß. Übrigens wurde das Wetter bald so schlecht, der Wind so heftig, der Regen so durchdringend und der Nebel so dicht, daß man darauf verzichten mußte, die Umzäunung des Forts zu verlassen.

»Was halten Sie von dieser Änderung des Wetters, Herr Hobson?« fragte Mrs. Paulina Barnett, als sie am Morgen des 27. August die Wut des Unwetters von Stunde zu Stunde wachsen sah. »Könnte sie uns nicht von Nutzen sein?«

»Das weiß ich noch nicht, Madam«, antwortete Leutnant Hobson, »doch glauben Sie, daß für uns alles andere besser ist als das vorhergegangene prächtige Wetter, welches die Gewässer des Ozeans mehr und mehr erwärmte. Übrigens bemerke ich, daß der Wind aus Nordosten aushält, und da er sehr heftig ist, kann unsere Insel schon ihrer Masse wegen sich seiner Einwirkung nicht ganz entziehen. Es würde mich demnach gar nicht wundernehmen, wenn sie sich dabei dem amerikanischen Festland näherte.«

»Leider können wir«, sagte Sergeant Long, »unsere Lage nicht täglich aufnehmen. Bei dieser dicken Luft sind ja weder Sonne noch Mond oder Sterne zu erblikken; da soll nun einer Beobachtungen anstellen!«

»Zugestanden, Sergeant Long«, erwiderte Mrs. Paulina Barnett, »dafür stehe ich Ihnen aber, daß wir das Land erkennen, wenn es uns nur zu Gesicht kommt, und wo es auch sei, es wird uns willkommen sein. Aller Voraussicht nach wird es ein Teil des russischen Amerika, wahrscheinlich Nord-Georgia, sein.«

»So scheint es in der Tat«, fügte Jasper Hobson hinzu, »denn in diesem ganzen Teil des Eismeeres trifft man auf keine Insel und kein Eiland, nicht einmal auf einen Felsen, an den wir uns anklammern könnten!«

»Ei«, sagte Mrs. Paulina Barnett, »weshalb sollte unser Fahrzeug uns nicht direkt bis an die Küste Asiens tragen? Kann es unter dem Einfluß der Strömung nicht an der Beringstraße vorbeigehen und uns nach dem Land der Tchouktchis führen!«

»O nein, Madam«, entgegnete der Leutnant, »unser Eisfeld begegnete dabei dem Kamtschatkastrom und würde durch diesen mit großer Schnelle nach Nordosten hin getrieben werden, was sehr zu bedauern wäre. Nein, es ist weit wahrscheinlicher, daß uns der Nordostwind dem Küstengebiet des russischen Amerika zutreibt.«

»Dann werden wir wachsam sein müssen, Herr Hobson«, sagte die Reisende, »und unsere Richtung so gut als möglich zu erkennen suchen.«

»Daran wird es nicht fehlen, Madam«, antwortete Jasper Hobson, »trotzdem daß diese dicken Nebel unseren Blick beschränken. Wenn wir jedoch an die Küste geworfen würden, müßte der Stoß heftig genug sein, um ihn bestimmt zu bemerken; hoffen wir nur, daß die Insel dabei nicht in Stücke bricht. Darin liegt die Gefahr! Und doch, wenn es sein sollte, würden wir nichts dagegen vermögen.«

Natürlich fanden diese Gespräche nicht in dem allgemeinen Saal statt, in dem der größte Teil der Soldaten und die Frauen die Stunden der Arbeit verbrachten. Mrs. Paulina Barnett sprach über derlei Sachen nur in ihrem eigenen Zimmer, dessen Fenster nach dem Vorderteil der Umplankung gerichtet waren. Jetzt drang kaum hinreichendes Licht durch die trüben Scheiben, dafür hörte man draußen den schrecklichen Sturmwind sausen, gegen den das Gebäude, wenn jener von Nordosten blies, durch Kap Bathurst einigermaßen gedeckt wurde. Dafür trommelten der Sand und die Erde, welche er von der Spitze des Vorgebirges entführte, wie Schloßen auf dem Holzdach. Mac Nap beunruhigte sich neuerdings wegen seiner Kamine, vorzüglich wegen des von der Küche ausgehenden, welcher ja fortwährend gebraucht wurde. In das Geheul des Windes mischte sich noch das furchtbare Tosen des empörten Meeres, das sich am Uferrand brach. Trotz der wütenden Windstöße wollte Jasper Hobson am 28. August unbedingt Kap Bathurst besteigen, um den Horizont, das Meer und den Himmel genauer zu beobachten. Dicht eingehüllt, um den Wind sich nicht in seiner Kleidung fangen zu lassen, begab er sich nach außen.

Ohne große Beschwerden gelangte er nach Überschreitung des inneren Hofes bis zum Fuße des Kap Bathurst; zwar blendeten Erde und Sand ihm die Augen, doch hatte er unter dem Schutze der Uferhöhe noch nicht direkt gegen den Sturm anzukämpfen.

Die schwierigste Aufgabe bestand nun aber darin, an den Seiten der Erhöhung, welche fast lotrecht abgeschnitten waren, emporzuklimmen. Nur dadurch, daß er sich an Grasbüscheln festhielt, erreichte er den Gipfel des Kaps; dort konnte er aber bei der Gewalt des Sturmes weder stehen noch sitzen und mußte sich platt auf den Abhang niederlegen und an Gesträuche anklammern, wobei er nur den Kopf den wütenden Windstößen aussetzte.

Jasper Hobson lugte mit aller Anstrengung durch den Nebel; der Anblick des Meeres und des Himmels war wirklich schrecklich. Schon in einer halben Meile Entfernung verschwammen beide ineinander. Über seinem Haupt sah er tiefgehende, zerrissene Wolken dahinjagen, während am Zenit noch dichte Nebelmassen unbeweglich hingen. Auf Augenblicke beruhigte sich wohl auch die Luft, und dann hörte man nur das Stürmen der Brandung und den Anprall der entfesselten Wellen. Dann aber setzte der Sturm wieder mit einer Gewalt ohnegleichen ein, und Jasper Hobson fühlte den Grund des Vorgebirges erzittern. Dann und wann wurde der Regen so heftig geschleudert, daß die Tropfenlinien tausend kleinen Wasserstrahlen glichen, welche der Wind wie Kartätschenhagel dahinblies.

Es war das ein Orkan, der aus der schlimmsten Himmelsgegend herkam. Dieser Nordost konnte wohl lange Zeit andauern, und lange Zeit die Atmosphäre peitschen. Doch Jasper Hobson beklagte sich darüber nicht. Unter anderen Verhältnissen wäre ihm die verderbliche Wirkung eines solchen Sturmes gewiß zu Herzen gegangen, jetzt freute er sich über jenen! Hielt nur die Insel aus, und darauf war ja zu hoffen, so mußte sie auch durch die Gewalt des Windes, welche die Meeresströmungen überwältigte, nach Südwesten getrieben werden, und dort im Südwesten war ja das Festland – dort wohnte die Rettung! Für ihn, für alle seine Gefährten hätte nur der Sturm bis zu dem Augenblick anhalten sollen, wo er sie an die Küste, und sei diese, welche es wolle, warf. Was das Verderben eines Schiffes gewesen wäre, das war das Heil der irrenden Insel.

Eine Viertelstunde lang lag Jasper Hobson so unter der Geißel des Orkanes, durchnäßt vom Wasser des Meeres und des Regens, und klammerte sich mit der Kraft eines Ertrinkenden an den Boden, indem er sich schon überlegte, welchen Vorteil ihm dieser Sturm wohl gewähren könne. Dann kehrte er zurück, glitt an der Seite des Kaps hinab, eilte mitten durch den umherwirbelnden Sand über den Hof und trat wieder in das Haus ein. Jasper Hobsons erste Sorge war es, seinen Gefährten die Mitteilung zu machen, daß der Orkan seinen Höhepunkt noch nicht erreicht habe und man darauf rechnen könne, daß er noch einige Tage anhalten werde. Das tat er aber in ganz eigentümlichem Tone, als verkündete er eine gute Neuigkeit, und voller Erstaunen richteten sich die Blicke aller auf ihren Chef, dem dieser Kampf der Elemente nur angenehm zu sein schien.

Im Verlauf des 30. wagte sich Jasper Hobson noch einmal hinaus und drang, wenn auch nicht bis zum Gipfel des Kaps Bathurst, doch bis an den Rand des Ufers vor. An diesem Ufer, gegen das die Wogen in schräger Richtung anschlugen, fielen ihm plötzlich einige lange, in der Flora der Insel bisher nicht vorgekommene Meerespflanzen ins Auge.

Diese Gräser waren noch frisch und bestanden in langen Filamenten des Varec, welche unzweifelhaft erst vor kurzer Zeit vom amerikanischen Kontinent losgerissen waren. Dieser Kontinent konnte also nicht mehr fern sein! Der Nordostwind hatte die Insel dem Strome, der sie bis daher geführt, entrissen. Gewiß schlug dem Kolumbus einst das Herz nicht freudiger, als er die schwimmenden Pflanzen entdeckte, die ihm die Nähe des Landes anzeigten.

Jasper Hobson kam zum Fort zurück und teilte Mrs. Barnett und Sergeant Long seine Entdeckung mit. In diesem Augenblick hatte er fast Lust, seinen Begleitern über alles reinen Wein einzuschenken, so sicher war er von ihrer Rettung überzeugt. Doch noch hielt ihn eine Ahnung davon zurück; er schwieg.

Während dieser langen Tage der Einsperrung blieben die Bewohner des Forts nicht untätig und verwandten ihre Zeit auf Hausarbeiten. Manchmal stachen sie auch im Hof kleine Rinnen aus, um dem Wasser, das sich zwischen Haus und Magazin ansammelte, einen Abzug zu verschaffen. Einen Nagel in der einen und einen Hammer in der andern Hand, hatte Mac Nap in irgendeiner Ecke stets etwas auszubessern. So blieb man den ganzen Tag über beschäftigt, unbekümmert um die Wut des

Sturmes. Als die Nacht aber hereinbrach, schien dieser sich zu verdoppeln, so daß an Schlaf unmöglich zu denken war. Wie ebenso viele Keulenschläge trafen die Windstöße das Haus, und manchmal bildete sich scheinbar eine Art Wasserhose zwischen dem Kap und dem Fort. Die Dielen krachten, die Balken schienen auseinanderzuweichen, und man mußte befürchten, daß der ganze Bau in Stücke gehe. Für den Zimmermann war das eine Quelle fortwährender Sorgen, für seine Leute die Veranlassung, immer auf der Hut zu sein. Jasper Hobson lag weit weniger die Solidität des Hauses als die des Bodens am Herzen, auf welchem es errichtet war. Der Orkan wurde so heftig, die Bewegung des Meeres so furchtbar, daß der Gedanke an eine Zerstörung des Eisfeldes naheliegend erschien. Unmöglich konnte das ungeheure, in seiner Dicke verminderte und an der Basis abgenagte Eisfeld dem unaufhörlichen Steigen und Fallen des Meerwassers lange Widerstand leisten. Zwar fühlten die Bewohner der Insel vom Seegang nichts, doch unterlag sie den Wirkungen desselben nicht weniger. Es handelte sich demnach alles in allem um die Frage: Wird die Insel bis zu dem Zeitpunk, da sie gegen die Küste stößt, ausdauern oder vorher schon in Stücke gehen?

Jasper Hobson setzte Mrs. Paulina Barnett überzeugend auseinander, daß sie bis jetzt ausgehalten habe. Wenn das nicht der Fall gewesen und das Eisfeld schon in mehrere kleine Schollen geteilt wäre, so konnte das den Bewohnern von Fort-Esperance nicht verborgen bleiben, denn dasjenige Stück, welches sie selbst trug, wäre bei diesem Zustand des Meeres nicht unbewegt geblieben und hätte dem Seegang unterlegen. Sein Schwanken und Stampfen hätte die, welche sich auf seiner Oberfläche befanden, geschüttelt, wie Passagiere auf einem Schiff. Das war aber nicht der Fall. Auch bei Gelegenheit seiner täglichen Aufnahmen hatte Jasper Hobson niemals ein Zittern oder irgendwelche Bewegung der Insel bemerkt, die so fest zu sein schien, als ob ihr Isthmus sie noch immer an das Festland bände.

Hatte ein Bruch auch noch nicht stattgefunden, so

war ein solcher doch jeden Augenblick zu gewärtigen.

Jasper Hobson lag es vorzüglich am Herzen, zu wissen, ob die Insel, wenn sie außerhalb der Strömung dem Druck des Nordostwindes gefolgt war, sich der Küste genähert hätte, worauf sich alle seine Hoffnung gründete.

Ohne Sonne, Mond und Sterne nützten auch die Instrumente nichts und konnte man die genaue Lage der Insel nicht aufnehmen. Näherte man sich dem Festland, so würde man das erst wissen, wenn es sichtbar wurde, und auch Leutnant Hobson wäre zur richtigen Zeit, im Fall er nicht einen Stoß fühlte, ohne Kenntnis davon geblieben, wenn er sich nicht nach dem südlichen Teil dieses gefährlichen Gebietes begab. Die Orientation der Insel hatte sich bis jetzt nicht merklich geändert; noch immer wies Kap Bathurst nach Norden, ebenso wie zur Zeit, als es einen vorspringenden Punkt des amerikanischen Festlandes ausmachte. Die Insel mußte also, wenn sie anlandete, mit ihrem südlichen Teil zwischen Kap Michael und dem Winkel, den sie vormals bei der Walroß-Bai bildete, anstoßen. Mit einem Wort, die Verbindung mit dem Land mußte an der Stelle des früheren Isthmus stattfinden. Es war also ebenso nützlich als wichtig, zu wissen, was auf jener Seite vorging.

Leutnant Hobson beschloß demnach, sich trotz des abscheulichen Wetters nach dem Kap Michael zu begeben, gleichzeitig aber auch seinen Leuten den wahren Grund dieser Auskundschaftung zu verheimlichen. Nur der Sergeant allein sollte ihn durch den tobenden Sturm begleiten.

An demselben Tag, am 31. August, ließ sich Jasper Hobson, um nach allen Seiten sicher zu sein, den Sergeanten auf sein Zimmer rufen.

»Sergeant Long«, sagte er zu ihm, »es ist unabweislich nötig, daß wir uns ohne Verzug über die gegenwärtige Lage der Insel Victoria Gewißheit verschaffen oder doch zum mindesten wissen, ob die Gewalt des Windes sie, wie ich vermute, dem Festland Amerikas wieder zugetrieben hat.«

»Das scheint mir in der Tat nötig, Herr Leutnant«,

entgegnete der Sergeant, »und zwar je eher, desto besser.«

»Wir müssen deshalb«, fuhr Jasper Hobson fort, »nach dem Süden der Insel gehen . . .«

»Ich bin bereit, Herr Leutnant.«

»Ich weiß, Sergeant Long, daß Sie stets bereit sind, wenn es eine Pflicht zu erfüllen gilt. Doch sollen Sie nicht allein gehen, es ist besser, wenn wir unserer zwei sind, um für den Fall, daß Land in Sicht wäre, unsere Gefährten zu unterrichten. Wir werden also zusammen gehen.«

»Wann Sie wollen, Herr Leutnant; noch diesen Augenblick, wenn es Ihnen passend erscheint.«

»Heute abend nach neun Uhr, wenn alles im Schlaf liegt, brechen wir auf . . .«

»Richtig, denn alle würden uns begleiten wollen«, antwortete Sergeant Long, »und doch brauchen jene den Grund nicht zu wissen, der uns so weit von der Faktorei wegführt.«

»Das ist auch meine Ansicht«, erwiderte Jasper Hobson, »und ich möchte allen, so lange es angeht, das Beunruhigende dieser schrecklichen Lage ersparen. Sie nehmen Feuerzeug und Schwamm mit, um, wenn es nötig würde, z. B. wenn sich Land im Süden zeigte, ein Signal geben zu können.«

»Zu Befehl.«

»Unser Zug wird voller Beschwerden sein, Sergeant.«

»Das wird er, aber das tut auch nichts. Doch, Herr Leutnant, unsere Reisende?«

»Auch ihr wollte ich nichts mitteilen«, antwortete Jasper Hobson, »denn sie würde uns unfehlbar begleiten wollen.«

»Und das ist unmöglich«, meinte der Sergeant, »eine Frau kann nicht gegen einen solchen Sturm ankämpfen. Hören Sie, wie furchtbar er jetzt wütet?«

Wirklich erzitterte das Haus in seinen Grundpfeilern.

»Nein!« sagte Jasper Hobson, »jene mutige Frau kann und wird uns nicht begleiten; alles in allem dürfte es aber doch geraten sein, ihr unsere Absicht mitzuteilen. Sie muß unterrichtet sein, im Fall uns unterwegs ein

Unglück zustieße . . .«

»Gewiß, Herr Leutnant, gewiß!« antwortete Sergeant Long; »ihr dürfen wir nichts verhehlen, und für den Fall, daß wir nicht wiederkehrten . . .«

»Also, um neun Uhr, Sergeant.«

»Um neun Uhr!«

Mit militärischem Gruß zog sich Sergeant Long zurück.

Einige Augenblicke später unterhielt sich Jasper Hobson mit Mrs. Paulina Barnett und brachte sein Projekt zu deren Kenntnis. So wie er darauf bestand, so bestand die mutige Frau darauf, ihn zu begleiten und der Wut des Sturmes mit ihm zu trotzen. Der Leutnant suchte sie nicht dadurch von diesem Gedanken abzubringen, daß er ihr die Gefahren der bevorstehenden Expedition schilderte, sondern betonte nur, daß ihre Gegenwart im Fort während seiner Abwesenheit unentbehrlich sei und daß es von ihr abhing, dadurch, daß sie zurückblieb, ihm die so nötige Ruhe des Geistes zu bewahren. Sollte sich ein Unglück ereignen, so wäre er mindestens sicher, daß seine tatkräftige Begleiterin zur Hand sei, um bei seinen Leuten seine eigene Stelle zu vertreten.

Mrs. Pauline Barnett verstand ihn und drängte nicht weiter. Jedenfalls bat sie Jasper Hobson, sich nicht unnütz einer Gefahr auszusetzen, indem sie ihm ins Gedächtnis zurückrief, daß er der Chef der Faktorei sei und sein Leben nicht ihm allein, sondern dem Wohl aller Übrigen gehöre. Der Leutnant versprach, so klug zu handeln, als es unter den gegebenen Verhältnissen möglich sein werde, doch wäre es unbedingt und ohne Verzug nötig, den südlichen Teil der Insel in Augenschein zu nehmen. Am folgenden Tage sollte Mrs. Paulina Barnett den anderen nur sagen, daß der Leutnant und der Sergeant zum letzten Mal vor Eintritt des Winters auf Kundschaft ausgezogen seien.

Siebtes Kapitel

Ein Feuer und ein Schrei

Der Leutnant und der Sergeant verbrachten den Abend bis zur Schlafenszeit in dem großen Saal von Fort-Esperance. Alle hatten sich da versammelt, bis auf den Astronomen, der fortwährend in seiner Zelle hermetisch abgeschlossen blieb. Die Männer beschäftigten sich auf verschiedene Weise, reinigten die Waffen, besserten die Werkzeuge aus oder schärften sie. Mrss. Mac Nap, Raë und Joliffe betrieben mit der guten Madge ihre Nadelarbeiten, und Mrs. Paulina Barnett endlich las mit lauter Stimme vor.

Oft wurde diese Lektüre nicht allein durch den Sturm, der wie ein Mauerbrecher an die Wände des Hauses donnerte, sondern auch durch das Geschrei des kleinen Kindes unterbrochen. Korporal Joliffe, welcher letzteres besänftigen wollte, hatte damit vollauf zu tun. Seine Knie, die als Schaukelpferd dienen mußten, waren schon ganz lahm geworden, so daß sich der Korporal entschloß, seinen unermüdlichen kleinen Reiter auf den großen Tisch zu setzen, auf dem das Kind nach Herzenslust umherkollerte, bis es der Schlaf am Ende übermannte.

Um acht Uhr verrichteten alle gemeinsam das gebräuchliche Gebet, die Lampen wurden verlöscht, und jeder suchte seine gewohnte Schlafstätte.

Als alle im Schlaf lagen, schritten Leutnant Hobson und Sergeant Long geräuschlos durch den verlassenen großen Saal und gelangten nach dem Vorraum, wo Mrs. Paulina Barnett sie zu einem letzten Händedruck erwartete.

»Also auf morgen«, sprach sie zu dem Leutnant.

»Auf morgen, Madam«, erwiderte Jasper Hobson, »ja auf morgen . . . ohne Zweifel . . .«

»Aber im Falle Sie ausbleiben? . . .«

»Wird man uns ruhig erwarten müssen«, entgegnete der Leutnant, »denn nach der nächtlichen Beobachtung des südlichen Horizontes, an dem ein Feuer sichtbar werden könnte – wenn wir uns beispielsweise der Küste Nord-Georgias genähert hätten –, liegt mir viel daran, am Tage unsere Lage genau festzustellen. Das könnte also schon vierundzwanzig Stunden in Anspruch nehmen. Vermögen wir aber Kap Michael noch vor Mitternacht zu erreichen, so werden wir morgen abend im Fort zurück sein. Haben Sie also Geduld, Madam, und glauben Sie, daß wir uns nicht unklug einer Gefahr aussetzen werden.«

»Wenn Sie aber«, fragte die Reisende, »morgen in zwei Tagen noch nicht zurückgekehrt wären?. . .«

»Dann kehren wir auch niemals zurück!« antwortete einfach Leutnant Hobson.

Die Tür ging auf, und Mrs. Barnett schloß sie wieder hinter dem Leutnant und seinem Begleiter. Unruhig und gedankenvoll schlich sie nach ihrem Zimmer zurück, wo Madge ihrer wartete.

Jasper Hobson und Sergeant Long überschritten den inneren Hof und mußten sich einer an den anderen halten, so fegte der Wind durch diesen; doch erreichten sie das äußere Tor und drangen mutig zwischen den Hügeln und dem östlichen Ufer der Lagune hinaus.

Ein unbestimmter Widerschein lag über dem Land. Da seit dem Tag vorher Neumond war, so versprach auch dieser keine bessere Beleuchtung und machte der Nacht ihre furchtbare Dunkelheit, welche übrigens nur einige Stunden anhalten sollte, nicht streitig. Auch jetzt sah man noch notdürftig, um sich zurechtzufinden.

Aber welcher Sturm und welcher Regenguß! Leutnant Hobson und sein Begleiter waren zwar mit wasserdichten Stiefeln und gut anschließenden Wachstuchmänteln versehen, deren Capuchons ihren Kopf vollkommen verhüllten. So geschützt marschierten sie schnell, denn der Wind, den sie im Rücken hatten, trieb sie gewaltsam vorwärts, und man konnte eher sagen, daß sie, wenn jener seine Heftigkeit verdoppelte, schneller gingen, als sie selbst wollten. Zu sprechen versuchten sie aber gar nicht, denn sie hätten sich, betäubt und außer Atem von dem Sturm, doch nicht hören können.

Jasper Hobson hatte nicht die Absicht, dem Ufer

nachzugehen, dessen Unregelmäßigkeiten seinen Weg nur unnützerweise verlängern und ihm der ganzen Gewalt des Windes, welcher dort natürlich kein Hindernis fand, preisgeben mußten. So viel als möglich wollte er von Kap Bathurst bis zum Kap Michael eine gerade Linie einhalten, und trug deshalb einen kleinen Taschenkompaß bei sich, um seiner Richtung sicher zu bleiben. So konnte der zurückzulegende Weg nur zehn bis elf Meilen betragen, und er hoffte ungefähr zu der Zeit an seinem Ziel anzulangen, wo die Dämmerung für wenige Stunden ganz verschwinden und die Nacht in voller Finsternis herrschen würde.

Gejagt vom Wind und mit gekrümmtem Rücken, eingezogenem Kopf und auf ihre Stöcke gestützt, kamen der Leutnant und sein Sergeant ziemlich geschwind vorwärts. Solange sie in der Nachbarschaft des Seeufers gingen, traf sie noch nicht die volle Gewalt des Sturms und hatten sie verhältnismäßig weniger zu leiden, da die Hügel und die Bäume, welche letztere bedeckten, sie einigermaßen schützten. Mit einer Wut ohnegleichen pfiff der Sturm durch die Äste, immer nahe daran, einen lokkeren Stamm zu entwurzeln und zu zersplittern, doch »brach« er sich selbst dabei. Selbst der Regen schlug nur zu feinem Staub zerteilt nieder. So wurden die Kundschafter auf einer Strecke von vier Meilen weniger geplagt, als sie selbst gefürchtet hatten.

Als sie aber das südliche Ende des Hochwaldes erreichten, da wo die Hügel auslaufen und der flache Erdboden, der ohne irgendwelche Erhöhung oder Baumschutz war, vom Seewind überfegt wurde, hielten sie einen Augenblick an. Noch blieben sechs Meilen bis zum Kap Michael zu durchwandern.

»Das wird nun etwas härter hergehen!« rief Leutnant Hobson dem Sergeant Long ins Ohr.

»Ja«, erwiderte dieser, »Wind und Regen werden uns um die Wette ins Gebet nehmen.«

»Ich fürchte sogar, daß sich zeitweilig etwas Hagel einmischen wird«, fügte Jasper Hobson hinzu.

»Das ist immer noch besser als Kartätschen!« entgegnete gelassen der Sergeant. »Übrigens werden Sie, Herr

Leutnant, so gut wie ich, schon durch den Kugelregen gegangen sein, also in Gottes Namen vorwärts!«

»Vorwärts, mein wackerer Soldat!«

Es war nun zehn Uhr; das letzte Dämmerlicht verschwand, als wäre es in Wasserdunst untergetaucht oder durch Wind und Regen ausgelöscht worden. Nur sehr verschwommen war noch die Spur eines Lichtscheines bemerkbar. Der Leutnant schlug Feuer an und sah nach seiner Boussole, indem er diese unter seinem Überrock hielt und mit einem Stückchen brennenden Schwammes über sie hinleuchtete; dann wagte er sich mit dem Sergeanten auf die ungeheure Ebene, welche weithin ohne jeden Schutz war, hinaus.

Im ersten Augenblick wurden beide gewaltsam niedergeworfen; sie erhoben sich mühsam, klammerten sich einer an den andern und setzten sich, gebeugt wie zwei alte Männchen, schnell in Gang.

Der Sturm war wahrhaft prächtig in seinem Schrekken! Zerrissene Fetzen von Nebel, ein wahres Gemisch von Luft und Wasser, jagten über die Erde. Sand und Erde flogen wie Kartätschen umher, und an dem Salz, welches sich an ihre Lippen ansetzte, erkannten die Wanderer, daß das Wasser des Meeres mindestens aus einer Entfernung von zwei bis drei Meilen in Staubform bis zu ihnen hergetragen wurde.

In den seltenen und kurzen Pausen des Sturmes hielten sie an und schöpften Atem. Der Leutnant korrigierte dann so gut als möglich unter Abschätzung des zurückgelegten Weges ihre Richtung, und wieder gingen sie weiter.

Mit eintretender Nacht nahm die Gewalt des Sturmes aber nur noch zu. Beide Elemente, die Luft und das Wasser, schienen ganz ineinander aufzugehen. Sie bildeten eine jener furchtbaren Tromben, welche Häuser umstürzen und Wälder entwurzeln und auf die die Schiffer mit Kanonen feuern. Man hätte wirklich glauben können, daß der ganze seinem Bett entrissene Ozean über die schwimmende Insel herstürze.

Jasper Hobson stellte sich auch die begründete Frage, wie das Eisfeld, welches sie trug, einer solchen Wasserflut Widerstand leisten könne und bei dem furchtbaren Seegang noch nicht an hundert Stellen gebrochen sei. In der Ferne hörte man das Meer rauschen. Da blieb Sergeant Long, der dem Leutnant um einige Schritte voraus war, plötzlich stehen und stieß nur die wenigen Worte heraus:

»Nicht dorthin!«

»Warum nicht?«

»Das Meer . . .«

»Wie? Das Meer? Wir sind doch jetzt noch nicht am südwestlichen Ufer?«

»Da, sehen Sie selbst, Herr Leutnant.«

Wirklich erschien in der Dunkelheit eine breite Wasserfläche, und wütend brachen sich die Wellen zu Füßen des Leutnants.

Jasper Hobson schlug noch einmal Feuer und beobachtete mittels eines neuen Stückchen Schwammes aufmerksam die Nadel seiner Bussole.

»Nein«, sagte er, »das Meer liegt weiter nach links. Noch haben wir den Hochwald nicht durchschritten, der uns vom Kap Michael trennt.«

»Nun, dann ist das . . .«

»Ein neuer Bruch der Insel«, fiel Leutnant Hobson ein, der sich gleich seinem Begleiter hatte auf den Boden werfen müssen, um dem Ungestüm des Windes zu widerstehen. »Entweder hat sich ein großer Teil der Insel losgerissen und treibt nun fort, oder es ist das nur ein Einschnitt, welchen wir umgehen können. Vorwärts also!«

Jasper Hobson und der Sergeant erhoben sich und wandten sich nach rechts, indem sie der Wasserlinie folgten, welche zu ihren Füßen schäumte. So gingen sie wohl zehn Minuten lang, immer mit der Furcht, von aller Verbindung mit dem südlichen Teil der Insel abgeschnitten zu sein. Da verstummte die Brandung, welche zu dem Lärmen des Sturmes sonst noch hinzugekommen war.

»Das ist nur ein Einschnitt«, sagte Leutnant Hobson seinem Sergeanten ins Ohr. »Kehren wir um!«

Aufs neue schlugen sie die Richtung nach Süden ein.

Gewiß setzten sich die mutigen Männer einer Gefahr aus, doch trotzdem sie das beide recht wohl wußten, teilten sie ihre Gedanken einander doch nicht mit.

In der Tat konnte dieser Teil der Insel Victoria, über welchen sie jetzt schritten und der schon auf eine weite Strecke aus der Ordnung geschoben war, sich jeden Augenblick gänzlich davon loslösen. Vertiefte sich der Einschnitt unter dem Zahn der Brandung noch weiter, so wurden sie mit ihm unfehlbar verschlagen. Sie zauderten aber nicht, sondern drangen durch die Finsternis, ohne zu fragen, ob ihnen ein Weg zur Rückkehr übrig sein würde.

Welch beunruhigende Gedanken lasteten da auf Jasper Hobsons Seele. Konnte er jetzt noch hoffen, daß die Insel bis zum Winter zusammenhalten werde? War jenes nicht der Anfang des unvermeidlichen Bruches? Wenn sie jetzt der Wind nicht gegen die Küste trieb, war sie dann nicht verurteilt, bald zugrunde zu gehen, zu schmelzen und zu versinken? Welch eine trostlose Zukunft und welche Aussicht verblieb dann noch den unglücklichen Bewohnern dieses Eisfeldes?

Niedergeschmettert und zerschlagen von der Wucht der Windstöße verfolgten die beiden mutigen Männer, die nur das Gefühl einer zu erfüllenden Pflicht noch aufrechterhielt, unaufhaltsam ihren Weg. So kamen sie an den Saum jenes weiten Hochwaldes, der an Kap Michael grenzte. Dieser war zu durchschreiten, um möglichst bald das Ufer zu erreichen. Jasper Hobson und Sergeant Lang begaben sich also hinein, trotz der tiefsten Finsternis, trotz des Höllengetöses des Sturmes in den Tannen und Birken. Alles krachte rings um sie, und die abgerissenen Zweige schlugen ihnen ins Gesicht. Jeden Augenblick liefen sie Gefahr, durch einen umstürzenden Baum erschlagen zu werden, oder stießen sich an den schon gefallenen Stämmen, die in der Dunkelheit nicht zu bemerken waren. Dennoch gingen sie jetzt nicht mehr auf gut Glück weiter, denn das Rauschen des Meeres leitete ihre Schritte durch das Gehölz. Sie vernahmen den furchtbaren Rückprall der Wogen, die sich mit schrecklichem Geräusche brachen, und mehr als einmal fühlten sie den dünner gewordenen Boden unter ihren Füßen zittern. Endlich kamen sie Hand in Hand, um sich nicht zu trennen, sich unterstützend und einer dem anderen aufhelfend, wenn sie gegen ein Hindernis stießen, an den Küstenrand auf der anderen Seite des Waldes.

Dort riß sie aber ein Wirbelwind voneinander; sie wurden mit Gewalt getrennt und zur Erde geschleudert.

»Sergeant! Sergeant! Wo seid Ihr?« rief Jasper Hobson mit aller Kraft seiner Lungen.

»Hier, Herr Leutnant!« antwortete der Sergeant.

Auf dem Boden hinkriechend suchten sich beide wieder zu vereinigen, doch schien es, als ob eine übermächtige Hand sie an die Stelle banne. Nach unerhörten Anstrengungen näherten sie sich endlich und banden sich, um einer Wiederholung eines solchen Zufalls vorzubeugen, mit den Gürteln aneinander; dann krochen sie auf dem Sande hin, um eine leichte Bodenerhöhung zu gewinnen, welche eine Gruppe dürftiger Tannen krönte. Unter dem geringen Schutz derselben gruben sie endlich ein Loch auf, in welchem sie erschöpft und atemlos eine Zuflucht suchten.

Jetzt war es um elf Uhr nachts.

Einige Minuten verharrten Jasper Hobson und sein Begleiter schweigend. Die Augen halb geschlossen, konnten sie sich nicht mehr rühren, und eine Art Halblähmung oder Schlafsucht ergriff sie, während der tobende Sturm über ihren Köpfen die Tannen schüttelte, welche wie die Knochen eines Skelettes klapperten. Mit aller Anstrengung widerstanden sie dem Schlaf und erquickten sich durch einige Schlucke Branntwein aus der Kürbisflasche des Sergeanten.

»Wenn nur diese Bäume aushalten!« sagte Leutnant Hobson.

»Und wenn nur unser Loch nicht mit ihnen dahingeht!« fügte Sergeant Long hinzu, der sich mit dem Ellbogen auf den Sand stützte.

»Da wir nun aber einmal hier sind«, fuhr Jasper Hobson fort, »nur wenige Schritte vom Kap Michael, und hergekommen sind, um Umschau zu halten, so wollen wir es auch tun. Sergeant Long, ich habe eine Ahnung, daß wir nicht mehr weit vom festen Land sind, freilich ist das nur eine Ahnung.«

Von der Stelle, wo sie sich befanden, hätten ihre Blicke zwei Drittel des südlichen Horizontes umfassen können, wenn dieser nur sichtbar gewesen wäre. Eben jetzt herrschte aber vollkommene Finsternis und sie mußten, wenn kein Feuer aufleuchtete, wohl den folgenden Morgen abwarten, um sich von dem Vorhandensein einer Küste zu überzeugen, vorausgesetzt, daß der Wind sie weit genug nach Süden getrieben hatte. Fischerei-Anstalten sind nämlich – wie Leutnant Hobson schon der Mrs. Barnett versicherte – in dieser Gegend des nördlichen Amerika, welches zu Neu-Georgia gehört, nicht gerade selten. Auch trifft man hier auf zahlreiche Etablissements, wo die Eingeborenen nach Mammut-Zähnen suchen, denn diese Seegegenden bergen eine große Anzahl versteinerter Skelette jener vorweltlichen Kolosse. Einige Grade tiefer erhebt sich Neu-Archangel, die Verwaltungsstation des ganzen Archipels der Aleuten und Hauptort des russischen Amerika. Die Jäger besuchen aber fleißiger die Küste des Eismeeres, vorzüglich seitdem die Hudsons-Bai-Kompanie die Jagdgebiete, welche früher Rußland ausbeutete, erpachtet hat. Ohne das Land selbst zu kennen, war Jasper Hobson doch mit den Gewohnheiten der Agenten vertraut, welche es zu dieser Jahreszeit besuchten, und hatte alle Gründe zu der Annahme, dort Landsleute, vielleicht Kollegen anzutreffen, und wenn nicht diese, dann doch nomadisierende Indianer, welche längs der Küste hinzuziehen pflegen.

Hatte denn Jasper Hobson aber ein Recht, zu glauben, daß die Insel Victoria nach der Küste zu getrieben sei?

»Ja, und hundertmal ja!« wiederholte er dem Sergeanten. »Viele Tage wehte dieser Nordostwind mit der Kraft eines Orkans. Wohl weiß ich, daß unsere sehr flache Insel ihm nur wenig Angriffspunkte bietet, dennoch müssen ihre Hügel, ihre Wälder, welche die Stelle der Segel vertreten, der Wirkung eines solchen Luftstromes unterliegen. Selbst das Meer, welches uns trägt, entgeht nicht ganz diesem Einfluß, und sicher verlaufen jene großen Wogen nach der Küste. Mir scheint es demnach unmöglich, daß wir aus der Strömung, die uns nach Westen führte, nicht herausgekommen, unmöglich, daß wir nicht nach Süden getrieben worden wären. Bei unserer letzten Aufnahme waren wir nur zweihundert Meilen vom Land entfernt, und seit sieben Tagen . . .«

»Ihre Schlüsse sind gewiß ganz richtig, Herr Leutnant«, antwortete Sergeant Long; »haben wir die Hilfe des Windes, so haben wir auch die Hilfe Gottes, der es nicht wollen kann, daß so viele Unglückliche verderben; darauf setze ich alle meine Hoffnung!«

So sprachen Jasper Hobson und der Sergeant in Sätzen, die das Toben des Sturmes oft unterbrach. Ihre Blicke suchten die dichte Finsternis zu durchdringen, welche die durch den Orkan umhergetriebenen Nebelmassen noch undurchsichtiger machten.

Gegen ein Uhr morgens legte sich der Sturm auf wenige Minuten. Nur das Donnern des furchtbar aufgeregten Meeres schwieg nicht. Die Wogen stürzten mit entsetzlicher Gewalt übereinander.

Plötzlich ergriff Jasper Hobson den Arm seines Begleiters und rief:

»Sergeant, hören Sie?«

»Was?«

»Das Geräusch des Meeres?«

»Ja, Herr Leutnant«, antwortete Sergeant Long, der gespannter aufhorchte, »und seit einigen Augenblicken scheint mir das Tosen der Wellen . . .«

»Nicht mehr dasselbe zu sein . . . nicht wahr, Sergeant? Hören Sie . . . hören Sie . . . das klingt wie Brandung . . . man sollte meinen, daß das Wasser sich an Felsen breche! . . .«

Jasper Hobson und der Sergeant lauschten mit gespanntester Aufmerksamkeit. Gewiß war das nicht mehr das eintönige und dumpfe Geräusch der Wellen, die in offener See einander treffen, sondern es klang wie das Rollen flüssiger Massen, welche gegen einen harten Körper geworfen werden, wenn es das Echo der Felsen wiedergibt. Am ganzen Ufer der Insel fand sich aber nicht ein einziger Felsen, und diese pflanzte mit ihrem Boden aus Sand und Erde den Schall nicht so kräftig fort.

Hatten sich die beiden Lauscher getäuscht? Der Sergeant suchte sich zu erheben, um besser hören zu können, wurde aber von dem Sturmwind, der sich aufs neue erhob, sofort wieder umgeworfen. Die kurze Pause war vorüber, und ununterscheidbar brauste der Lärm wieder durcheinander. Aber wer stellt sich nicht die Angst der beiden Beobachter vor, wenn er bedenkt, daß sie, zurückgezogen in ihrer Vertiefung, den Sand unter ihren Füßen sinken und die Tannen bis in ihre Wurzeln erzittern fühlten! Und trotzdem blieb ihr Blick auf den Süden geheftet. Ihr ganzes Leben konzentrierte sich jetzt in diesem Blick, und ihre Augen stierten in die Finsternis, welche kaum die ersten Strahlen der Morgenröte färbten.

Plötzlich, etwas vor zweieinhalb Uhr morgens, rief der Sergeant:

»Ich habe etwas gesehen!«

»Was?«

»Ein Feuer!«

»Ein Feuer?«

»Ja! . . . Dort, in dieser Richtung!«

Der Sergeant wies mit der Hand nach Südwesten. Sollte er sich getäuscht haben? Nein, denn Jasper Hobson gewahrte auch einen unbestimmten Lichtschein in der angegebenen Richtung.

»Ja!« rief er freudig, »ja, Sergeant! Ein Feuer! Das ist das Land!«

»Wenn dieses Licht nicht von einem Schiff herrührt!« entgegnete Sergeant Long.

»Bei einem solchen Unwetter ein Schiff auf offener See! Das ist unmöglich. Nein, nein! Das Land ist dort, sage ich Ihnen, und nur einige Meilen von unserer Insel entfernt!«

Jetzt fehlte es aber an einer Fackel, um diese zu entzünden; nur die Tannen standen über ihnen, welche der Sturm beugte.

»Ihr Feuerzeug, Sergeant«, sagte Jasper Hobson.

Der Sergeant zündete etwas Schwamm an und kroch auf der Erde bis zu der Baumgruppe. Der Leutnant folgte ihm. Dürres Holz fehlte nicht. Sie häuften es um die Wurzeln eines Baumes, setzten es in Brand, und mit Hilfe des Windes ergriff die Flamme die ganze Baumgruppe.

»Oh«, rief Jasper Hobson, »da wir jenes Feuer sehen konnten, wird man auch uns bemerken!«

Die Tannen brannten mit hellem Scheine und erzeugten eine lange, rauchende Flamme wie etwa eine riesige Fackel. Das Harz knisterte in den alten Stämmen, welche schnell verzehrt wurden. Bald ward das Feuer stiller und stiller und – alles verlosch.

Jasper Hobson und der Sergeant warteten, ob ein neues Feuer dem ihrigen antworten werde . . .

Zehn Minuten beobachteten sie vergeblich und suchten den Punkt wieder aufzufinden, woher der erste Lichtschein gekommen war; schon verzweifelten sie, irgendwelches Signal zu erhalten, als sich plötzlich ein Schrei vernehmen ließ, ein deutlicher, verzweifelter Schrei aus dem Meer.

Jasper Hobson und der Sergeant glitten bis zu dem Ufer hinab . . . kein Laut war mehr zu hören.

Seit einigen Minuten flammte aber das Morgenrot weiter und weiter auf. Auch der Sturm schien mit dem Wiedererscheinen der Sonne an Heftigkeit zu verlieren. Bald wurde es hell genug, um den Horizont übersehen zu können.

Da war aber kein Land in Sicht, und Himmel und Meer verschwammen noch immer in derselben Linie am Horizont.

Achtes Kapitel

Ein Ausflug der Mrs. Paulina Barnett

Den ganzen Morgen verbrachten Jasper Hobson und Sergeant Long noch in dieser Gegend der Küste. Das Wetter hatte sich wesentlich geändert. Es regnete fast gar nicht mehr, dagegen war der Wind außergewöhnlich schnell nach Südosten umgesprungen, ohne dabei an Heftigkeit einzubüßen. Dieser sehr unangenehme Umstand vergrößerte nur Leutnant Hobsons Unruhe, da er nun jede Hoffnung, auf das Festland zu treffen, aufgeben mußte.

In der Tat konnte dieser Südostwind die umherirrende Insel nur mehr und mehr von jenem entfernen und sie den so gefürchteten Strömungen, welche nach dem Norden des Arktischen Ozeans verlaufen, zuführen.

Hatte man denn aber überhaupt eine Gewißheit darüber, daß die Insel in jener Schreckensnacht der Küste nahe gewesen, oder beruhte diese Annahme nur auf einer nicht in Erfüllung gegangenen Ahnung Jasper Hobsons? Die Luft war ja jetzt ziemlich klar und auf mehrere Meilen hin durchsichtig, dennoch aber keine Spur eines Landes zu sehen. Mußte man nicht auf die Ansicht des Sergeanten zurückkommen, daß während der Nacht ein Fahrzeug der Insel in Sicht vorbeigekommen, eine Schiffslaterne einen Augenblick sichtbar gewesen sei und der gehörte Schrei von einem verunglückten Seemann hergerührt habe? Und würde dieses Schiff nicht wahrscheinlich selbst bei dem furchtbaren Sturm untergegangen sein?

Auf jeden Fall traf man indes auf keine Schiffstrümmer.

Der Ozean, über den der Landwind jetzt in entgegengesetzter Richtung brauste, türmte berghohe Wellen auf, denen ein Fahrzeug nur sehr schwer mochte widerstehen können.

»Nun, Herr Leutnant«, sagte der Sergeant, »zu einem Entschluß werden wir kommen müssen.«

»Ja freilich, Sergeant«, antwortete Jasper Hobson und strich mit der Hand über die Stirn, »und zwar müssen wir auf unserer Insel ausharren, um den Winter zu erwarten. Er allein vermag uns zu retten.«

Der Mittag war herangekommen. Da Jasper Hobson jedenfalls vor dem Abend in Fort-Esperance zurück sein wollte, schlug man nun den Weg nach Kap Bathurst ein, wobei die Wanderer wiederum vom Wind im Rücken unterstützt wurden.

Nicht unberechtigt erfüllte sie die Frage mit großer Unruhe, ob sich die Insel bei diesem Kampf der Elemente nicht in zwei Teile getrennt ob sich also der in vergangener Nacht beobachtete Riß durch ihre ganze Breite fortgesetzt habe. Waren sie vielleicht jetzt schon von ihren Freunden geschieden? Der Lage der Dinge nach mußten sie auf alles gefaßt sein.

Bald kamen sie an den die Nacht vorher durchschrittenen Hochwald. In großer Menge lagen da die Bäume auf der Erde, die einen mit geknicktem Stamm, die anderen samt den Wurzeln aus dem Boden, dessen dünne Erdschicht ihnen keinen genügenden Widerhalt bot, herausgerissen. Blätterlos starrten ihnen die übrigen wie grinsende Silhouetten entgegen und klapperten lärmend im Wind.

Zwei Meilen über diesen verwüsteten Wald hinaus trafen Leutnant Hobson und der Sergeant auf den erwähnten Spalt, dessen Größenverhältnisse sie in der Dunkelheit nicht hatten wahrnehmen können. Er stellte einen gegen fünfzig Fuß breiten Bruch dar, der das Ufer halbwegs zwischen Kap Michael und dem ehemaligen Barnett-Hafen teilte und eine Art Bucht bildete, die etwa anderthalb Meilen in das Land einschnitt. Wenn ein neuer Sturm das Meer aufwühlte, war zu erwarten, daß der Riß sich vergrößern und erweitern werde.

Bei Annäherung an die Küste sah Jasper Hobson eben einen gewaltigen Eisblock sich von der Insel loslösen und in die Weite treiben.

»Jawohl«, murmelte der Sergeant Long, »darin liegt die Gefahr!«

Mit raschem Schritt wandten sich beide nach Westen

um den großen Einschnitt herum und von dessen Ende aus direkt auf Fort-Esperance zu.

Auf dem Weg kam ihnen keine weitere Veränderung zu Gesicht. Um vier Uhr erreichten sie das Palisadentor und trafen ihre Genossen bei den gewohnten Beschäftigungen an.

Gegen seine Leute sprach sich Jasper Hobson dahin aus, daß er zum letzten Mal vor Eintritt des Winters nach Spuren der von Kapitän Craventy versprochenen Sendung habe suchen wollen, das aber auch diesmal fruchtlos gewesen sei.

»Ich glaube wohl, Herr Leutnant«, ließ sich Marbre vernehmen, »daß wir für dieses Jahr unbedingt darauf verzichten müssen, unsere Kameraden aus Fort-Reliance zu sehen.«

»Ganz meine Meinung, Marbre«, antwortete ihm Jasper Hobson, und zog sich in den allgemeinen Saal zurück.

Mrs. Paulina Barnett und Madge wurden von den beiden merkwürdigsten Ereignissen der kleinen Reise des Leutnants, jenem Aufblitzen eines Lichtes und der Wahrnehmung eines Schreies, unterrichtet. Jasper Hobson und der Sergeant bekräftigten noch ganz besonders, daß ihnen in bezug auf beides nicht etwa die erhitzte Einbildung nur einen Streich gespielt habe. Das Feuer war wirklich gesehen, der Schrei unzweifelhaft vernommen worden. Nach reiflichster Überlegung einigte man sich dahin, daß gewiß ein notleidendes Schiff an der Insel vorübergekommen, diese aber nicht, nach der früheren Voraussetzung, nahe dem amerikanischen Festland gewesen sei.

Mit dem Südostwind heiterte sich indes der Himmel vollkommen auf und befreite sich die Atmosphäre von den Dünsten, welche sie bis dahin trübten. Jasper Hobson konnte darauf rechnen, am nächsten Tag eine Lagebestimmung auszuführen.

Wirklich wurde die Nacht ziemlich kalt und fiel ein feinflockiger Schnee, welcher die ganze Insel leicht bedeckte. Beim Erwachen am anderen Morgen begrüßte der Leutnant dieses erste Vorzeichen des ersehnten Winters.

Jetzt war der 2. September. Als der Himmel sich nach und nach ganz entwölkte, brach die Sonne wieder hindurch. Zu Mittag wurde eine gelungene Beobachtung bezüglich der Breite, und gegen zwei Uhr eine Berechnung der Stundenwinkel vorgenommen.

Diese Beobachtungen ergaben: Für die Breite 70° 57'; für die Länge 170° 30'.

Trotz der Macht des Orkans hatte sich die Insel also nahezu in derselben Parallele gehalten und ihre Lage nur infolge der Strömung gegen Westen hin verschoben. Nun befand sie sich gegenüber der Beringstraße, jedoch mindestens vierhundert Meilen nördlich vom Ostkap und dem Kap Prince-de-Gallas, welche die engste Stelle der Straße bezeichnen.

Diese neue Lage gab sehr ernsthaft zu denken. Mit jedem Tag näherte sich die Insel jenem großen Kamtschatkastrom, der, wenn er sie einmal ergriff, sie weit nach Norden verschlagen mußte. Binnen kurzem stand die Entscheidung ihres Schicksals bevor: entweder verharrte sie zwischen den beiden gegnerischen Strömen unbewegt bis zum Festwerden des umgebenden Meeres, oder – sie verlor sich in den Einöden der hyperboräischen Regionen.

Jasper Hobson, der sehr peinlich erregt seine Unruhe doch vor anderen Blicken verbergen wollte, zog sich in sein Zimmer zurück und erschien den ganzen Tag nicht wieder. Die Karten vor den Augen, setzte er seine ganze Erfindungsgabe, seinen ganzen praktischen Verstand daran, eine Lösung zu finden.

Die Temperatur sank weiter um einige Grade, und die abendlichen Nebel des südöstlichen Horizontes schlugen sich während der Nacht als Schnee nieder. Am anderen Tag maß die weiße Decke schon zwei Zoll – endlich kam der Winter.

An diesem Tag, dem 3. September, beschloß Mrs. Paulina Barnett, den Küstenstrich zwischen Kap Bathurst und dem Kap Eskimo auf einige Meilen hin zu durchstreifen. Sie wollte die Veränderungen in Augenschein nehmen, die der Sturm der eben vergangenen

Tage dort veranlaßt haben könnte. Jasper Hobson hätte, wenn sie diesem von ihrer Absicht Kunde gab, sich gewiß zu ihrer Begleitung angeschlossen. Da sie ihn aber bei seinen Ansichten über jene Veränderungen belassen wollte, entschied sie sich, nur in Gesellschaft Madges aufzubrechen.

Eine Gefahr schien ja nicht zu besorgen. Die einzigen wirklich zu fürchtenden Tiere, die Bären, hatten die Insel seit dem Erdbeben verlassen. Zwei Frauen konnten sich demnach, ohne den Vorwurf der Unklugheit zu verdienen, wohl auf einen nur für wenige Stunden berechneten Ausflug in die Umgebungen des Forts hinaus wagen.

Madge ging ohne Widerrede auf Mrs. Paulina Barnetts Vorschlag ein, und beide stahlen sich, ohne jemand davon Kenntnis zu geben, mit dem einfachen Schneemesser, einer Kürbisflasche und einer Reisetasche ausgerüstet, schon um acht Uhr morgens davon, stiegen den Abhang des Kaps hinab und lenkten ihre Schritte nach Westen.

Schon glitt die Sonne langsam über den Horizont hin, denn selbst bei ihrer Kulmination erhob sie sich nur auf wenige Grade. Ihre schrägen Strahlen waren aber hell, eindringend und schmolzen an Stellen, die sie unmittelbar beschienen, noch den leichten Schneeteppich weg.

Zahlreiche Vögel aller Art flatterten in Schwärmen umher und belebten die Küste. Die Luft hallte von ihrem Geschrei wider, wenn sie, je nachdem das süße oder salzige Wasser sie anlockte, unaufhörlich zwischen der Lagune und dem Meere hin- und herflogen.

Mrs. Paulina Barnett machte auch die Bemerkung, wie zahlreich die verschiedensten Pelztiere sich in der nächsten Nachbarschaft von Fort-Esperance aufhielten. Ohne Mühe konnte die Faktorei wohl ihre Magazine füllen; aber zu welchem Zweck wäre das jetzt geschehen?

Diese unschuldigen Tiere, welche zu wissen schienen, daß ihnen kein Jäger nachstelle, gingen und kamen mit zunehmender Vertraulichkeit bis an die Palisaden heran. Ihr Instinkt mochte ihnen verraten haben, daß sie auf dieser Insel gefangen seien, gefangen wie deren Bewohner, und daß alle ein gemeinschaftliches Schicksal teilten. Höchst eigentümlich erschien es aber und war übrigens Mrs. Paulina von Anfang an nicht entgangen, daß Marbre und Sabine, zwei so leidenschaftliche Jäger, dem Befehl des Leutnants, die Pelztiere jetzt ausnahmslos zu schonen, so ohne jede Übertretung nachkamen und nicht die geringste Lust zeigten, das kostbare Wild mit einem Büchsenschuß zu begrüßen. Füchse und andere entbehrten freilich noch ihres Winterpelzes, was ihren Wert sehr beträchtlich herabsetzte, aber doch genügte dieser Grund wohl kaum, die auffallende Lustlosigkeit der beiden Nimrods zu erklären.

Im wackeren Zuschreiten faßten Mrs. Paulina Barnett und Madge bei der Unterhaltung über ihre ganz fremdartige Lage den sandigen Saum der Küste immer aufmerksam ins Auge. Die Verwüstungen, welche das Meer in jüngster Zeit verursacht hatte, waren sehr merkbar. Da und dort bewiesen frische Schollen das Vorhandensein neuer Brüche. Das an manchen Stellen abgenagte und flachere Ufer zeigte eine beunruhigende Neigung zum Versinken, und schon rollten da lange Wellen darüber hin, wo jenen sonst ein steiler Uferrand Einhalt geboten hatte. Offenbar waren einige Teile der Insel gesunken unmd schwebten jetzt mit der Wasserfläche nur noch in gleicher Höhe.

»Meine liebe Madge«, sprach da Mrs. Paulina Barnett unter Hinweisung auf die ausgedehnten Bodenstrecken, über welche hin die Wellen jetzt plätschernd ausliefen, »unsere Lage ist seit jenem verderblichen Sturm weit übler geworden! Gewiß erniedrigt sich das allgemeine Niveau der Insel nach und nach. Unsere Rettung bildet nun bloß noch eine Zeitfrage. Wird sich der Winter frühzeitig genug einstellen? Hierauf beruht alles.«

»Der Winter wird kommen, meine Tochter«, erwiderte Madge mit ihrem unerschütterlichen Gottvertrauen. »Schon fiel zwei Nächte über Schnee. Da oben am Himmel wird jetzt die Kälte geboren, und ich glaube es bestimmt, daß Gott sie uns zu Hilfe sendet.«

»Du hast recht, Madge«, antwortete die Reisende,

»wir müssen den Glauben haben. Wir Frauen, die wir dem natürlichen Grund und Lauf der Dinge nicht nachgehen, dürfen da nicht verzweifeln, wo es die bestunterrichteten Männer tun, und darin liegt eine Gnade für uns! Leider ist unser Leutnant dieser nicht teilhaftig. Er kennt das Warum der Dinge, er überlegt und rechnet, er mißt die Zeit, welche uns noch bleibt, und schon sehe ich ihn nahe daran, jede Hoffnung aufzugeben!«

»Doch ist er aber ein tatkräftiger Mann, in dem ein mutiges Herz klopft«, entgegnete Madge.

»Gewiß«, fügte Mrs. Paulina Barnett hinzu; »und wenn unser Heil noch von Menschenhand zu erhoffen ist, so wird er uns retten!«

Um neun Uhr hatten die beiden Frauen eine Entfernung von vier Meilen zurückgelegt. Oft mußten sie von dem Weg am Ufer nach dem Innern der Insel zu abweichen, um die schon überschwemmten niedrigen Teile des Erdbodens zu umwandern. An gewissen Stellen waren die Spuren des Meeres wohl eine halbe Meile landeinwärts noch zu erkennen, wo die Dicke des Eisfeldes also ganz besonders vermindert sein mochte. Es stand demnach zu befürchten, daß es an mehreren Punkten ganz nachgeben und deshalb neue Buchten und Baien an diesem Küstenstrich bilden würde.

Je weiter sie sich von Fort-Esperance entfernten, desto mehr bemerkte Mrs. Paulina Barnett auch eine Abnahme in der Zahl der Pelztiere. Diese armen Geschöpfe fühlten sich offenbar in der Nähe der Menschen, welche sie doch bis dahin flohen, sicher, und aus diesem Grund drängten sie sich in der Umgebung der Faktorei zusammen. Eigentliche wilde Tiere, die ihr Instinkt nicht zur rechten Zeit von dieser gefährlichen Insel vertrieben hatte, mußten sehr selten sein. Doch beobachteten Mrs. Paulina und Madge einzelne, fern in der Ebene umherschweifende Wölfe. Diese kamen übrigens nicht heran, sondern verschwanden bald hinter den kleinen Hügeln im Süden der Lagune.

»Was wird zuletzt«, fragte Madge, »aus diesen Tieren, welche auf der Insel zugleich mit uns gefangen sind, werden, und was mögen sie beginnen, wenn ihnen einst das Futter mangelt und der Winter sie aushungert?«

»Aushungert! Meine gute Madge«, beruhigte Mrs. Barnett, »o glaube mir, daß wir von diesen nichts zu fürchten haben. Ihnen wird es nicht an Nahrung fehlen, ihnen fallen alle jene Marder, Polarhasen und Hermeline, deren Leben wir jetzt schonen, zur sicheren Beute. Vor einem Angriff durch jene brauchen wir nicht zu zittern. Nein! Hierin liegt keine Gefahr für uns! Der zerbrechliche Boden birgt sie, der einst bersten wird und jeden Augenblick schon unter unseren Füßen in Stücke gehen kann. Da sieh, wie sich hier das gierige Meer in das Innere des Landes einfrißt. Schon bedeckt es einen Teil der Ebene, den sein verhältnismäßig wärmeres Wasser nun von oben und von unten abnagt. Wenn der Frost ihm nicht entgegentritt, wird es sich bald mit der Lagune vereinigen, und wir verlieren unseren See, wie wir Fluß und Hafen schon eingebüßt haben.«

»Dieser Umstand«, sagte Madge, »dürfte für uns aber zum unheilbaren Unglück sein.«

»Und warum das, Madge?« fragte Mrs. Paulina Barnett und sah ihre Begleiterin erwartungsvoll an.

»Nun, weil wir damit allen süßen Wassers beraubt würden.«

»Oh, meine brave Madge, Süßwasser wird uns niemals ausgehen. Regen, Schnee, Eis, Eisberge des Ozeans, ja, selbst der Boden der Insel, die uns trägt, alles besteht aus süßem, genießbarem Wasser. Nein, ich wiederhole dir's, auch hierin beruht für uns nicht die Gefahr.«

Gegen zehn Uhr befanden sich Mrs. Paulina Barnett und Madge in der Höhe des Kap Eskimo, aber mindestens zwei Meilen im Innern der Insel, da sie dem Ufer nicht nahe zu folgen imstande waren. Die von einem so weiten und durch die unvermeidlichen Umwege noch verlängerten Märsche etwas ermüdeten Frauen beschlossen vor der Rückkehr nach Fort-Esperance ein wenig auszuruhen. An diesem Punkt erhob sich ein kleines Gehölz von Birken und Strauchwerk, das einen niedrigen Hügel krönte. Eine von gelblichem Moos überwachsene und durch die Sonnenstrahlen vom Schnee befreite Stelle bot sich ihnen bei ihrem frugalen Mahle als geeigneter Ruheplatz.

Eine halbe Stunde später schlug Mrs. Paulina Barnett vor, erst den jetzigen Zustand des Kap Eskimo zu überschauen, bevor sie sich östlich nach der Faktorei zurückwendeten. Es drängte sie, zu wissen, ob dieser Landvorsprung den Angriffen des Seesturmes widerstanden habe oder nicht. Madge erklärte sich bereit, ihrer »Tochter« überallhin zu folgen, wohin es dieser zu gehen beliebte, und erinnerte sie nur, daß zwischen ihnen und Kap Bathurst eine Entfernung von acht bis neun Meilen läge, sowie, daß man Leutnant Hobson nicht durch eine zu lange Abwesenheit beunruhigen dürfe.

Dennoch bestand Mrs. Paulina Barnett, so als ob eine Ahnung sie dahin zöge, auf ihrem Gedanken und, wie man bald sehen wird, zum größten Glück. Dieser Umweg konnte übrigens die ganze Dauer des Ausflugs nur um eine halbe Stunde verlängern.

Die beiden Frauen erhoben sich also und gingen auf das Kap Eskimo zu.

Noch hatten sie jedoch keine Viertelmeile zurückgelegt, als die Reisende plötzlich stehenblieb und Madge sehr regelmäßige Fußspuren zeigte, welche scharf im Schnee abgedrückt waren. Dieselben mußten ganz neuerdings hinterlassen und höchstens neun bis zehn Stunden alt sein, denn im anderen Falle hätte sie der zuletzt gefallene Schnee unzweifelhaft wieder überdeckt.

»Was für ein Tier ist hier vorbeigekommen?« fragte Madge.

»Das ist kein Tier gewesen«, verbesserte Mrs. Paulina Barnett und beugte sich nieder, um die Eindrücke besser zu sehen, denn ein solches hinterläßt ganz anders gestaltete Spuren. »Sieh, Madge, diese hier stimmen alle miteinander überein, und man ist versucht, sie einem menschlichen Fuß zuzuschreiben.«

»Wer könnte aber hierher gekommen sein?« antwortete Madge. »Weder ein Soldat noch eine der Frauen hat das Fort verlassen, und da wir uns auf einer Insel befinden . . . Nein, du mußt dich täuschen, meine Tochter. Zum Überfluß laß uns diesen Spuren nachgehen und sehen, wohin sie führen.«

Die beiden Frauen setzten ihren Weg fort, und achteten aufmerksam auf die Fußstapfen im Schnee.

»Halt . . . sieh hier, Madge«, begann die Reisende, indem sie ihre Begleiterin zurückhielt, »und sage selbst, ob ich mich irrte.«

Neben den Fußspuren sah man an einer Stelle, wo der Schnee durch einen schweren Körper zusammengedrückt war, sehr deutlich den Abdruck einer Menschenhand.

»Die Hand einer Frau oder eines Kindes!« rief Madge aus.

»Ja«, bestätigte Mrs. Barnett, »hier ist ein Kind oder eine Frau erschöpft, leidend und kraftlos umgesunken . . . Dann hat sich das arme Wesen wieder aufgerafft und seinen Weg fortgesetzt . . . Sieh, dort führt die Spur weiter . . . Dort ist es auch wiederholt hingefallen! . . .«

»Aber wer? Wer?« forschte Madge.

»Weiß ich's?« erwiderte Mrs. Paulina Barnett. »Vielleicht irgendein Unglücklicher, der so wie wir seit drei bis vier Monaten auf dieser Insel abgesperrt ist. Vielleicht ein Schiffbrüchiger, den der Sturm an diese Küste warf . . . Denk an das Licht und den Schrei, von denen Leutnant Hobson und Sergeant Long uns berichteten!. . . . Komm, komm, meine Madge, vielleicht gilt es, einen Unglücklichen zu retten! . . .«

Mrs. Paulina Barnett zog ihre Gefährtin mit sich fort und folgte eilends dem im Schnee vorgezeichneten Schmerzenspfad, auf welchem sich bald Blutstropfen fanden.

»Einen Unglücklichen zu retten!« hatte die teilnehmende, mutige Frau gesagt. Vergaß sie wohl in diesem Augenblick gänzlich, daß auf dieser vom Wasser halb zersetzten Insel, deren Untergang im Ozean früher oder später bevorstand, weder für einen anderen noch für sie selbst das Heil zu suchen war?

Die Eindrücke im Fußboden wiesen nach dem Kap Eskimo hin. Gespannt folgten ihnen die beiden Frauen, doch bald wurden die Blutspuren umfänglicher und verschwanden die einzelnen Fußstapfen. Jetzt zeigte sich nur eine Art unregelmäßigen, über den Schnee hingezogenen Pfades. Von hier aus hatten dem Unglücklichen die Kräfte versagt, sich aufrechtzuerhalten. Kriechend und schleppend hatte er sich noch mit Hilfe der Hände und Füße fortbewegt. Da und dort lagen abgerissene Fetzen seiner Bekleidung, die aus Robbenfell und Pelzwerk bestehen mußte.

»Vorwärts! Vorwärts!« trieb Mrs. Paulina Barnett, deren Herz dem Zerspringen nahe war.

Madge folgte ihr. Das Kap Eskimo war nur noch fünfhundert Schritte entfernt. Schon sah man es, wie es sich über der Meeresfläche von dem Hintergrund des Himmels abhob. Es war verlassen!

Die von den beiden Frauen verfolgten Spuren wandten sich nach rechts. Mrs. Paulina Barnett und Madge durchsuchten den kleinen Hügel, welcher das Kap bildete, um vielleicht von einer Stelle desselben etwas wahrnehmen zu können. Vergeblich. Aufs neue verfolgten sie nun die Spuren, die einen Pfad längs des Meeres darstellten.

Mrs. Paulina Barnett lief schnell nach rechts weiter; sobald sie aber an das Ufer hinabkam, hielt sie Madge, welche ihr folgte und immer sorgsam den Blick umherschweifen ließ, mit der Hand zurück.

»Halt ein!« rief sie ihr zu.

»Nein, Madge, nein!« antwortete Mrs. Barnett, von einem gewissen Instinkt fast wider Willen fortgetrieben.

»Halt ein, meine Tochter, und sieh erst!« erwiderte Madge, welche jene jetzt kräftiger zurückhielt.

Fünfzig Schritte vom Kap Eskimo trottete an dem nämlichen Ufer unter dumpfem Brummen eine weiße Masse daher.

Es war ein Polarbär von riesiger Größe. Vor Schreck an den Boden gefesselt, sahen ihn die beiden Frauen. Das gewaltige Tier lief um ein auf dem Schnee liegendes Bündel Pelzwerk herum; dann hob er es auf und ließ es wieder fallen, um dasselbe zu beschnüffeln. Das Bündel hätte man wohl für ein totes Walroß ansehen können.

Mrs. Paulina Barnett wußte weder, was sie davon denken, noch ob sie vorwärts gehen sollte, als durch eine dem Körper erteilte Bewegung sich eine Art Capuchon von dem Kopfe zurückschlug und lange, braune Haare darunter hervorquollen.

»Ein Weib!« rief Mrs. Paulina Barnett, welche schon auf die Verunglückte zustürzen wollte, um zu sehen, ob sie noch am Leben oder schon tot sei.

»Halt, halt! mein Kind«, mahnte aber Madge, »bezwinge dich; er wird ihr kein Leid zufügen.«

Wirklich glotzte der Bär den Körper aufmerksam an und begnügte sich, ihn um und um zu wenden, ohne daran zu denken, ihn mit seinen furchtbaren Krallen zu zerfleischen. Dann entfernte er sich davon und kehrte wieder zurück, scheinbar unschlüssig, was er damit anfangen sollte. Die beiden Frauen, welche ihm mit entsetzlicher Angst zusahen, hatte er nicht bemerkt.

Plötzlich – ein lautes Krachen – der Boden erzitterte – man hätte glauben können, daß jetzt das ganze Kap Eskimo im Meer versinke.

Doch es löste sich nur ein großes Stück vom Ufer los, eine ungeheure Scholle, deren Schwerpunkt sich durch die Veränderung ihres spezifischen Gewichtes verschoben hatte, und welche jetzt mit dem Bären und dem weiblichen Körper hinauszutreiben begann.

Mrs. Paulina Barnett stieß einen verzweifelnden Schrei aus und wollte nach der Scholle eilen, bevor diese das Ufer ganz verließ.

»Halt ein, halte noch ein, meine Tochter!« wiederholte kaltblütig Madge, deren Hand sie krampfhaft fesselte.

Bei dem Krachen des Bruches war auch der Bär plötzlich zurückgewichen; er brummte gewaltig, verließ dann den Körper und trollte nach der Seite der Insel zu, von der er schon gegen vierzig Fuß weggetrieben war. So als wäre er ganz außer sich, lief er um das Eiland herum, bearbeitete den Boden mit den Tatzen, scharrte, daß Schnee und Sand um ihn herumflogen, und kehrte endlich zu dem leblosen Körper zurück.

Dann packte das Tier, zum größten Entsetzen der beiden Frauen, jenen an der Kleidung, hob ihn mit der Schnauze auf, ging an den Rand der Scholle und stürzte sich in das Meer.

Nach kurzer Zeit hatte der Bär, ein rüstiger Schwimmer wie alle seine Verwandten in den arktischen Ländern, das Gestade der Insel erreicht. Mit kräftiger Anstrengung schwang er sich vollends hinauf und legte da den mitgebrachten Körper nieder. Jetzt konnte sich Mrs. Paulina Barnett nicht mehr zurückhalten. Ohne an die Gefahr zu denken, wenn sie sich dem fürchterlichen Raubtier gegenüber befand, entwand sie sich Madges Händen und eilte nach dem Ufer.

Als der Bär sie gewahr wurde, hob er sich auf den Hintertatzen in die Höhe und kam geraden Weges auf sie zu. Zehn Schritte vor ihr blieb er stehen, senkte den ungeheuren Kopf und kehrte um, als habe er unter dem Einfluß des Schreckens, der die ganze Tierwelt der Insel umzuwandeln schien, seine ganze natürliche Wildheit verloren. Mit grollendem Brummen trottete er nach dem Innern der Insel von dannen, ohne sich nur einmal umzusehen.

Sofort war Mrs. Paulina Barnett nach dem auf dem Schnee hingestreckten Körper geeilt.

Ein Schrei entrang sich ihrer Brust.

»Madge, Madge!« rief sie.

Madge kam herzu und betrachtete den leblosen Körper.

Es war der – Kalumahs, des jungen Eskimomädchens!

Neuntes Kapitel

Kalumahs Abenteuer

Kalumah auf der schwimmenden Insel, zweihundert Meilen von dem Festland Amerikas! Das war doch kaum möglich!

Doch zunächst, atmete denn die Unglückliche noch? Würde man sie zum Leben zurückrufen können? Mrs. Paulina Barnett hatte die Kleidung des Eskimomädchens aufgerissen und horchte nach dessen Herzschlag.

Noch war er, wenn auch nur schwach, hörbar. Das Blut, das die Arme verloren, entstammte nur einer minder bedeutenden Handwunde. Madge verband die Stelle mit ihrem Taschentuch und stillte dadurch die Hämorrhagie.

Mittlerweile kniete Mrs. Paulina Barnett neben Kalumah nieder, unterstützte den Kopf der jungen Eingeborenen und träufelte durch ihre geöffneten Lippen einige Tropfen Branntwein: dann rieb sie ihre Stirn und Schläfe mit etwas kaltem Wasser.

So verflossen einige Minuten. Weder Mrs. Barnett noch Madge sprachen ein Wort. Beide lauschten in größter Angst, denn das wenige Leben, das in der Geretteten noch vorhanden war, konnte jeden Augenblick verlöschen.

Da rang sich ein schwacher Seufzer aus der Brust Kalumahs, leise regte sich ihre Hand, und noch bevor sie die Augen öffnete und diejenigen erkennen konnte, welche sie jetzt pflegten, lispelte sie die Worte:

»Madam Paulina! Madam Paulina!«

Die Reisende war nicht wenig erstaunt, ihren Namen unter diesen Umständen aussprechen zu hören. War denn Kalumah freiwillig auf die schwimmende Insel gekommen, und wußte sie, daß sie der Europäerin, deren Güte sie nicht vergessen hatte, begegnen würde?

Wie konnte sie aber von der Insel Victoria Kenntnis haben und auf welche Weise diese, zweihundert Meilen von der Küste, erreichen? Wie hatte sie überhaupt vermuten können, daß dieses Eisfeld Mrs. Paulina Barnett und alle ihre Genossen von Fort Esperance barg? Alles das blieb völlig unerklärbar.

»Sie lebt und wird leben bleiben!« rief Madge, die unter ihrer Hand die Wärme und die Bewegung in dem halberstarrten Körper wiederkehren fühlte.

»Das unglückliche Kind!« sagte Mrs. Paulina Barnett mit bewegtem Herzen, »und meinen Namen hatte sie noch auf den Lippen, als sie dem Tode so nahe war.«

Jetzt schlug Kalumah die Augen wieder auf; mit wirrem unbestimmtem Blick schaute sie umher. Plötzlich belebte sie sich und stützte sich auf die Reisende. Ein

Augenblick, nur ein Augenblick, doch er war ihr hinreichend, Mrs. Paulina Barnett, ihre »gute Dame«, wiederzuerkennen, deren Namen nochmals ihren Lippen entschlüpfte, während ihre Hand, die sie ein wenig erhoben hatte, in die Mrs. Barnetts zurücksank.

Die Pflege der beiden Frauen rief die junge Eskimodin indessen bald ganz ins Leben zurück, die Arme, welche nicht nur von der Anstrengung, sondern auch durch Hunger bis auf das Äußerste erschöpft war. Mrs. Paulina Barnett vernahm von ihr, daß sie seit achtundvierzig Stunden nichts genossen hatte. Einige Stück frisches Wild und ein Schluck Branntwein gaben ihr bald ihre Kräfte wieder, und eine Stunde später war Kalumah imstande, mit ihren Freunden den Weg zum Fort einzuschlagen.

Doch in dieser Stunde, während der sie zwischen Mrs. Paulina Barnett und Madge auf dem Sande saß, fand Kalumah Zeit, ihren Dank auszusprechen, ihre Anhänglichkeit zu beweisen und ihre Geschichte zu erzählen. Die junge Eingeborene hatte die Europäerin von Fort-Esperance nicht vergessen, immer war ihr das Bild der Mrs. Barnett im Gedächtnis geblieben, und, wie man sogleich erfahren wird, es war kein Zufall, der sie halb tot an das Ufer der Insel Victoria geworfen hatte.

Es folge hier in wenig Worten die Erzählung Kalumahs.

Man erinnert sich, daß die junge Eingeborene bei ihrem ersten Besuch das Versprechen gegeben hatte, im folgenden Jahr, während der guten Jahreszeit, zu ihren Freunden von Fort-Esperance zurückzukehren. Als die lange Polarnacht vorüber war und der Mai herankam, machte Kalumah sich auf, ihr Versprechen zu erfüllen. Sie verließ demnach Neu-Georgia, wo sie den Winter zugebracht hatte, und wandte sich in Begleitung eines ihrer Schwäger nach Osten.

Sechs Wochen später, gegen Mitte Juni, kam sie auf dem Gebiet Neu-Britanniens, welches an Kap Bathurst grenzt, an. Sie erkannte leicht die vulkanischen Berge wieder, deren Höhe die Bai Liverpool beherrschen, und gelangte zwanzig Meilen weiter nach der Walroß-Bai, welche sie mit den Ihrigen bei der Jagd nach jenen Amphibien so häufig besucht hatte.

Aber jenseits dieser Bai nach Norden war nichts mehr zu sehen! In gerader Linie verlief die Küste nach Süden; es gab kein Kap Bathurst, kein Kap Eskimo mehr!

Kalumah begriff, was vorgegangen war, wußte aber nicht, ob dieses ganze Gebiet, das seitdem zur Insel Victoria geworden war, untergegangen sei oder noch im Meer umherirre. Kalumah brach in Tränen aus, da sie diejenigen nicht angetroffen hatte, welche sie von so weiter Ferne her aufgesucht. Ihr Schwager zeigte sich über die stattgefundene Katastrophe viel weniger erstaunt.

Nach einer Art Legende, einer sich unter den nomadisierenden Stämmen forterbenden Tradition, war Kap Bathurst vor tausend Jahren an den Kontinent angeschwommen, ohne je einen Teil desselben zu bilden, und sollte auch eines Tages durch Naturkräfte wieder davon losgerissen werden. Daher rührte die Verwunderung der Eskimos, als sie die von Leutnant Hobson am Fuße des Kap Bathurst errichtete Faktorei erblickten. Bei der bedauerlichen, ihrer Rasse eigentümlichen Zurückhaltung aber, vielleicht auch in der Voreingenommenheit, welche jeder Eingeborene gegen den Fremdling hat, der sein Vaterland in Besitz nimmt, sprachen sich die Eskimos nicht gegen Leutnant Hobson aus. Kalumah kannte jene Überlieferung nicht, welche übrigens eines genügenden Nachweises entbehrte und nur den zahlreichen Legenden der hyperboräischen Kosmogenie beizuzählen war; deshalb erfuhren die Bewohner von Fort-Esperance nichts von der Gefahr, welche ihnen hier drohte.

Gewiß hätte Jasper Hobson, wenn die Aussagen der Eskimos über diesen Boden seinen Verdacht gegen denselben verstärkten, ein neues und sicher unerschütterliches Gebiet zur dauernden Begründung der Faktorei aufgesucht.

Als nun das Verschwinden des Kap Bathurst festgestellt war, setzte Kalumah ihre Nachforschungen noch bis zur Washburn-Bai fort, ohne jedoch eine weitere Spur zu finden, und nun blieb ihr nichts anderes übrig, als nach Westen, nach den Fischereien des russischen Amerika, zurückzukehren.

Mit dem letzten Tag des Juni verließ sie also mit ihrem Schwager die Walroß-Bai. Sie zogen am Ufer hin und kamen Ende Juli nach einer vergeblichen Reise wieder bei den Etablissements in Neu-Georgia an.

Niemals hoffte Kalumah jetzt Mrs. Paulina Barnett und ihre Genossen von Fort-Esperance wiederzusehen, welche sie vom Eismeer verschlungen wähnte.

Bei diesen Worten wandte die Erzählerin die feuchten Augen nach Mrs. Barnett und drückte ihr zärtlich die Hand, dann sprach sie ein leises Gebet und dankte Gott für ihre Rettung durch die eigene Hand der Freundin.

Nach der Rückkehr in den Schoß ihrer Familie gab sie sich wieder den gewohnten Beschäftigungen hin. Mit den Ihrigen war sie bei der Fischerei in der Nähe des Eiskaps tätig, welches letztere fast genau im siebzigsten Breitengrad, aber über sechshundert Meilen vom Kap Bathurst entfernt liegt.

In der ersten Hälfte des August ereignete sich nichts Besonderes. Gegen Ende aber erhob sich jener furchbare Sturm, welcher Jasper Hobson so große Unruhe einflößte und der sich über das ganze Polarmeer, ja bis über die Beringstraße hinaus erstreckte. Am Eiskap wütete er mit derselben Gewalt wie auf der Insel Victoria. Zu jener Zeit befand sich diese, wie es Jasper Hobson auch berechnet hatte, nicht über zweihundert Meilen von der Küste.

Während sie Kalumahs Worten lauschte, begann es in Mrs. Barnetts Geist langsam zu tagen, da diese ja über die Sachlage hinlänglich unterrichtet war, und endlich fand sie in jenen Worten auch den Schlüssel für manche sonderbare Erscheinungen und für die Ankunft der jungen Eingeborenen auf der Insel.

Die ersten Tage des Sturmes hindurch blieben die Eskimos am Eiskap auf ihre Hütten beschränkt, sie konnten diese nicht verlassen, noch viel weniger den Fischfang betreiben. In der Nacht vom 31. August bis 1. September trieb Kalumah eine gewisse Ahnung jedoch nach dem Ufer. Trotz des um sie tobenden Sturmes und Regens wagte sie sich hinaus und prüfte mit sorgenvollem Blick das bewegte Meer, dessen Wellen in der Dunkelheit sich wie eine Bergkette auftürmten.

Da glaubte sie kurze Zeit nach Mitternacht eine weiße Masse zu sehen, welche vom Orkan getrieben, längs der Küste hinglitt. Ihre sehr scharfen Augen, gleich denen aller Eingeborenen an die Finsternis der langen Polarnacht gewöhnt, konnten sie nicht getäuscht haben.

Ein ungeheuer großer Gegenstand passierte gegen zwei Meilen entfernt das Ufer, und dieser Gegenstand konnte weder ein Walfisch noch ein Schiff, in dieser Jahreszeit auch kein gewöhnlicher Eisberg sein.

Kalumah überdachte das zwar gar nicht, ihr Geist sah alles klar wie durch eine Offenbarung. Vor ihrem überreizten Gehirn stieg das Bild ihrer Freunde auf. Sie sah sie alle vor sich, Mrs. Paulina Barnett, Madge, Leutnant Hobson und auch das kleine Kind, dem sie in Fort-Esperance ihre Zärtlichkeiten zugewendet hatte. Ja, sie mußten es sein, die dort auf einem schwimmenden Eisfeld vom Sturm verschlagen vorüberfuhren.

Kalumah zweifelte und zögerte keinen Augenblick. Sie sagte sich nur, daß sie die Schiffbrüchigen von der Nähe des Landes, welche sie gewiß nicht ahnten, unterrichten müsse. Nach ihrer Hütte zurückeilend ergriff sie eine der aus Werg und Harz hergestellten Fackeln, wie sie die Eskimos bei dem nächtlichen Fischfang gebrauchen, entzündete diese und bewegte sie auf dem Gipfel des Eiskaps hin und her.

Das war das Feuer gewesen, welches Jasper Hobson und Sergeant Long, die damals auf dem Kap Michael lagen, in der Nacht des 31. August mitten durch die Dunkelheit wahrgenommen hatten.

Wie groß war die Freude, die Erregung der jungen Eskimodin, als sie eine Antwort auf ihr Signal aufleuchten sah, jene von Jasper Hobson angezündete Tannengruppe, die ihr fahles Licht bis an das Ufer Amerikas, dem sich Jasper Hobson nicht so nahe glaubte, hinüberwarf. Doch bald war es wieder ganz finster. Die Pause im Sturme währte nur wenige Minuten, und nach Südosten umspringend erhob sich der Orkan mit erneuter

Wut.

Kalumah sah ein, daß »ihre Beute« – so drückte sie sich aus – ihr entgehen und daß die Insel nicht ans Land stoßen werde. Sie sah sie vor sich, diese Insel, sie fühlte, wie jene durch Nacht und Dunkel wieder davon und in das offene Meer hinaustrieb.

Das war ein furchtbarer Augenblick für die junge Eingeborene. Um jeden Preis, sagte sie sich, mußten ihre Freunde Nachricht über die dermalige Lage erhalten, da jetzt doch vielleicht irgend etwas zu tun wäre, während jede Stunde sie weiter vom Festland entführte ...

Sie zögerte nicht. Ihr Kajak lag in der Nähe, das zerbrechliche Fahrzeug, in dem sie mehr als einmal den Stürmen des Eismeeres Trotz geboten hatte. Sie stieß den Kajak ins Wasser, band um den Gürtel und um die Öffnung desselben die Robbenfelljacke fest, und das Doppelruder in den Händen, wagte sie sich in die Finsternis hinaus.

Hier drückte Mrs. Paulina Barnett die junge Kalumah, das mutige Kind, inbrünstig an ihr Herz.

Kalumah wurde auf den bewegten Wogen von dem umgesprungenen Sturm, der nach der offenen See hinaus wehte, fortgetrieben. Sie strebte der großen Masse zu, welche sie unklar in der Dunkelheit erkannte.

Oft flutete das Meer über ihren Kajak hinweg, vermochte aber nichts gegen das unversenkbare Fahrzeug, das wie ein Strohhalm auf den Kämmen der Wellen tanzte. Mehrmals kenterte es zwar, doch immer richtete es ein Ruderschlag leicht wieder auf.

Nach einstündiger Anstrengung konnte Kalumah endlich die irrende Insel deutlich erkennen. Sie zweifelte gar nicht an der Erreichung ihres Zieles, denn nur eine Viertelmeile lag noch zwischen ihr und jener.

Da stieß sie jenen Schrei aus, den Jasper Hobson und Sergeant Long beide hörten.

Von hier an aber fühlte Kalumah, wie eine unwiderstehliche Strömung, der sie mehr unterlag als die Insel Victoria, sie nach Westen verschlug. Vergeblich kämpfte sie mit ihrem Ruder dagegen an, ihr leichtes Boot flog wie ein Pfeil dahin. Von neuem schrie sie auf, wurde aber der großen Entfernung wegen nicht mehr gehört, und als die Morgenröte anbrach, bildeten die Küste Neu-Georgias, die sie verlassen hatte, und die schwimmende Insel, welche sie verfolgte, nur zwei unerkennbare Massen am Horizont.

Verzweifelte die junge Eingeborene nun etwa? Nein. Nach dem Festland zurückzukehren war ihr zunächst unmöglich geworden, denn sie hatte den Wind, jenen schrecklichen Wind gegen sich, der die Insel binnen sechsunddreißig Stunden zweihundert Meilen weit in die offene See hinaustrieb.

Kalumah blieb nur ein Ausweg übrig, sie mußte die Insel, während sie sich in derselben Strömung hielt, einzuholen suchen.

Aber ach, jetzt unterstützten die Kräfte nicht mehr den Mut des armen Kindes. Wenigstens peinigte sie der Hunger, und Anstrengung und Erschöpfung lähmten ihre Ruderschläge.

Mehrere Stunden lang kämpfte sie und glaubte sich der Insel zu nähern, von welcher aus man sie, einen Punkt im ungeheuren Meer, unmöglich gewahr werden konnte. Sie kämpfte noch, als ihr die Arme halb gebrochen waren und die blutende Hand den Dienst versagen wollte! Sie kämpfte bis zum Ende ihrer Kräfte und verlor endlich das Bewußtsein, während ihr Kajak zum Spiel des Windes und der Wellen wurde.

Was weiter mit ihr geschehen war, vermochte sie nicht zu sagen. Wie lange sie umhergeworfen wurde, sie wußte es nicht und war erst wieder zu sich gekommen, als ihr Kajak heftig anstieß und unter ihr in Stücke ging.

Sie sank in das kalte Wasser, das ihre Lebensgeister von neuem wachrief, und einige Augenblicke später warf sie eine Welle halbtot auf den Ufersand. Das geschah in der vergangenen Nacht, etwa zur Zeit der Morgenröte, also zwischen zwei und drei Uhr früh.

Seit der Zeit, da Kalumah den Kajak bestiegen, bis zu der, da dieser unterging, waren demnach siebzig Stunden verflossen!

Als sie sich aus den Fluten gerettet sah, konnte sie nicht sagen, an welches Ufer der Sturm sie geworfen habe. War sie an das Festland zurückgekommen?

Hatte er sie im Gegenteil der Insel zugeführt, welche sie mit so kühner Ausdauer verfolgte? Sie hoffte es gewiß! Wind und Strömung mußten sie ja ins freie Meer hinaus und nicht an die Küste zurückgetrieben haben.

Dieser Gedanke verlieh ihr neue Kräfte. Sie erhob sich und folgte dem Ufer.

Ohne Zweifel war die junge Eingeborene auf den Teil der Insel Victoria geworfen worden, welcher ehemals den oberen Winkel der Walroß-Bai bildete. Jetzt konnte sie aber den Küstenstrich, den die Wellen seit dem Bruch des Isthmus benagt hatten, nicht wiedererkennen.

Kalumah ging vorwärts und hielt, als sie nicht mehr weiterkonnte, an, um später mit neuem Mut ihren Weg fortzusetzen, der sich vor ihren Schritten dehnte. Bei jeder Meile mußte sie um Uferstrecken herumgehen, die das Meer schon in Besitz genommen hatte. So gelangte sie, sich hinschleppend, fallend und wieder aufstehend, nach dem kleinen Hügel, an dem Mrs. Paulina Barnett und Madge denselben Morgen rasteten. Die beiden Frauen hatten, wie erwähnt, auf ihrem Weg nach dem Kap Eskimo ihre Fußspuren und Eindrücke in dem Schnee gefunden. Dann war die arme Kalumah eine Strecke davon zum letzten Mal zusammengebrochen.

Von dieser Stelle aus kam sie erschöpft von Hunger und Anstrengung nur noch kriechend vorwärts.

Einige Schritte vom Ufer hatte sie auch das Kap Eskimo wiedererkannt, an dem sie im vergangenen Jahr mit den Ihrigen gelagert hatte. Jetzt wußte sie, daß sie nur noch acht Meilen von der Faktorei entfernt war, und den Weg einschlagen müsse, der ihr von den häufigen Besuchen bei ihren Freunden her so gut bekannt war.

Noch hielt sie dieser Gedanke aufrecht, doch brach sie, am Ufer angekommen, kraftlos zusammen und verlor das Bewußtsein. Ohne Mrs. Paulina Barnett hätte sie hier ihren Tod gefunden.

»Aber, meine gute Dame«, sagte sie, »ich wußte, daß Sie mir zu Hilfe kommen würden und daß mich Gott durch Ihre Hand retten werde.«

Das Weitere ist bekannt. Man weiß, welches Vorgefühl an diesem Tag Mrs. Barnett und Madge trieb, diesen Teil des Ufers zu besuchen, und wie sie dazu kamen, noch das Kap Eskimo zu betreten, bevor sie sich auf den Rückweg nach der Faktorei begaben. Es ist auch bekannt – Mrs. Paulina Barnett teilte es der jungen Eingeborenen mit –, daß sich eine große Eisscholle ablöste und was der Bär dabei tat.

Lächelnd fügte die Reisende noch hinzu:

»Ich habe dich nicht gerettet, mein Kind, das hat eigentlich jener brave Bär getan! Ohne ihn wärest du verloren gewesen, und wenn er je zu uns zurückkommt, so soll er als dein Retter geehrt werden.«

Kalumah hatte durch Ruhe und stärkende Speise indessen ihre Kräfte wiedergewonnen. Mrs. Barnett wollte nun ohne Aufschub zum Fort zurückkehren, um ihre Abwesenheit nicht allzu lange auszudehnen. Die junge Eingeborene erhob sich sofort und war zum Mitgehen bereit.

Mrs. Paulina Barnett drängte es, Jasper Hobson die Erlebnisse dieses Morgens mitzuteilen und ihm zu erklären, was sich während der Sturmnacht, als die Insel dem Ufer Amerikas so nahe gewesen war, zugetragen hatte.

Vor allem empfahl die Reisende Kalumah aber, von ihren Erlebnissen unbedingt zu schweigen und auch die Lage der Insel niemand zu verraten. Es sollte angenommen werden, daß sie auf ganz natürlichem Weg gekommen sei, um ihr Versprechen vom Jahr vorher einzulösen und ihre Freunde während der schönen Jahreszeit zu besuchen. Gerade ihr Erscheinen mußte die Bewohner der Faktorei in dem Glauben bestärken, daß mit dem Gebiet des Kap Bathurst keine Veränderung eingetreten sei, wenn ja der eine oder andere einen Verdacht hätte.

Gegen drei Uhr nachmittags schlugen Mrs. Barnett, die junge Eingeborene, die sich auf ihren Arm stützte, und Madge den Weg nach Westen wieder ein, und vor fünf Uhr abends gelangten alle drei glücklich an das äußere Tor von Fort-Esperance.

Zehntes Kapitel

Der Kamtschatkastrom

Den Empfang, welcher der jungen Kalumah seitens der Insassen des Forts zuteil wurde, kann man sich wohl leicht vorstellen. Ihnen schien das Band, welches sie sonst mit der übrigen Erde in Verbindung setzte, wieder angeknüpft zu sein. Mrs. Mac Nap, Mrs. Raë und Mrs. Joliffe überhäuften jene mit Zärtlichkeiten. Kalumah lief, sobald sie des kleinen Kindes ansichtig ward, auf dieses zu und bedeckte es mit ihren Küssen.

Die junge Eskimodin war von der Gastfreundschaft ihrer europäischen Freunde vollkommen gerührt. Alle taten ihr die größte Ehre an. Man freute sich zu hören, daß sie den ganzen Winter in der Faktorei zubringen werde, da die Jahreszeit schon zu weit vorgeschritten war, um ihr die Rückkkehr nach den Etablissements von Neu-Georgia zu gestatten.

Wenn die Bewohner von Fort-Esperance aber von der Ankunft der jungen Eingeborenen so freudig überrascht waren, was mußte Jasper Hobson darüber denken, als er Kalumah am Arme der Mrs. Paulina Barnett erscheinen sah? Er wollte kaum seinen Augen trauen. Ein plötzlicher Gedanke schoß mit Blitzesschnelle durch sein Gehirn – der Gedanke, daß die Insel Victoria unbemerkt und trotz der täglichen Ortsaufnahme bei irgendeinem Punkt Amerikas einmal ans Land gelaufen sei.

Mrs. Paulina Barnett las diese unwahrscheinliche Hypothese aus den Augen des Leutnants und schüttelte verneinend mit dem Kopf.

Jasper Hobson verstand daraus, daß die Lage sich in keiner Weise geändert habe, und erwartete von Mrs. Paulina Barnett Aufklärung über dieses fast wunderbare Erscheinen Kalumahs.

Kurze Zeit darauf lustwandelten Jasper Hobson und die Reisende am Fuß des Kap Bathurst, und aufmerksam lauschte der Leutnant dem Bericht von den Abenteuern Kalumahs.

Alle seine Annahmen waren also begründet gewesen!

Während des Sturmes aus Nordosten hatte die Insel die Strömung, die sie entführte, verlassen! In der schrecklichen Nacht vom 30. zum 31. August war das Eisfeld dem amerikanischen Festland auf weniger als eine Meile nahe gewesen. Nicht das Leuchtfeuer eines Schiffes, nicht der Schrei eines Verunglückten ereichte ihre Augen und Ohren! Das Land lag vor ihnen, das rettende Land, und blies der Wind damals nur noch eine Stunde lang in der früheren Richtung, so hätte die Insel Victoria die Küste des russischen Amerika berührt!

Und gerade damals mußte der unselige, verderbliche Wind umspringen und die Insel wieder nach der offenen See hinaustreiben. Die unwiderstehliche Strömung hatte sie aufs neue erfaßt, und seitdem war sie mit unerhörter Schnelligkeit, unter der Peitsche eines Südweststurmes bis zu jener gefährlichen Stelle hin abgewichen, von der sie aus ihrer Lage zwischen zwei entgegengesetzten Strömungen, welche beide ihr selbst und den Bewohnern derselben den gleichen Untergang drohten, offenbar einer von jenen zuletzt verfallen mußte.

Wohl zum hundertsten Mal unterhielten sich der Leutnant und Mrs. Paulina Barnett über dieses Thema. Dann erkundigte sich Jasper Hobson nach den etwaigen Veränderungen des Gebietes zwischen dem Kap Bathurst und der Walroß-Bai.

Mrs. Paulina Barnett belehrte ihn, daß sich das Küstengebiet an manchen Stellen gesenkt zu haben scheine und daß solche Strecken, welche früher davon frei blieben, jetzt überflutet würden. Sie erwähnte auch des Vorfalls bei dem Kap Eskimo und beschrieb den umfänglichen Eisbruch an jenem Teil der Küste.

Gewiß erschien das sehr beunruhigend. Offenbar löste sich das Eisfeld, die Grundlage der Insel, weiter auf, je nachdem das verhältnismäßig wärmere Wasser die untere Fläche abnagte. Was beim Kap Eskimo geschehen war, konnte sich beim Kap Bathurst jeden Augenblick wiederholen. Die Gebäude der Faktorei konnten zu jeder Stunde des Tages oder der Nacht im bodenlosen Abgrund versinken – immer stellte der Winter das einzige Hilfsmittel in dieser Lage dar, der Winter mit all seiner Strenge, der Winter, dessen Eintritt sich doch so sehr verzögerte.

Einestags darauf, am 4. September, angestellte Beobachtung Jasper Hobsons zeigte, daß die Ortslage der Insel Victoria sich noch nicht nachweisbar verändert hatte. Unbewegt verweilte sie zwischen den beiden Strömungen, was den gegebenen Verhältnissen nach als das Beste betrachtet werden konnte.

»Möchte der Frost uns hier ereilen und das Packeis uns hier aufhalten!« sagte Jasper Hobson. »Wenn das Meer jetzt um uns erstarrte, würde ich unsere Rettung für gesichert ansehen! Nur zweihundert Meilen trennen uns von der Küste, und über das feste Eisfeld könnten wir entweder das russische Amerika oder auch die Küste Asiens recht wohl erreichen. Aber nur der Winter komme, der Winter um jeden Preis, und so schnell als möglich!«

Inzwischen wurden auf des Leutnants Anordnung die letzten Zurüstungen für den Winter vollendet. Man versorgte die Haustiere für die ganze Dauer der langen Polarnacht mit hinreichendem Futter. Die Hunde waren wohlauf und wurden bei ihrer Untätigkeit fett, doch durfte man sich darüber nicht zu viel Sorge machen, denn den armen Tieren sollte es an Arbeit nicht mangeln, wenn man erst Fort-Esperance verließ, um quer über das Eis das Festland zu erreichen. Vielmehr erschien es demnach von Belang, jene bei vollen, frischen Kräften zu erhalten. So schonte man das frische Fleisch und vorzüglich das der Rentiere, die in der Nachbarschaft der Faktorei erlegt wurden, für sie nicht.

Die zahmen Rentiere gediehen vortrefflich. In ihrem entsprechend den Bedürfnissen eingerichteten Stall häufte man ebenso wie in den Magazinen des Forts einen großen Vorrat von Heu und Moosen an. Mrs. Joliffe bezog von den Weibchen ausreichend Milch, welche in der Küche täglich Verwendung fand.

Der Korporal und seine kleine Frau hatten auch ihre Aussaaten wiederholt, die in der vergangenen warmen Jahreszeit ja so sichtlich gediehen waren. Das Land war zu dem Zweck für Löffelkraut, Sauerampfer und Labradortee schon vor dem ersten Schneefall instand gesetzt worden. Diese köstlichen Antiskorbutica durften ja der Kolonie nicht fehlen.

Holzvorräte erfüllten die Schuppen bis zu den Dachsparren. Nun konnte der rauhe und eisige Winter herankommen, das Quecksilber in der Kugel des Thermometers gefrieren, ohne zum Verbrennen des Hausrates, wie im letzten Winter der Fall eintrat, zu zwingen. Der Zimmermann Mac Nap hatte seine Maßnahmen entsprechend getroffen, und auch der Abfall beim Bau des Schiffes lieferte einen beträchtlichen Zuwachs zum Heizmaterial.

Zu dieser Zeit fing man auch schon einige mit dem neuen Winterfell versehene Pelztiere wie Marder, Wiesel, Blaufüchse und Hermeline, da der Leutnant Marbre und Sabine ermächtigt hatte, nahe der Umplankung einige Fallen herzustellen. Jasper Hobson glaubte aus Besorgnis, den Verdacht seiner Leute wachzurufen, diese Erlaubnis nicht verweigern zu sollen, denn er hatte keinen stichhaltigen Vorwand, das Einsammeln von Pelzfellen einzustellen. Wohl wußte er, daß es unnütze Arbeit war und daß aus dieser Vertilgung kostbarer und unschuldiger Tiere niemand Vorteil ziehen werde. Jedenfalls diente das Fleisch jener Nager als Futter für die Hunde, und man ersparte dadurch wesentlich an dem der Rentiere.

Alles rüstete sich also zur Durchwinterung, so als wäre Fort-Esperance auf unerschütterlichem Boden errichtet, und die Soldaten arbeiteten mit einem Eifer, den sie bei Kenntnis ihrer tatsächlichen Lage wohl kaum entwickelt hätten.

Auch in den folgenden Tagen ergaben die sorgfältigsten Beobachtungen keine merkbare Lageveränderung der Insel Victoria. Schon fing Jasper Hobson mit Rücksicht auf diese Unbewegtheit an, neue Hoffnung zu schöpfen. Hatten sich die Vorzeichen des Winters auch in der anorganischen Natur noch nicht gezeigt, so verrieten sie sich doch schon durch Züge wilder Schwäne, die nach milderen Klimaten steuerten. Auch andere Zugvögel, welche ein weiter Flug über die Meere nicht abschreckte, verließen nach und nach die Insel. Diese wußten recht gut, daß der amerikanische oder der asiatische Kontinent mit ihrer minder rauhen Temperatur, ihren gastlichen Gebieten und ihren Hilfsquellen aller Art nicht allzu fern lagen und daß die Kraft ihrer Flügel ausreichte, sie dorthin zu tragen. Eine Anzahl solcher Vögel ward eingefangen, und der Leutnant befestigte nach Mrs. Paulina Barnetts früherem Vorschlag an deren Hals ein Billett aus gummierter Leinwand, auf dem die dermalige Lage der Insel und die Namen ihrer Bewohner verzeichnet standen. Dann ließ man sie fliegen und sah dieselben nicht ohne Befriedigung nach Süden ziehen.

Es bedarf nicht der Erwähnung, daß diese Botensendung heimlich geschah und keine anderen Zeugen hatte als Mrs. Paulina Barnett, Madge, Kalumah, Leutnant Hobson und Sergeant Long.

Die auf der Insel eingeschlossenen Vierfüßler waren natürlich verhindert, in südlicheren Gegenden ihre gewohnten Winterquartiere aufzusuchen. Rentiere, Polarhasen, selbst Wölfe verließen ja zu dieser Jahreszeit gewöhnlich schon Gegenden wie Kap Bathurst und zogen sich nach dem See des Großen Bären oder dem Sklaven-See, jedenfalls weit unter den Polarkreis, zurück. Dieses Jahr bildete das Meer für sie ein unüberwindliches Hindernis, dessen Übereisung sie abwarten mußten, um nach wohnlicheren Gegenden zu entfliehen. Gewiß hatte ihr Instinkt jene schon zu einem Versuch getrieben und nach dem Fehlschlagen desselben in die Nachbarschaft der Faktorei zurückgeführt, in die Nähe der Menschen, Gefangenen wie sie selbst, in die Nähe der sonst so gefürchteten Jäger.

In der Zeit vom 5. bis zum 9. September ergaben die Beobachtungen noch immer keine Lageveränderung der Insel Victoria.

Der ungeheure Wasserwirbel zwischen den beiden Strömungen, dessen Gebiet sie noch nicht verlassen hatte, hielt sie auf ein und derselben Stelle fest. Noch vierzehn Tage bis höchstens drei Wochen dieses Status quo, und Leutnant Hobson konnte sich für gerettet halten.

Doch war das Maß der Leiden noch nicht gefüllt und standen den Bewohnern von Fort-Esperance noch wahrhaft übermenschliche Prüfungen bevor.

Am 10. September nahm man zuerst wieder eine Ortsveränderung der Insel Victoria wahr, die sich zunächst nur langsam in nördlicher Richtung vollzog.

Jasper Hobson war wie vom Donner gerührt! Definitiv hatte der Kamtschatkastrom die Insel erfaßt, und diese entwich nun in jene unbekannten Meeresgebiete, in denen sich das Packeis bildet; in jene dem Fuß des Menschen verbotenen Einöden des Polarmeeres, aus denen man nicht zurückkehrt!

Den Mitwissern seines Geheimnisses verhehlte Jasper Hobson auch diese neue Gefahr nicht. Alle empfingen den niederschmetternden Schlag mit ruhiger Ergebung.

»Vielleicht«, sagte die Reisende, »kommt die Insel doch noch zum Stehen oder bleibt ihre Bewegung eine sehr langsame. Laßt uns die Hoffnung nicht verlieren! Der Winter kann nicht mehr fern sein, und überdies fahren wir ihm entgegen. Doch – des Herrn Wille geschehe!«

»Meine Freunde«, fragte Jasper Hobson, »glauben Sie, daß es nun an der Zeit wäre, unsere Gefährten aufzuklären? Sie wissen, in welcher Lage wir uns befinden und was uns noch widerfahren kann. Heißt es nicht, eine zu große Verantwortlichkeit auf sich nehmen, wenn man ihnen die drohende Gefahr verbirgt?«

»Ich würde jetzt noch damit warten«, entgegnete schnell die Reisende. »So lange nicht jede Aussicht erschöpft ist, dürfen wir unsere Begleiter nicht der Verzweiflung preisgeben.«

»Das ist ganz meine Ansicht«, fügte Sergeant Long einfach hinzu.

Jasper Hobson dachte ebenso und war erfreut darüber, seine Anschauungen geteilt zu sehen.

Am 11. und 12. September ward die Lageveränderung nach Norden zu bemerkbarer. Die Insel schwamm mit einer Schnelligkeit von zwölf bis dreizehn Meilen den Tag dahin. Um ebensoviel entfernte sie sich dabei von dem Land, während sie dem Kamtschatkastrom nach Norden folgte. Aus dem siebzigsten Parallelkreis, der die Spitze des Kap Bathurst durchschnitt, mußte sie wohl bald heraustreten; darüber hinaus existiert aber in der Fortsetzung des Längengrades, unter dem man sich eben befand, kein bekanntes Ländergebiet.

Jeden Tag trug Jasper Hobson die Lage auf seiner Karte ein und ersah daraus, welch grenzenlosen Weiten die Insel entgegentrieb. Die einzige, verhältnismäßig günstige Aussicht lag darin, daß man, nach Mrs. Paulina Barnetts Bezeichnung, dem Winter entgegenfuhr. So begegnete man der Kälte früher, die das Eisfeld vergrößern und befestigen mußte. Konnten die Bewohner desselben dann auch darauf hoffen, nicht in das Meer zu versinken, welchen ungeheuren, vielleicht ungangbaren Weg hatten sie dafür zurückzulegen, um aus jenen Tiefen des höchsten Nordens zu entkommen? Wäre das Schiff jetzt, wenn auch in halbfertigem Zustand, brauchbar gewesen, Leutnant Hobson hätte gewiß nicht gezögert, sich ihm mit der ganzen Bevölkerung der kleinen Kolonie anzuvertrauen; trotz allem Fleiße des Zimmermanns war es aber bis jetzt weder so weit fertig noch vor langer Zeit darauf zu rechnen, da seine Konstruktion, wenn sich zwanzig Personen und noch dazu in diesen gefährlichen Meeren darauf einschiffen sollten, die größte Sorgsamkeit Mac Naps erforderte.

Am 16. September befand sich die Insel Victoria fünfundsiebzig bis achtzig Meilen nördlicher als der Punkt, auf dem sie kurze Zeit verweilt hatte. Schon vermehrten sich aber die Vorzeichen des nahenden Winters, und die Quecksilbersäule sank allmählich. Zwar hielt sich die Mitteltemperatur des Tages noch auf 6 bis 7° über Null, sank aber während der Nacht auf den Gefrierpunkt herab. Nur in sehr flachem Bogen zog die Sonne über den Horizont, erhob sich zu Mittag nur wenige Grade und blieb schon elf Stunden von vierundzwanzig verschwunden.

In der Nacht vom 16. zum 17. September traten endlich die ersten Spuren von Eis auf dem Meer hervor. Kleine isolierte, dem Schnee ähnliche Kristalle schossen zu Flecken auf der Oberfläche zusammen. Dabei machte man die schon von dem berühmten Seefahrer Scoresby mitgeteilte Beobachtung, daß dieser Schnee das Meer sofort beruhigte, wie es von dem Öl bekannt ist, welches Seefahrer wohl zur vorübergehenden Beruhigung der Wellen ausgießen. Jene kleinen Eisteilchen zeigten das Bestreben, sich aneinanderzuschließen, und hätten das bei ruhigem Wasser unzweifelhaft getan; jetzt zerbrachen und trennten sie aber die Bewegungen der Wellen, bevor sie eine umfänglichere Fläche bilden konnten.

Mit gespanntester Aufmerksamkeit beobachtete Jasper Hobson das erste Erscheinen des jungen Eises. Er wußte, daß vierundzwanzig Stunden hinreichen würden, um der an der Unterfläche nachwachsenden Eiskruste eine Stärke von zwei bis drei Zoll zu erteilen, wobei sie schon das Gewicht eines Menschen trägt. Er zählte also darauf, daß die Insel Victoria binnen kurzem in ihrem Lauf aufgehalten sein werde.

Bis jetzt zerstörte der Tag freilich stets die Arbeit der Nacht, und die Abweichung nach Norden nahm zu, ohne daß man etwas gegen dieselbe zu tun imstande war.

Am 21. September, zur Zeit des Herbstäquinoktiums, währten Tag und Nacht vollkommen gleich lang, und von da ab verlängerte sich die Nacht stets auf Unkosten der Tagesstunden. Sichtbar trat nun der Winter ein, aber weder anhaltend noch streng. Jetzt hatte die Insel Victoria schon nahezu einen Grad über die siebzigste Parallele zurückgelegt, und zum ersten Mal unterlag sie einer Drehbewegung, welche Jasper Hobson auf etwa 90° schätzte.

Man begreift, welche Sorgen das dem Leutnant machte! Die Sachlage, die er bis jetzt zu verbergen gesucht hatte, drohte die Natur selbst nun auch dem blödesten Auge zu enthüllen, da durch diese Drehung die Kardinalpunkte der Insel verschoben waren. Kap Bathurst lief nicht mehr nach Norden zu, sondern nach Westen aus. Sonne, Mond und Sterne gingen nicht mehr an den gewohnten Stellen des Horizontes auf und unter, und unmöglich konnte Leuten mit einiger Beobachtungsgabe wie Mac Nap, Raë, Marbre und anderen, eine solche auffällige Veränderung, die alles verraten mußte, entgehen.

Zur großen Befriedigung Jasper Hobsons schienen die wackeren Soldaten aber nicht das mindeste zu bemerken. Die Atmosphäre war glücklicherweise immer etwas dunstig und verhinderte die Beobachtung des Auf- oder Unterganges der Himmelskörper.

Leider fiel jene Drehung auch mit einer schnelleren Fortbewegung zusammen. Von diesem Tage an wich die Insel Victoria mit der Schnelligkeit von einer Meile die Stunde nach Norden ab. Noch immer überließ sich Jasper Hobson der Verzweiflung, welche seinem Charakter fernlag, nicht, doch hielt er sich nun für verloren und wünschte den Winter aus Herzensgrund herbei.

Die Temperatur erniedrigte sich noch weiter. Am 23. und 24. September fiel reichlicher Schnee, der die Dicke der kleinen Eisschollen, die sich schon zu verlöten begannen, noch mehr verstärkte. Nach und nach wurde die ungeheure Ebene von Eis geboren. Noch durchbrach sie die dagegen anschwimmende Insel, doch nahm die Widerstandskraft jener von Stunde zu Stunde zu. Das Meer gefror rings um sie und über Sehweite hinaus.

Endlich, am 27. September, ergab die Beobachtung, daß die von dem grenzenlosen Eisfeld eingeschlossene Insel Victoria seit dem Tag vorher ihre Lage nicht geändert hatte! Unbeweglich stand sie unter 177° 22' der Länge und 77° 57' der Breite – mehr als sechshundert Meilen vom Kontinent entfernt.

Elftes Kapitel

Eine Mitteilung Jasper Hobsons

So war also die Lage. Die Insel hatte nach dem Ausdruck Sergeant Longs Anker geworfen, sie war stationär geworden wie zu der Zeit, als sie noch am amerikanischen Festland hing. Jetzt trennten sie aber sechshundert Meilen von der bewohnten Erde, und diese sechshundert Meilen galt es über das erstarrte Meer, mitten durch die Eisberge, welche die Kälte darauf häufen mußte, und zwar während der rauhesten Monate des arktischen Winters, auf Schlitten zurückzulegen.

Wohl war es ein furchtbares Unternehmen, und doch durfte man damit nicht zögern. Dieser Winter, den Leutnant Hobson so heiß herbeigewünscht hatte, kam endlich; er unterbrach den verderblichen Lauf der Insel nach Norden und spannte eine sechshundert Meilen lange Brücke zwischen ihr und den benachbarten Kontinenten aus. Von dieser gebotenen Aussicht auf Rettung mußte man Gebrauch machen, um die ganz in den hyperboräischen Gegenden verlorene kleine Kolonie zurückzuführen.

Jedenfalls konnte man, wie Leutnant Hobson seinen Freunden auseinandersetzte, nicht erst den kommenden Frühling und das Aufbrechen des Eises abwarten, das heißt, sich noch einmal den Launen der Strömungen der Beringstraße aussetzen. Im Gegenteil handelte es sich einzig darum, abzuwarten, bis das Meer fest genug sei, was in einem Zeitraum von etwa drei Wochen zu gewärtigen war. Von jetzt ab nahm sich der Leutnant vor, das die Insel einschließende Eisfeld fleißig zu untersuchen, um den Zustand seiner Haltbarkeit, die Möglichkeit, auf Schlitten darüber hinzugleiten, und den günstigsten Weg zu ermitteln, ob dieser nun nach den Ufern Asiens oder dem Festland Amerikas führte.

»Selbstverständlich«, fügte Jasper Hobson hinzu, der sich mit Mrs. Paulina Barnett und dem Sergeant Long über dieses Thema unterhielt, »selbstverständlich geben wir dem Gebiet Neu-Georgias, nicht aber der asiatischen Küste den Vorzug und werden uns unter gleich günstigen Verhältnissen nach dem russischen Amerika wenden.«

»Wobei uns Kalumah sehr von Nutzen sein wird«, fiel Mrs. Paulina Barnett ein, »denn in ihrer Eigenschaft als Eingeborene kennt sie alle diese Länder vollkommen.«

»Wahrhaftig«, sagte Leutnant Hobson, »hierzu ist sie uns wie von der Vorsehung geschickt worden. Mit ihrer Hilfe mag es auch leicht werden, die Etablissements des Forts Michael am Norton-Golf zu erreichen, und vielleicht gar weiter im Süden Neu-Archangel, woselbst wir den Winter vollends verbringen könnten.«

»Armes Fort-Esperance!« sagte Mrs. Paulina Barnett, »um den Preis so vieler Anstrengungen erbaut und von Ihnen, Herr Hobson, so glücklich begründet! Mir wird das Herz brechen, wenn ich diese Insel inmitten des Eisfeldes und vielleicht hinter dem unübersteiglichen Packeis verlassen soll. Ja, ich weiß, daß mir das Herz bluten wird, wenn ich ihr das letzte Lebewohl sage!«

»Ich werde dabei nicht weniger leiden als Sie, Madam«, antwortete Jasper Hobson, »und vielleicht noch mehr! Das war das wichtigste Werk meines Lebens! Der Gründung dieses so unglücklich getauften Fort-Esperance hatte ich alle meine Kenntnisse, allen Fleiß gewidmet, und ich werde mich nie darüber trösten, es aufgeben zu müssen. Und dann, was wird die Kompanie dazu sagen, die mich mit diesem Versuch betraut und deren ergebener Agent ich trotz allem bleibe!«

»Sie wird sagen, Herr Hobson«, rief die Reisende in edler Aufwallung, »daß Sie Ihre Pflicht getan haben, daß Sie nicht verantwortlich sein können für die Launen der Natur, die eben mächtiger ist und sein wird als die Hand und der Geist des Menschen. – Sie muß einsehen, daß Sie das Vorgefallene nicht voraussehen konnten, denn das lag außerhalb der menschlichen Vorsicht! Sie muß endlich der Überzeugung sein, daß sie Ihrer Klugheit, Ihrer moralischen Energie die Rettung der Leute, die sie Ihnen anvertraute, allein zu danken hat.«

»Ich danke Ihnen, Madam«, erwiderte der Leutnant,

und drückte Mrs. Paulina Barnett die Hand, »ich danke Ihnen für diese Worte, welche aus Ihrem Herzen stammen; aber ein wenig kenne ich die Menschen, und glauben Sie mir, einen Erfolg zu haben ist besser als ein Fehlschlagen. Doch, wie Gott will!«

Sergeant Long, der den Leutnant von seinen trüben Gedanken abzuleiten suchte, brachte das Gespräch wieder auf den vorliegenden Sachbestand; er sprach von den für die Abreise nötigen Vorbereitungen und fragte ihn, ob er nun den Zeitpunkt für gekommen erachte, seinen Leuten über die jetzigen Verhältnisse der Insel Victoria Aufklärung zu geben.

»Noch werden wir damit warten«, entgegnete Jasper Hobson; »bis heute haben wir durch unser Stillschweigen den armen Leuten so manche Unruhe erspart; warten wir also noch, bis unsere Abreise endgültig festgesetzt ist, dann sollen sie die ganze Wahrheit hören!«

Die gewohnten Arbeiten in der Faktorei wurden in den folgenden Wochen unbeirrt fortgesetzt.

Welches war die Lage der glücklichen und zufriedenen Einwohner von Fort-Esperance vor einem Jahr?

Damals traten ebenso wie heute die ersten Anzeichen der kalten Jahreszeit ein. Langsam wuchs das junge Eis an das Ufer an. Die Lagune mit ihrem ruhigen Wasser erstarrte zuerst. Die Temperatur hielt sich den Tag über auf ein bis zwei Grade über dem Gefrierpunkt und sank während der Nacht um drei bis vier Grade. Jasper Hobson ließ seine Leute die Winterkleidung, die Pelze und die wollenen Stoffe, anlegen. Im Inneren des Hauses setzte man die Kondensatoren instand, reinigte das Luftreservoir und die Ventilationspumpen. Rings um den Palisadenzaun errichtete man Fallen, und Sabine und Marbre beglückwünschten sich über die Erfolge ihrer Jagd. Zuletzt vollendete man noch die innere Einrichtung des Hauses.

Auch dieses Jahr beschäftigten sich die wackeren Leute auf die nämliche Weise. Obgleich Fort-Esperance jetzt um sieben Grade höher lag, als zu Anfang des letzten Winters, so konnte dieser Unterschied doch keine so beträchtliche Veränderung im Zustand der Temperatur herbeiführen. Zwischen dem siebzigsten und dem siebenundsiebzigsten Parallelkreis variiert das Mittel der Temperatur nicht so auffallend. Vielmehr konstatierte man, daß die Kälte jetzt ninder streng war, als sie sich zu Anfang der vorigen Überwinterung zeigte. Jetzt schien sie sogar erträglicher, da die Überwinternden sich an das rauhe Klima schon besser gewöhnt hatten.

Hierbei muß bemerkt werden, daß die schlechte Jahreszeit sich nicht mit der gewöhnlichen Strenge einführte.

Das Wetter blieb feucht, und die Atmosphäre belud sich tagtäglich mit Dünsten, die sich bald in Regen und bald in Schnee auflösten. Nach Leutnant Hobsons Wunsch meldete sich die Kälte noch immer nicht.

Rund um die Insel wurde nun das Meer, freilich noch nicht beständig, fest. Breite schwarze Flecke, welche die Oberfläche des neuen Eisfeldes noch unterbrachen, bewiesen, daß die Schollen nur leicht untereinander verbunden waren. Fast unablässig hörte man das von dem Bruch der Eisbank herrührende Krachen, die sich aus einer unendlichen Zahl unzulänglich verlöteter Stücke zusammensetzte und deren Kamm der Regen wieder löste. Noch machte sich der enorme Druck nicht fühlbar, der gewöhnlich auftritt, wenn sich die Eisschollen unter lebhaftem Frost bilden und eine über die andere türmen. Eisberge und Spitzhügel traten nur selten auf, und auch am Horizont zeigte sich das Packeis noch nicht.

»Das ist eine Witterung«, sagte häufig Sergeant Long, »wie sie den Aufsuchern der Nordwest-Passage und den Nordpolfahrern nicht mißfallen hätte; leider ist sie unserer Absicht zuwider und unserer Rückkehr schädlich.«

Der ganze Monat Oktober hielt sich in gleicher Witterung, und Jasper Hobson konstatierte, daß das Mittel der Temperatur den Gefrierpunkt nicht überstieg. Man weiß aber, daß nur eine mehrere Tage hintereinander andauernde Kälte von sieben bis acht Grad unter Null hinreichend ist, um das Meer fest werden zu lassen. Noch ein anderer Umstand, der Mrs. Paulina Barnett so wenig entging wie dem Leutnant Hobson, bestätigte, daß das Eisfeld jetzt noch nicht tragfähig war.

Die auf der Insel zurückgebliebenen Tiere, Pelztiere, Elens, Wölfe usw., würden gewiß nach anderen Breiten davongegangen sein, wenn eine Flucht möglich, das heißt, wenn das erstarrte Meer passierbar gewesen wäre. Dagegen schweiften sie noch haufenweise um die Faktorei herum und suchten mehr und mehr die Nachbarschaft des Menschen. Selbst die Wölfe kamen der Umzäunung bis auf Schußweite nahe und fingen sich dort die Marder und Polarhasen, die ihre einzige Nahrung bildeten. Die hungernden armen Tiere, welche weder Gras noch Moos abzuweiden hatten, streiften in ganzen Rudeln in der Umgebung des Kap Bathurst umher.

Ein Bär – wahrscheinlich derselbe, gegen den Mrs. Paulina Barnett und Kalumah zu so großer Erkenntlichkeit verpflichtet waren – erschien häufig zwischen den Bäumen des Hochwaldes an den Ufern der Lagune. Waren aber alle jene verschiedenen Tiere noch anwesend, die in der Hauptsache auf Pflanzennahrung angewiesen sind, bevölkerten sie die Insel Victoria noch im Monat Oktober, so sprach das dafür, daß sie weder früher noch bis jetzt von derselben entfliehen konnten.

Wie erwähnt, hielt sich die Temperatur immerfort nahe dem Schmelzpunkt des Eises. Befragte Jasper Hobson sein Journal, so ersah er daraus, daß das Thermometer zu derselben Zeit des vergangenen Jahres 10° unter Null gezeigt hatte. Welch großer Unterschied, und wie launenhaft verteilt sich demnach die Temperatur in diesen arktischen Gegenden!

Die Überwinternden litten also keineswegs von der Kälte und sahen sich noch nicht auf das Haus beschränkt. Dagegen war es sehr feucht, denn häufig fallender Regen mit Schnee untermischt und der niedrige Stand des Barometers verrieten daß die Atmosphäre mit Dünsten überladen war.

Noch während des Oktobers unternahmen Jasper Hobson und Sergeant Long mehrere Ausflüge, um den Zustand des Eisfeldes in der Umgebung der Insel kennenzulernen. An einem Tag gingen sie nach Kap Michael, am anderen nach dem früheren Winkel der Walroß-Bai, immer begierig, sogleich zu wissen, ob der Übergang nach einem oder dem anderen Erdteil zu ausführbar sei und wann ihre Abreise statthaben könne.

Das Eisfeld zeigte an gewissen Stellen offenes Wasser und war da und dort von Rissen und Sprüngen durchsetzt, welche den Lauf der Schlitten unzweifelhaft aufgehalten hätten. Kaum durfte sich wohl der Fuß eines Wanderers in diese halb flüssige, halb feste Einöde hinauswagen. Was es noch wahrscheinlicher machte, daß ein unzureichender und unregelmäßiger Frost, eine wechselnde Temperatur diese unvollkommene Übereisung erzeugt hatte, das war die große Menge der Spitzen, Kristalle, Prismen und Polyeder jeder Art, welche wie eine Stalakmiten-Konkretion die Oberfläche des Eisfeldes höckerartig unterbrachen. Letzteres ähnelte weit mehr einem Gletscher als einem Felde, und der Weg mußte außerordentlich beschwerlich werden, wenn er überhaupt gangbar erschien.

Leutnant Hobson und Sergeant Long wagten sich auf das Eisfeld hinaus und legten so, aber nur mit großer Mühe und beträchtlichem Zeitaufwand ein bis zwei Meilen in südlicher Richtung zurück. Sie erkannten bald, daß man jetzt noch warten müsse, und zogen sehr entmutigt nach Fort-Esperance wieder heim. Es kamen die ersten Tage des November, die Temperatur ging ein wenig, doch nur um einige Grade zurück, aber auch das erschien wohl noch nicht hinreichend. Ausgedehnte, feuchte Nebel hüllten die Insel Victoria ein, so daß man den ganzen Tag über die Lampen im großen Saal in Brand erhalten mußte. Mit dem Licht galt es aber etwas sparsam umzugehen. Der Vorrat an Öl war sehr bemessen, da die erwartete Sendung des Kapitäns Craventy ausblieb und auf der anderen Seite die Robbenjagd unmöglich wurde, weil diese Amphibien die umherirrende Insel nicht mehr besuchten. Verlängerte sich die Durchwinterung also unter den nämlichen Verhältnissen, so nötigte das die Bewohner bald, Tierfett zu verwenden, oder gar Tran und Harz, um sich etwas Licht zu verschaffen. Die Tage wurden jetzt schon ungewöhnlich kurz, und nur wenige Stunden des Tages wandelte die

Sonne mit bleichem Glanz und wärmeloser Scheibe über dem Horizont. Ja, der Winter war wohl da mit seinen Nebeln, Regen und Schneegestöber, der Winter wohl – aber ohne Frost!

Der 11. November wurde zum Festtag in Fort-Esperance, den Mrs. Joliffe durch einige »Extragänge« zur Mittagsmahlzeit auszeichnete. Es war der Geburtstag des kleinen Michael Mac Nap. Das Kind blühte lustig auf mit seinen blonden lockigen Haaren und den lieblichen blauen Augen. Daß es seinem Vater, dem Meister Zimmermann, ähnelte, machte den braven Mann ordentlich stolz. Nach Tisch wurde der Bursche feierlich gewogen. Da mußte man ihn in der Waage zappeln sehen und munter schreien hören! Wirklich, er wog vierunddreißig Pfund! Mit welchem Hurra begrüßte man dieses tüchtige Gewicht und beglückwünschte Mrs. Mac Nap als Mutter und Ernährerin. Nicht zum geringsten Teil bezog auch Korporal Joliffe diese Glückwünsche mit auf sich, wahrscheinlich als Bonne dieses kleinen Weltbürgers. Der würdige Corporal Katte das Kind so viel umhergetragen, gehätschelt und gewiegt, daß er seine Einwirkung bei dessen physischem Gewicht mit in Anschlag zu bringen glauben mochte.

Am nächsten Tag, dem 12. November, erschien die Sonne nicht über dem Horizont. Nun begann die lange Polarnacht, und zwar neun Tage früher, als im vergangenen Jahr auf dem amerikanischen Kontinent, was von dem Unterschied der Breitenlage zwischen diesem und der Insel Victoria herrührte.

Auch das Ausbleiben der Sonne veränderte jedoch den Zustand der Atmosphäre keineswegs, und noch immer blieb die Temperatur wie vorher launenhaft und unbestimmt. An einem Tag sank das Thermometer, am anderen stieg es wieder, Regen und Schnee lösten einander ab. Der gelinde Wind wurde in keiner Richtung stetig, sondern durchlief an manchem Tag alle Striche der Windrose. Die dauernde Feuchtigkeit dieses Klimas war nicht außer acht zu lassen, da sie leicht skorbutische Affektionen hervorzurufen vermochte. Doch wenn auch durch das Ausbleiben der Sendung des Kapitäns Craventy Zitronen- und Limonensaft und Kalkpastillen auf die Neige gingen, so ersetzte diese die reichliche Ernte an Sauerampfer und Löffelkraut, von denen man auf Jasper Hobsons Empfehlung täglich gebrauchen konnte.

Inzwischen mußte alles vorbereitet werden, um Fort-Esperance verlassen zu können, und unter den gegebenen Verhältnissen reichten vielleicht kaum drei Monate hin, um das Festland Amerikas zu erreichen. Auch durfte man die einmal auf dem Wege befindliche Expedition nicht der Gefahr aussetzen, vor Erreichung des Landes in die Tauperiode zu kommen. War man zur Abreise gezwungen, so mußte diese spätestens mit Ende November erfolgen.

Daß man sich auf den Weg machen müsse, darüber bestand keinerlei Zweifel. Wenn die Reise aber schon durch die strenge Winterkälte, welche alle Teile des Eisfeldes unverrückbar verband, eine beschwerliche zu werden versprach, so drohte diese unbestimmte Witterung die Lage noch sehr bedenklich zu verschlimmern.

Am 13. November traten Jasper Hobson, Mrs. Paulina Barnett und Sergeant Long zusammen, um den Tag der Abfahrt festzusetzen. Die Ansicht des Sergeanten ging dahin, die Insel so bald als möglich zu verlassen.

»Denn«, sagte er, »bei einem Zuge von sechshundert Meilen über das Eis müssen wir auf jede mögliche Verzögerung gefaßt sein. Jedenfalls ist es notwendig, noch vor dem März den Fuß auf das Festland zu setzen, wenn wir nicht Gefahr laufen wollen, durch den Eisbruch in eine weit schlimmere Lage zu kommen, als wir es jetzt auf unserer Insel sind.«

»Ist das Meer aber«, fragte Mrs. Paulina Barnett, »jetzt schon hinreichend fest, um unseren Übergang zu sichern?«

»Gewiß«, entgegnete Sergeant Long, »und es wird auch mit jedem Tage tragfähiger. Übrigens zeigt das Barometer eine Neigung zum Steigen, was eine weitere Erniedrigung der Temperatur verspricht. Binnen einer Woche, und bis dahin, denke ich, können die nötigen Vorbereitungen beendet sein, wird die Witterung dauernd kalt bleiben.«

»Mag sein«, sagte Leutnant Hobson, »jedenfalls meldet sich der Winter ungünstig an, und alles scheint gegen uns verschworen zu sein. Man kennt auch ganz eigentümliche Witterungsverhältnisse in diesen Meeren, unter denen die Walfänger da bequem fahren konnten, wo sie, selbst in anderen Sommern, für ihren Kiel keinen Zoll freies Wasser vorgefunden hatten. Doch wie dem auch sei, ich stimme bei, daß kein Tag unnütz vergeudet wird, und bedaure nur, daß die gewöhnliche Temperatur dieser Klimate uns ihre Mithilfe versagt.«

»Das wird noch geschehen«, meinte Mrs. Paulina Barnett, »auf jeden Fall müssen wir bereit sein, uns die Umstände zunutze zu machen. Für wann denken Sie spätestens unsere Abreise festzusetzen, Herr Hobson?«

»Auf Ende November als äußersten Zeitpunkt«, antwortete Jasper Hobson, »sollten unsere Vorarbeiten aber schon in acht Tagen, also bis 20. November, vollendet und der Übergang ausführbar sein, so würde ich das für einen sehr glücklichen Umstand ansehen und schon zu dieser Zeit aufbrechen.«

»Gut«, sagte der Sergeant, »demnach ist kein Augenblick zu verlieren.«

»Dann, Herr Hobson«, bemerkte die Reisende, »werden Sie auch unseren Genossen die Lage, in der wir uns befinden, mitteilen müssen.«

»Ja, Madam, der Augenblick, zu sprechen, ist jetzt gekommen, da es nun danach zu handeln gilt.«

»Und wann wollen Sie ihnen sagen, was jene bis jetzt noch nicht wissen?«

»Sofort! – Sergeant Long«, fügte Jasper Hobson, sich nach seinem Unteroffizier hinwendend, hinzu, der jetzt eine militärische Haltung annahm, »lassen Sie die Mannschaft sich im großen Saal versammeln, um eine Mitteilung von mir entgegenzunehmen.«

Automatisch drehte sich der Sergeant auf seinen Füßen herum und ging, die Hand an der Mütze, in Paradeschritt ab.

Einige Minuten lang blieben Mrs. Paulina Barnett und Leutnant Hobson allein, ohne nur ein Wort zu sprechen.

Bald kehrte der Sergeant zurück und meldete, daß sein Befehl vollzogen sei.

Gleichzeitig traten Jasper Hobson und die Reisende in den großen Saal ein. Alle Bewohner der Faktorei, Männer und Frauen, waren darin versammelt und von dem Licht der Lampen nur undeutlich beleuchtet.

Jasper Hobson trat in die Mitte und sagte in ernstem Tone:

»Meine Freunde, bis jetzt hielt ich es für meine Pflicht, um Euch unnötige Beunruhigung zu ersparen, die Lage unseres Fort-Esperance geheimzuhalten . . . ein Erdbeben hat uns vom Festland losgerissen . . . Dieses Kap Bathurst ist von der amerikanischen Küste abgewichen . . . unsere Halbinsel ist seitdem nur noch eine Insel, und zwar eine umherirrende Eisinsel . . .«

In diesem Augenblick näherte sich Marbre Jasper Hobson und sagte mit fester Stimme:

»Das wußten wir schon, Herr Leutnant!«

Zwölftes Kapitel

Rettungsversuche

Sie wußten es, diese braven Männer! Um den Kummer ihres Vorgesetzten nicht zu vergrößern, hatten sie sich nur verstellt und den Arbeiten zur Überwinterung mit gleichem Fleiße hingegeben.

Jasper Hobson traten Tränen der Rührung in die Augen. Er gab sich keine Mühe, seine Erregung zu verbergen, ergriff Marbres Hand, die dieser ihm entgegenstreckte, und drückte sie herzlich.

Ja, diese wackeren Soldaten wußten alles, denn Marbre hatte schon seit längerer Zeit alles durchschaut. Die mit salzigem Wasser gefüllte Rentierfalle, das aus Fort-Reliance erwartete, aber nicht eingetroffene Detachement, die täglich vorgenommenen, auf dem Festlande doch völlig nutzlosen Aufnahmen der Länge und Breite,

Jasper Hobsons Heimlichkeit dabei, die Tiere, welche vor dem Winter nicht weggezogen waren, endlich der in den letzten Tagen eingetretene und gar wohl bemerkte Wechsel in der Orientation der Insel – alle diese Zeichen hatten den Bewohnern von Fort-Esperance über ihre Lage Licht gegeben. Nur die Ankunft Kalumahs blieb unerklärt und führte sie zu der – wie man weiß, richtigen – Annahme, daß der Sturm dies junge Eskimomädchen zufällig an das Ufer der Insel verschlagen habe.

Marbre, in dem es zuerst über alle Verhältnisse Tag geworden war, teilte seine Gedanken darüber dem Zimmermann Mac Nap und dem Schmied Raë mit.

Alle drei betrachteten das allgemeine Unglück mit sehr ruhigen Augen und kamen dahin überein, nicht allein ihre Kameraden, sondern selbst ihre Frauen darüber aufzuklären. Dann hatten sich alle verabredet, ihrem Leutnant gegenüber nichts zu wissen und seinen Anordnungen wie bisher blindlings nachzukommen.

»Ihr seid wackere Leute, meine Freunde«, sagte da Mrs. Paulina Barnett, tiefgerührt von diesem Feingefühl, als der Jäger Marbre seine Erklärungen abgegeben hatte; »Ihr seid edelmütige und mutige Soldaten!«

»Und unser Leutnant«, bemerkte Mac Nap, »kann auf uns rechnen. Er hat seine Pflicht getan, wir werden die unsere tun.«

»Ja, meine lieben Gefährten«, sagte Jasper Hobson, »der Himmel wird uns nicht verlassen, und wir werden ihn unterstützen, uns zu retten!«

Hierauf berichtete Jasper Hobson alles, was sich seit der Zeit zugetragen hatte, da das Erdbeben den Isthmus zerbrach und aus dem Kontinentalgebiet des Kap Bathurst eine Insel schuf. Er erzählte, wie diese seit der Mitte des Frühlings von einem bislang unbekannten Strom zweihundert Meilen vom Land entfernt auf dem eisfreien Meer entführt worden sei; wie der Orkan sie bis nahe an das Land zurück und in der Nacht des 31. August wieder in die offene See hinausgetrieben, und endlich wie mutig Kalumah ihr Leben aufs Spiel gesetzt habe, um ihren europäischen Freunden zu Hilfe zu kommen. Dann sprach er von den vorgekommenen Veränderungen der Insel, welche sich in dem wärmeren Wasser auflösen mußte, und wie nahe die Befürchtung gelegen hatte, entweder in den Stillen Ozean hinabgerissen oder von dem Kamtschatkastrom entführt zu werden. Zuletzt teilte er seinen Schicksalsgenossen mit, daß die umherirrende Insel seit dem 27. September definitiv zum Stehen gekommen sei.

Nach Herbeischaffung der Karten des Eismeeres zeigte Jasper Hobson selbst die Position, welche sie jetzt in einer Entfernung von sechshundert Meilen vom Land einnahm.

Er schloß mit dem Geständnis, daß ihre Lage außerordentlich gefährlich erscheine, daß die Insel bei Gelegenheit des Eisbruches notwendig zermalmt werden würde und daß man, ohne auf das im Bau befindliche Schiff, welches doch erst im kommenden Sommer von Wert sein könne, zurückzugreifen, den Winter benutzen müsse, um quer über das Eisfeld nach dem amerikanischen Kontinent zurückzugehen.

»Sechshundert Meilen werden wir durch Nacht und Kälte zurückzulegen haben. Schwierig wird die Aufgabe sein, meine Freunde, doch begreift Ihr wohl alle, daß wir davor nicht zurückschrecken dürfen.«

»Sobald Sie den Befehl zur Abreise geben, Herr Leutnant«, versicherte Mac Nap, »so werden wir Ihnen folgen!«

So waren also alle einig und wurden die Zurüstungen zu dem gefährlichen Zug mit größter Eile betrieben. Die Leute hatten sich entschieden, selbst unter solchen Umständen die sechshundert Meilen zurückzulegen. Sergeant Long widmete seine Sorge den Schlitten, während Jasper Hobson, die beiden Jäger und Mrs. Barnett häufig auszogen, den Zustand des Eisfeldes zu untersuchen. Gewöhnlich schloß sich auch Kalumah ihnen an, da ihre Erfahrung hierin nicht selten von großem Vorteil sein mußte. Ohne eine dazwischentretende Verzögerung sollte die Abreise am 20. November stattfinden; es galt also, keinen Augenblick zu verlieren.

Wie es Jasper Hobson vorausgesehen, hatte sich der Wind wieder erhoben, die Temperatur erniedrigte sich ein wenig, und die Quecksilbersäule zeigte –4°. An Stelle des Regens der letzten Tage trat Schnee, der auf dem Boden erhärtete. Nur einige Tage solcher Kälte, und die Schlitten mußten Verwendung finden können. Der bei Kap Michael entstandene Einschnitt war von Schnee und Eis wieder so ziemlich geschlossen, doch durfte man nicht vergessen, daß sein ruhigeres Wasser eben eher zum Festwerden neigte, was schon der noch unbefriedigende Zustand des Seewassers bewies.

Wirklich dauerte der ziemlich heftige Wind fast unausgesetzt an. Der Seegang verhinderte eine regelmäßige Eisbildung. Breite Wasserlöcher trennten da und dort die Schollen, und noch erschien ein Zug über das Eisfeld unbedingt unmöglich.

»Die Witterung wendet sich entschieden zum Frost«, sagte da eines Tages Mrs. Paulina zu Leutnant Hobson, – es war am 15. November gelegentlich einer bis in den Süden der Insel fortgesetzten Auskundschaftung; – »die Temperatur erniedrigt sich merklich, und auch jene noch offenen Stellen werden bald ihre Eisdecke haben.«

»Das glaub' ich zwar auch, Madam«, antwortete Jasper Hobson, »unglücklicherweise ist aber die Art des Gefrierens unseren Zwecken nicht eben förderlich. Die sehr kleinen Schollen bilden mit ihren Rändern ebenso viele Kanten, welche über die Fläche herausragen, und unsere Schlitten werden, wenn das überhaupt erst möglich wird, nur mit größter Mühe darüber hingleiten.«

»Meiner Ansicht nach«, erwiderte die Reisende, »bedürfte es nur einiger Tage, ja selbst nur einiger Stunden reichlichen Schneefallles, um die ganze Oberfläche einzuebnen.«

»Ohne Zweifel, Madam«, entgegnete der Leutnant, »wenn aber Schnee fällt, ist auch die Temperatur gestiegen, und wenn dieser Fall eintritt, verschiebt sich für jetzt das Eisfeld noch. Das ist ein Dilemma, welches auf beiden Seiten gegen unseren Vorteil ist.«

»Nun, Herr Hobson«, tröstete die Reisende, »das hieße doch wahrlich unglücklich spielen, wenn wir in dieser Gegend, mitten im Eismeer, einen milden Winter, statt eines arktischen erleben sollten.«

»Und doch wäre das nicht der erste Fall, Madam. Ich erinnere Sie, wie streng die kalte Jahreszeit war, welche wir an dem amerikanischen Kontinent verbrachten. Nach oft wiederholten Beobachtungen folgen aber zwei gleich rauhe und andauernde Winter nur selten einander, was auch die Walfänger in den Meeren des Nordens recht wohl wissen. Gewiß hieße es aber unglücklich spielen, einen kalten Winter da erlebt zu haben, wo uns ein milderer so viel angenehmer gewesen wäre, und einen gemäßigten da, wo wir einen kalten brauchen. Und wenn ich daran denke, daß eine Entfernung von sechshundert Meilen mit Frauen und einem Kind zu durchziehen ist! . . .«

Jasper Hobson zeigte mit der Hand nach der unabsehbaren Weite, die sich im Süden ihren Blicken bot, nach der weißen Ebene mit den launenhaften Unterbrechungen. Ein trauriger Anblick, dieses stellenweise gefrorene Meer, dessen Oberfläche mit unheimlichem Geräusch krachte. Der trübe Mond, den die feuchten Nebel halb begruben und der nur wenige Grade über dem düsteren Horizont stand, goß ein bleiches Licht über das Ganze. Das Halbdunkel verdoppelte mit Hilfe gewisser Brechungserscheinungen des Lichtes die Größe aller Gegenstände.

Manche Eisberge von nur mittlerer Höhe nahmen kolossale Dimensionen und die Gestalt apokalyptischer Ungeheuer an. Mit rauschendem Flügelschlag zogen Vögel vorüber, deren kleinster infolge jener optischen Täuschung größer als ein Kondor oder ein Aasgeier erschien.

Nach verschiedenen Richtungen schienen sich zwischen den Eisriesen ungeheure schwarze Tunnel zu eröffnen, in welche einzudringen wohl auch der Furchtloseste gezaudert hätte. Dann hörte man wieder ein Donnern und Krachen, das von eingestürzten Eisbergen herrührte, wenn sie unten abgenagt außer Gleichgewicht gekommen waren, und das das Echo hallend wiedergab. So wechselte die Szene immer wie die Dekoration eines Zaubermärchens.

Mit welch staunendem Schrecken mußten aber die

Unglücklichen jene furchtbaren Erscheinungen betrachten, da sie ihr Weg mitten durch diese Eisfelder führte!

Einem unwillkürlichen Grauen konnte sich die Reisende trotz ihres Mutes und ihrer moralischen Energie dabei doch nicht erwehren. Es überlief sie eiskalt, so daß sie gern Augen und Ohren verschlossen hätte, um nur nicht mehr zu sehen und zu hören. Und als der Mond sich einen Augenblick hinter noch dichterem Nebel ganz verbarg, färbte sich das Bild dieser Polarlandschaft noch düsterer, und Mrs. Paulina Barnett stellte sich dazu die Karawane von Männern und Frauen vor, auf dem Zug durch diese Eiswüsten mitten im Sturm und Schnee und bedroht von Lawinen in der tiefen Finsternis einer arktischen Nacht!

Dennoch zwang sich die Reisende, den Anblick zu ertragen. Sie wollte ihre Augen gewöhnen und ihre Seele gegen den Schrecken abhärten. Plötzlich aber schrie sie, die Hand des Leutnants ergreifend, laut auf und zeigte auf eine gewaltige Masse von unerkennbarer Gestalt, die sich im Halbdunkel, kaum hundert Schritte von ihnen, bewegte.

Jene war ein Ungeheuer von blendender Weiße, riesigem Wuchs und scheinbar über fünfzig Fuß hoch. Langsam begab es sich über die einzelnen Eisstücke dahin, setzte mit furchtbarem Sprung von einem zum anderen und focht mit den gigantischen Tatzen; es schien selbst einen gangbaren Weg über das Eisfeld zu suchen, um diese verderbendrohende Insel verlassen zu können. Man erkannte, wie die Schollen unter seinem Gewicht einsanken, und es ihm nur nach mehreren plumpen Bewegungen gelang, ins Gleichgewicht zu kommen.

So drang das Ungetüm etwa eine Viertelmeile über das Eisfeld vor. Dann mochte ihm der weitere Weg mangeln, und es kehrte in der Richtung nach derselben Uferstelle zurück, an der Leutnant Hobson und Mrs. Paulina Barnett sich aufhielten.

Sofort ergriff Jasper Hobson sein Gewehr, das er am Riemen trug, und hielt sich schußfertig. Als er aber schon auf das Tier angelegt hatte, ließ er die Waffe wieder sinken und sagte halblaut:

»Es ist weiter nichts als ein Bär, Madam, dessen Dimensionen durch die Lichtbrechung so ungeheuerlich vergrößert waren!«

Wirklich war es ein Polarbär, und Mrs. Paulina Barnett erkannte bald die optische Täuschung, die sie befangen hatte.

Erleichtert atmete sie tief auf, als ihr ein eigener Gedanke kam.

»Das ist mein Bär«, rief sie, »ein Neufundland-Bär! Wahrscheinlich der einzige, der auf der Insel zurückblieb. Was hat er dort aber vor?«

»Er sucht zu entkommen«, antwortete Leutnant Hobson, »er sucht diese verwünschte Insel zu fliehen, und vermag es noch nicht, wobei er gleichzeitig den Beweis liefert, daß der Weg auch für uns noch versperrt ist!«

Jasper Hobson täuschte sich hierin nicht. Das gefangene Tier hatte die Insel verlassen und das Festland wieder erreichen wollen, und da ihm das mißlang, kehrte es zum Ufer zurück. Der Bär schüttelte langsam den Kopf, brummte grollend und trabte kaum zwanzig Fuß neben dem Leutnant und seiner Begleiterin vorüber. Entweder sah er diese gar nicht oder würdigte sie nur keines Blikkes, denn schwerfälligen Schrittes setzte er seinen Weg nach Kap Michael zu fort und verschwand bald hinter einem Landrücken.

Traurig und schweigsam wandten sich Leutnant Hobson und Mrs. Paulina Barnett an diesem Tag nach dem Fort zurück.

Indessen wurden in der Faktorei die Vorbereitungen zur Abreise fleißig fortgesetzt, so als ob das Eis schon gangbar gewesen wäre. Es handelte sich ja auch darum, für die Sicherheit der Expedition nichts zu vernachlässigen, alles vorzusehen und nicht nur die Schwierigkeiten und Anstrengungen in Anschlag zu bringen, sondern auch die Launen der polaren Natur, welche ihrer Erforschung durch den Menschen so energischen Widerstand leistet.

Die Hundebespannung bildete den Gegenstand der ernsthaftesten Sorge. Die Tiere ließ man sich in der Umgebung des Forts weidlich austummeln, um durch

Übung ihre bei der langen Untätigkeit verminderten Kräfte wiederherzustellen. Alles in allem befanden sie sich übrigens in erwünschstem Wohlsein, und es war ihnen, wenn sie nicht überlastet wurden, wohl eine längere Reise zuzumuten.

Auch die Schlitten erfuhren eine aufmerksame Prüfung, da die holperige Eisfläche sie notwendig den heftigsten Stößen aussetzte. Deshalb verstärkte man dieselben in ihren Hauptteilen, den Kufen und den vorn aufstrebenden Bögen usw., was der sachverständige Mac Nap mit seinen Leuten ausführte.

Ebenso baute man zwei groß angelegte Lastschlitten, den einen zum Transport der Provisionen, den anderen zu dem der Pelzwaren. Die dazu ganz geeigneten zahmen Rentiere sollten diesen als Zugkraft dienen. Die Pelzwaren bildeten zwar eine scheinbar überflüssige Last, mit der man sich vielleicht nicht beladen sollte, Jasper Hobson wollte aber die Interessen der Kompanie nach Kräften wahrnehmen, war jedoch entschlossen, jene zurückzulassen, wenn sie den Zug der Karawane aufhalten oder wesentlich verzögern sollten. Man wagte also nicht zu viel, da jene kostbaren Pelzfelle, wenn sie in den Magazinen der Faktorei zurückblieben, doch rettungslos verloren waren.

Bezüglich des Proviantes war die Sachlage eine andere. Lebensmittel mußten reichlich vorhanden und leicht transportabel sein, da auf etwaige Jagdbeute gar nicht zu rechnen war. Das eßbare Wild lief gewiß, wenn der Übergang statthaft war, nach dem Kontinent voraus und entfloh in südlichere Gegenden. Deshalb wurden auf dem eigens dazu bestimmten Schlitten konserviertes Fleisch, Pökelfleisch, Hasenpasteten, getrocknete Fische, Zwieback, dessen Vorrat leider sehr zusammengeschmolzen war, ferner ausreichend Sauerampfer und Löffelkraut, Branntwein und Alkohol zur Bereitung warmer Getränke usw. vorsorglich verpackt.

Gern hätte Jasper Hobson auch Brennmaterial mitgeführt, denn auf der ganzen Strecke von sechshundert Meilen war auf die Auffindung irgendwelchen Ersatzes dafür nicht zu zählen; doch mußte man auf eine solche

Mehrbelastung verzichten. Zum Glück fehlte es an warmen Kleidungsstücken nicht, und waren diese aus dem Vorrat auf dem Schlitten im Notfall leicht zu ergänzen.

Thomas Black, der sich seit seinem Mißgeschick von aller Welt zurückgezogen hatte, seine Umgebung floh, sich auf sein Zimmer beschränkte und an den Beratungen Jasper Hobsons und des »Generalstabes« überhaupt keinerlei Anteil nahm, trat endlich wieder ans Tageslicht, nachdem die endgültige Bestimmung des Tages der Abreise sein Ohr erreichte. Aber auch dann beschäftigte er sich einzig und allein mit dem Schlitten, der seine Person nebst Instrumenten und Büchern aufnehmen sollte. Kein Wort war aus ihm herauszulocken. Er schien alles vergessen zu haben, selbst daß er ein Gelehrter sei, und seitdem ihm die Beobachtung »seiner« Sonnenfinsternis so jämmerlich mißglückte, seitdem die Entscheidung der Frage bezüglich der Protuberanzen ihm entschlüpfte, fehlte es ihm auch an jeder Aufmerksamkeit für die anderen jenen hohen Breiten eigentümlichen Erscheinungen wie die Nordlichte, Mondhöfe, Nebenmonde usw.

Die letzten Tage über hatte jedermann mit solchem eifrigen Fleiße gearbeitet, daß man schon am Morgen des 18. Novembers zur Abreise bereit gewesen wäre.

leider war das Eisfeld noch immer nicht zu passieren. Wenn die Temperatur auch noch etwas abnahm, so mangelte doch die lebhafte Kälte, welche das Meer zum festwerden verlangt. Der übrigens sehr feinflockige Schnee fiel nicht gleichmäßig und anhaltend genug. Jasper Hobson, Marbre und Sabine durchstreiften Tag für Tag den Küstenstrich zwischen Kap Michael und der Ecke an der ehemaligen Walroß-Bai. Fast anderthalb Meilen weit wagten sie sich wohl auch über das Eisfeld hinaus, kamen aber dabei zu der Einsicht, daß jenes noch viel zu sehr von offenen Stellen, Sprüngen und Spalten durchsetzt war. Von Schlitten gar nicht zu sprechen, hätten sich nicht einmal Fußgänger ohne Gepäck und unbehindert in ihren Bewegungen ihm anvertrauen können. Die Mühseligkeiten Jasper Hobsons und seiner beiden Leute gelegentlich dieser nur kurzen Ausflüge riefen öfters die Befürchtung wach, daß sie bei den veränderlichen Wegen und inmitten der noch beweglichen Eisschollen kaum die Insel Victoria wieder erreichen würden.

In der Tat gewann es den Anschein, als ob die Natur sich gegen die unglücklichen Wintergäste verschworen habe, denn am 18. und 19. November stieg das Thermometer von neuem, während das Barometer andererseits fiel. Diese Wandlung der atmosphärischen Verhältnisse ließ das Schlimmste befürchten. Mit dem Nachlassen der Kälte verhüllte sich der Himmel in einen Dunstmantel. Mit 1°,11 über Null traten Regen, statt Schnee, ein, der im Überfluß herabströmte, und schmolz bei diesem Rückschlag des Wetters zu verhältnismäßiger Wärme die weiße Decke des Bodens stellenweise weg. Man begreift unschwer die Wirkung der geöffneten Schleusen des Himmels auf das Eisfeld, dessen lose Verbindung sich dadurch noch weiter lockerte. Auch an den Eisschollen traten Anfänge des Schmelzens ein, so als ob das Tauwetter anbräche. Leutnant Hobson, der trotz der abscheulichen Witterung jeden Tag die südlichen Teile der Insel aufsuchte, kam ganz in Verzweiflung von dort zurück.

Am 20. entfesselte sich noch in jenen verderbendrohenden Seegebieten ein heilloser Sturm, der an Heftigkeit fast jenem gleichkam, welcher zwei Monate vorher über die Insel gebraust war. Die Überwinternden waren gar nicht imstande, nur einen Fuß ins Freie zu setzen, und blieben mehrere Tage über in Fort-Esperance eingesperrt.

Dreizehntes Kapitel

Quer über das Eisfeld

Am 22. November endlich begann das Unwetter etwas nachzulassen, und binnen weniger Stunden schwieg der Sturm vollkommen. Der Wind sprang nach Norden um, während das Thermometer einige Grade fiel. Einige Zugvögel verschwanden. Vielleicht konnte man nun hoffen, daß endlich die Temperatur bleibend sein würde, wie sie dieser Jahreszeit in so hohen Breiten entsprach. Wie sehr bedauerten die Ansiedler am Kap Bathurst, daß die Kälte nicht der der vergangenen Wintersaison gleichkam, in der sie –52° erreichte.

Jasper Hobson beschloß mit dem Verlassen der Insel Victoria nicht zu zögern, und am Vormittag des 22. noch war die kleine Kolonie bereit, von Fort-Esperance und der Insel wegzuziehen, welche letztere nun mit dem allgemeinen Eisfelde verschmolzen und an demselben verlötet war, so daß sie durch eine sechshundert Meilen lange Strecke mit dem amerikanischen Kontinent zusammenhing.

Um elfeinhalb Uhr vormittags gab Leutnant Hobson bei grauer, aber ruhiger Luft, welche ein prächtiges Nordlicht vom Horizont bis zum Zenit durchleuchtete, den Befehl zum Aufbruch. Die Hunde waren vor die Schlitten gespannt. Je drei Paar zahmer Rentiere zogen die Lastschlitten, und schweigend wandte man sich in der Richtung nach Kap Michael – nach dem Punkt hin, an welchem die eigentliche Insel verlassen werden sollte.

Die Karawane folgte zuerst dem Saum des bewaldeten Hügels östlich vom Barnett-See; an dem ersten Ziel angelangt, drehte sich jeder noch einmal zurück, um Kap Bathurst, das man auf Nimmerwiederkehr verließ, zum letzten Mal zu sehen. Beim Schein des Nordlichtes zeichneten sich einige vom Schnee verunstaltete Spitzen ab, und zwei oder drei weiße Linien verrieten die Umzäunung der Faktorei. Einer der da oder dort weiter hervorstehenden Grundbalken, ein leichter aufwirbelnder

Rauch, der letzte Atem eines Feuers, das für immer verlöschen sollte – das war Fort-Esperance, das war das Etablissement, welches so viel jetzt unnütze Arbeit und Mühe gekostet hatte!

»Leb' wohl! Leb' wohl! Du, unser armes Haus im Norden!« sagte Mrs. Paulina Barnett mit einer Handbewegung zum Abschied.

Nachher nahmen alle traurig und schweigend den Weg wieder auf.

In einer Stunde war man, nach Umgehung des Einschnittes, den die unzureichende Winterkälte noch nicht vollkommen geschlossen hatte, am Kap Michael angekommen. Bis hierher ging die Reise ohne zu große Schwierigkeit vonstatten, denn der Boden der Insel Victoria bot eine verhältnismäßig ebene Oberfläche. Ganz anders sollte sich das auf dem eigentlichen Eisfeld gestalten, denn dieses war unter dem enormen Druck des Packeises aus Norden zu Eisbergen und Spitzhügeln erhoben, zwischen denen es um den Preis der größten Mühe und der äußersten Anstrengung einen gangbaren Weg aufzusuchen galt.

Einige Meilen legte man bis zum Abend dieses Tages auf dem Eisfeld zurück und machte die Lagerstätten für die Nacht zurecht. Zu dem Ende wurden nach Art der Eskimos oder der Indianer Nordamerikas »Schneehäuser« in den Eisstücken ausgehöhlt. Erfolgreich und geschickt arbeiteten die Schneemesser, und um acht Uhr schlüpfte, nach einer aus gedörrtem Fleisch bestehenden Abendmahlzeit, das ganze Personal der Faktorei in die zugerichteten Löcher, welche weit wärmer sind, als man glauben sollte.

Vor dem Einschlafen aber hatte Mrs. Paulina Barnett den Leutnant gefragt, ob er wohl die bis jetzt zurückgelegte Strecke abzuschätzen imstande sei.

»Ich denke, wir werden nicht mehr als zehn Meilen gemacht haben«, antwortete Jasper Hobson.

»Zehn von sechshundert!« entgegnete die Reisende, »danach würden wir also zwei Monate brauchen, um die Entfernung zu durchmessen, die uns von Amerika trennt!«

»Zwei Monate und vielleicht noch mehr, Madam«, erwiderte Jasper Hobson, »aber wir können eben nicht schneller gehen. Jetzt reisen wir nicht, wie im vorigen Jahr, über die beeisten Flächen zwischen Fort-Reliance und Kap Bathurst, sondern über das formlose Eisfeld, das durch den Druck der Massen verschoben ist und uns einen leichten Weg nirgends bieten wird. Ich versehe mich der größten Schwierigkeiten bei diesem Versuch und wünsche nur, daß wir sie zu überwältigen vermögen. Jedenfalls ist es nicht das wichtigste, schnell anzukommen, sondern nur bei guter Gesundheit, und ich würde mich glücklich schätzen, beim Appell in Fort-Reliance keinen meiner Leute fehlen zu sehen. Gebe der Himmel, daß wir nur wengistens in drei Monaten irgendeinen Punkt der amerikanischen Küste erreichen, und schon dafür würden wir ihm zum Dank für seine Gnade verpflichtet sein!«

Die Nacht verlief ohne Unfall; Jasper Hobson hatte aber, da er nicht schlief, an der Stelle, wo das Lager aufgeschlagen war, etwas Knistern von übler Vorbedeutung zu hören geglaubt, welches auf einen mangelhaften Zusammenhang der einzelnen Schollen hinwies. Offenbar mochte das Eisfeld in seiner ganzen Fläche noch nicht genügend verbunden sein, woraus auch die Vermutung hervorging, daß sich an manchen Stellen klaffende Spalten finden würden, ein sehr übler Umstand, der jede Kommunikation mit dem Festland unsicher machte. Übrigens hatte Leutnant Hobson noch vor der Abreise wohl bemerkt, daß das Pelzwild und die Raubtiere der Insel Victoria die Umgebung der Faktorei noch nicht verlassen hatten, um in südlicheren Gegenden einen minder rauhen Winter aufzusuchen, was nur auf Hindernisse, welche ihr Instinkt ihnen verriet, zurückzuführen sein dürfte. Dennoch handelte Jasper Hobson mit allem Vorbedacht, als er versuchte, die kleine Kolonie über das Eisfeld zu leiten. Jedenfalls mußte vor dem künftigen Tauwetter ein Versuch gemacht werden; ob dieser nun gelang oder ob man würde umkehren müssen – sicher hatte Jasper Hobson damit seine Pflicht getan.

Am anderen Tag, am 23. November, kam das Detachement nicht einmal zehn Meilen nach Osten zu vorwärts. Das furchtbar zerklüftete Eisfeld zeigte an seiner Schichtung, daß sich mehrere Eisbänke übereinander geschoben hatten. Durch den unwiderstehlichen Druck des Packeises erklärte sich auch das Zusammenstoßen von Eisbergen, die Aufhäufung einzelner Schollen, und eine Erscheinung, wie von machtloser Hand verlorene Berge, welche in dieser Gegend zerstreut lagen und bei ihrem Sturz zersplittert waren. Eine aus Schlitten und Zugtieren bestehende Karawane konnte nun ohne Zweifel über diese Blöcke nicht hinweg, und ebenso unmöglich erschien es, sie mit der Axt oder dem Schneemesser zu durchbrechen. Einzelne dieser Eisberge bildeten die sonderbarsten Formen, und zusammen machten sie wohl den Eindruck einer vollkommen eingestürzten Stadt. Eine gute Anzahl starrten drei- bis vierhundert Fuß über die Oberfläche hervor, und auf ihrem Gipfel hingen enorme Massen in gefahrdrohendem Gleichgewicht, für die eine Erschütterung, ein Stoß, ja vielleicht nur eine Luftbewegung hinreichte, sie als Lawinen hinabzudonnern.

In der Nähe solcher Eisberge war also die größte Vorsicht nötig und deshalb auch der Befehl ergangen, an solchen gefährlichen Stellen nicht einmal laut zu sprechen oder die Zugtiere durch Peitschenknallen anzufeuern. Diese Maßregeln darf man nicht für übertrieben halten, denn hier konnte die geringste Unklugheit die traurigsten Folgen haben.

Bei Umgehung derartiger Hindernisse und der Aussuchung gangbarer Durchlässe verlor man sehr viel Zeit, erschöpfte sich in unmäßigen Anstrengungen und gewann bei zehn Meilen Umweg oft kaum eine Meile in der gewünschten Richtung. Auf jeden Fall fehlte aber dem Fuß der feste Boden niemals. Am 24. dagegen türmten sich ihnen andere Hindernisse entgegen, an deren Überwindung Jasper Hobson wohl verzweifeln mußte.

Nachdem man nämlich eine erste Schollenmauer überschritten hatte, die sich etwa zwanzig Meilen von der Insel Victoria befand, traf das Detachement auf ein weniger unebenes Eisfeld, dessen einzelne Teile keinem so furchtbaren Druck unterlegen zu sein schienen. Hier aber wurden Jasper Hobson und seine Gefährten auch sehr bald von breiten Spalten aufgehalten, die noch nicht übereist waren. Die Temperatur erschien verhältnißmäßig warm, und man las am Thermometer nur 1° unter Null ab. Dazu ist es bekannt, daß Salzwasser weniger leicht gefriert als süßes, folglich konnte das Meer hierbei nicht fest werden. Alle Eisteile, welche die Schollenwand und die anliegenden Flächen zusammensetzten, waren aus höheren Breiten herabgetrieben und nährten sich gewissermaßen von ihrer eigenen Kälte. Dieser südlichere Teil des Arktischen Ozeans zeigte sich noch nicht gleichmäßig gefroren, und daneben fiel ein warmer Regen, der nur neue Elemente der Auflösung herbeiführte.

An diesem Tag sah sich das Detachement vor einer solchen Spalte absolut aufgehalten, in der bei bewegtem Wasser Eisschollen umherschwammen und die bei einer Länge von mehreren Meilen höchstens hundert Fuß in der Breite maß.

Zwei Stunden lang zog man, in der Hoffnung, das Ende zu finden, an der westlichen Seite dieses Spaltes hinab. Vergeblich; man mußte haltmachen und das Nachtlager herrichten.

Noch eine Viertelmeile ging Jasper Hobson mit dem Sergeant Long an der endlosen Öffnung weiter und verwünschte die Milde dieses Winters, die ihm so viel Übles zufügte.

»Darüber hinweg müssen wir unbedingt«, sagte Sergeant Long, »denn an dieser Stelle können wir doch nicht bleiben.«

»Gewiß«, antwortete der Leutnant, »und wir werden darüber wegkommen, indem wir entweder im Norden oder im Süden die offene Stelle umgehen. Nach dieser hier werden aber andere auftreten, die wir wiederum umgehen müssen, und so mag sich das auf Hunderte von Meilen fortsetzen, solange diese unbestimmte und bedauernswerte Temperatur anhält.«

»Nun, Herr Leutnant, so werden wir vor dem Wiederaufbrechen den Weg auskundschaften müssen«, sagte der Sergeant.

»Ja das ist wohl nötig«, erwiderte entschlossen Jasper Hobson, »wenn wir nicht Gefahr laufen wollen, nach fünf- und sechshundert Meilen langen Umwegen noch nicht die Hälfte der Strecke, die uns von der amerikanischen Küste trennt, zurückgelegt zu haben. Bevor wir weiterziehen, muß die Oberfläche des Eisfeldes untersucht werden, und das werde ich sogleich ausführen.«

Ohne weitere Worte entledigte sich Jasper Hobson eines Teils seiner Kleidung, warf sich in das eisige Wasser und erreicht als rüstiger Schwimmer mit wenigen Stößen das andere Ufer, worauf er bald hinter den Eisbergen verschwand.

Einige Stunden später kam er erschöpft nach der Lagerstätte zurück, wohin Sergeant Long vorausgegangen war. Der Leutnant nahm diesen und Mrs. Paulina Barnett beiseite und teilte ihnen mit, daß das Eisfeld – ungangbar sei.

»Vielleicht«, setzte er hinzu, »könnte ein einzelner Mensch zu Fuß, ohne Schlitten und Gepäck darüber hinwegkommen, eine Karawane vermag das aber nicht! Nach Osten zu sind die Spalten noch häufiger, und jetzte wäre uns ein Schiff nützlicher als die Schlitten, um das Festland zu erreichen.«

»Wenn ein einzelner Mann«, bemerkte Sergeant Long, »imstande ist, hindurch zu gelangen, so wird einer von uns es unternehmen und uns Hilfe zu bringen versuchen müssen.«

»Ich hatte den Gedanken daran ...«, fiel Leutnant Hobson ein.

»Sie, Herr Hobson?«

»Sie, Herr Leutnant?«

Diese beiden gleichzeitigen Antworten bewiesen, wie unerwartet dieser Vorschlag war und für wie unpassend er gehalten wurde! Er, der Chef der Expedition, wollte abreisen! Wollte diejenigen verlassen, die seiner Obhut anvertraut waren, wenn es auch nur geschah, um in ihrem Interesse sich größeren Gefahren auszusetzen. Nein! Das war nicht möglich. Jasper Hobson bestand auch nicht auf seinen Worten.

»Ja, meine Freunde«, sagte er, »ich verstehe Sie, ich werde Sie nicht verlassen, es ist jedoch ebenso unnütz, daß ein anderer diesen Versuch wage. Er könnte keinen Erfolg haben, würde unterwegs umkommen oder, wenn Tauwetter eintrete, das Grab finden, das sich unter seinen Füßen öffnet. Nehmen wir auch an, er käme bis nach Neu-Archangel, wie sollte er uns Hilfe leisten? Etwa ein Schiff mieten, um uns aufzusuchen? – Das Schiff würde erst nach Eintritt des Tauwetters von Nutzen sein. Wer weiß aber vorher, wo sich dann etwa die Insel Victoria befinden möchte, welche in das Polarmeer oder durch die Beringstraße getrieben sein könnte?«

»Sie haben recht, Herr Leutnant«, antwortete Sergeant Long, »bleiben wir beisammen, und soll ein Schiff unsere Rettung sein, nun, so steht uns Mac Naps Fahrzeug zur Verfügung, und wenn wir am Kap Bathurst sind, haben wir wenigstens auf kein solches erst zu warten.«

Ohne sich in das Gespräch zu mischen, hatte Mrs. Paulina Barnett zugehört. Auch ihr erschien es einleuchtend, daß man bei der Unmöglichkeit des Zuges über das Eisfeld nur auf das Schiff des Zimmermanns rechnen könne und unverzagt den Eintritt des Tauwetters abwarten müsse.

»Und Ihre Ansicht, Herr Hobson?« fragte sie.

»Ist die, nach der Insel Victoria umzukehren.«

»Rückwärts also, und stehe der Himmel uns bei!«

Das ganze Personal der Kolonie wurde zusamengerufen und ihm die Mitteilung gemacht, den Rückzug anzutreten.

Der erste Eindruck der Worte Jasper Hobsons war natürlich kein allzu guter. Die armen Leute hatten so bestimmt gehofft, mit diesem Zug über das Eis wieder heimzukommen, daß ihre Enttäuschung fast an Verzweiflung grenzte. Dennoch erklärten sie sich sofort bereit, zu gehorchen.

Jasper Hobson unterrichtete sie ferner über das Resultat der Nachforschung, welche er eben angestellt hatte.

Er bewies ihnen, daß die Hindernisse sich nach Osten zu häuften und daß es unter jeder Bedingung untunlich sei, mit dem ganzen Material der Karawane hindurchzudringen, das doch bei einer auf mehrere Monate berechneten Reise unentbehrlich erschien.

»Augenblicklich«, fügte er hinzu, »sind wir von jeder Verbindung mit der amerikanischen Küste abgeschnitten, und wenn wir trotz der größten Beschwerden es erzwingen wollten, weiter nach Osten vorzudringen, würden wir Gefahr laufen, nicht einmal wieder zur Insel zurück zu können, die doch unser letzter, unser einziger Zufluchtsort bleibt. Überraschte uns das Tauwetter noch auf dem Eisfeld, so wären wir rettungslos verloren. Ich verhehle euch die Wahrheit nicht, meine Freunde, aber ich male auch nicht zu schwarz. Ich weiß, daß ich zu entschlossenen Männern spreche, welche ihrerseits überzeugt sind, daß ich nicht der Mann bin, vorzeitig zurückzuweichen; aber ich wiederhole: wir stehen hier vor der Unmöglichkeit!«

Die Soldaten bewahrten ein unerschütterliches Zutrauen zu ihrem Chef. Sie kannten seinen Mut, seine Energie, und wenn er aussprach, daß man nicht vorwärts könne, so war der Weg unbedingt unmöglich.

Man entschloß sich demnach zur Rückkehr nach Fort-Esperance, welche überdies unter den ungünstigsten Umständen vor sich ging. Das Wetter war geradezu abscheulich. Ein heftiger Wind jagte über das Eisfeld. Der Regen fiel in Strömen, und dazu stelle man sich die Schwierigkeit vor, sich oft in tiefer Dunkelheit durch dieses Labyrinth von Eisbergen zu winden!

Die kleine Gesellschaft brauchte nicht weniger als vier Tage und vier Nächte bis zur Ankunft bei der Insel. Mehrere Schlitten verunglückten samt den Zugtieren in offenen Spalten. Doch hatte Leutnant Hobson, dank seiner Klugheit, das Glück, keinen seiner Leute zum Opfer fallen zu sehen. Aber welche Mühe, welche Gefahren, welche Zukunft bot sich den Unglücklichen dar, die zu einer zweiten Überwinterung auf der schwimmenden Insel verurteilt waren!

Vierzehntes Kapitel

Die Wintermonate

Nicht ohne die aufreibendsten Strapazen kamen Leutnant Hobson und seine Begleiter am 28. November nach Fort-Esperance zurück! Jetzt bot ihnen also das Fahrzeug die einzig mögliche Rettung, und doch war von diesem vor Ablauf eines halben Jahres, d. h., erst wenn das Meer wieder eisfrei wurde, kein Gebrauch zu machen.

Man richtete sich also für den Winter ein. Die Schlitten wurden entladen, der Proviant wieder in den Speisekammern untergebracht und Kleidungsstücke, Waffen, Werkzeuge und Pelze an den zugehörigen Orten. Die Hunde kehrten in ihr »Dog-house«, die Rentiere in ihren Stall zurück.

Auch Thomas Black mußte sich, obschon mit größtem Widerstreben, zu seiner Neueinrichtung bequemen. Der bedauernswerte Sternseher brachte Instrumente, Bücher und Hefte nach seinem Zimmer zurück, in welchem er sich, mehr als je durch das »gegen ihn verschworene Mißgeschick« gereizt, wie vordem abschloß und allen Vorkommnissen in der Faktorei gegenüber fremd blieb.

Ein Tag reichte zur allgemeinen Wiederansiedelung hin, und dann begann jenes vegetieren den Winter hindurch von neuem, das bei seinem Mangel an Abwechslung den Bewohnern großer Städte ertötend langweilig erscheinen würde. Nadelarbeiten, die Instandhaltung der Kleidung und selbst die Sorge um die Pelzfelle, von denen wenigstens ein Teil der kostbarsten seinerzeit zu retten wäre, dann die Beobachtung der Witterung und des Eisfeldes und endlich die Lektüre bildeten die Beschäftigungen und Zerstreuungen des Tages. Überall übernahm Mrs. Barnett die Führung und machte sich ihr wohltätiger Einfluß geltend. Wenn unter den Soldaten ja einmal eine leichte Mißstimmung herrschte, welche die aufregende Gegenwart und die ungewisse Zukunft ganz erklärlich machten, so wich sie schnell den begütigenden Worten Mrs. Barnetts. Die Reisende genoß ein weitreichendes Ansehen in dieser kleinen Welt und gebrauchte dieses ausschließlich zum allgemeinen Besten.

Kalumah hatte sich mehr und mehr an sie angeschlossen. Jeder liebte das junge Mädchen, das so sanft und dienstfertig war. Mrs. Paulina unterzog sich mit günstigstem Erfolg der Ausbildung derselben, denn ihre Schülerin war ebenso begabt als wißbegierig. Sie vervollkommnete jene in der englischen Sprache und lehrte sie Lesen und Schreiben. Hierin unterstützten Kalumah auch zehn andere Lehrer, denn unter allen anwesenden in den englischen Kolonien oder dem Mutterland selbst erzogenen Soldaten befand sich keiner außer Besitz dieser Fähigkeiten.

Der Fortbau des Schiffes wurde eifrig betrieben, da es baldigst ganz mit Seitenwänden und Verdeck versehen sein sollte. Bei der herrschenden Dunkelheit arbeitete Mac Nap mit seinen Werkleuten sogar bei dem Schein von Harzfackeln, während die Übrigen in den Magazinen der Faktorei mit Herstellung der Takelage beschäftigt waren. Trotz der vorgeschrittenen Saison blieb die Witterung immer schwankend. Trat auch einmal ein lebhafterer Frost ein, so hielt dieser doch nicht an, was wohl den vorherrschenden westlichen Winden zuzuschreiben sein mochte.

So verlief der ganze Dezember; bei abwechselndem Regen und Schnee bewegte sich die Temperatur zwischen –3° und +1° auf und ab. Brennmaterial wurde nur wenig verbraucht, trotzdem man bei den reichen Vorräten keine Veranlassung hatte, etwa damit zu geizen. Zum Unglück stand es mit der Beleuchtung nicht ebensogut. Das Öl drohte auszugehen, und Jasper Hobson mußte sich entschließen, die Lampe täglich nur wenige Stunden lang zu brennen. Wohl versuchte man auch, Rentierfett zur Beleuchtung des Hauses zu verwenden, doch ließ der abscheuliche dabei auftretende Geruch bald wieder davon absehen, so daß man es vorzog, im Dunkeln zu sitzen. Dann mußten die Arbeiten natürlich eingestellt werden, und langsam schleppten sich die Stunden dahin.

Mehrere schöne Nordlichter und zwei bis drei Nebenmonde zur Zeit des Vollmondes schmückten wohl dann und wann den Himmel. Thomas Black hätte zwar die schönste Gelegenheit gehabt, diese Meteore mit peinlichster Sorgfalt zu beobachten, ihre Intensität, Färbung und Beziehungen zur Luftelektrizität nebst deren Einfluß auf die Magnetnadel zu bestimmen und dergleichen mehr – aber der Astronom blieb in sein Zimmer gebannt, sein Geist schien auf Irrwege geraten zu sein.

Am 30. Dezember gestattete der helle Mondschein zu erkennen, wie eine lange Bogenlinie von Eisbergen im Norden und Osten der Insel Victoria den Horizont begrenzte. Das war das Packeis, dessen einzelne Schollen sich übereinandertürmten. Die Höhe dieses Walles mochte zwischen drei- bis vierhundert Fuß betragen. Schon zu zwei Dritteln umschloß derselbe die Insel und drohte sich auch noch weiter fortzusetzen.

In der ersten Woche des Januar zeichnete sich der Himmel durch eine seltene Klarheit aus. Das neue Jahr – 1861 – hatte sich mit strengerem Frost eingeführt, und die Quecksilbersäule sank bis auf 13⅛° unter Null, die bis jetzt beobachtete niedrigste Temperatur dieses seltsamen Winters, und doch war auch diese Kälte für eine so hohe Breite nicht sonderlich bedeutend zu nennen.

Leutnant Hobson glaubte Veranlassung nehmen zu sollen, die Längen- und Breitenlage der Insel mittels Sternbeobachtungen auch jetzt noch einmal aufzunehmen, überzeugte sich dabei aber nur, daß diese vollkommen unverändert geblieben sei.

Trotz aller Sparsamkeit ging das Öl nun vollkommen zur Neige, und doch sollte die Sonne vor den ersten Tagen des Februar nicht wieder zum Vorschein kommen. Für die Zeit eines Monats wären die Überwinternden also zum Ausharren in kaum unterbrochener Dunkelheit verdammt gewesen, wenn das für die Lampen nötige Leuchtmaterial nicht, dank der jungen Eskimodin, einen erträglichen Ersatz gefunden hätte.

Es war am 3. Januar. Kalumah betrachtete vom Fuße des Kap Bathurst aus eben das Eisfeld. Nach Norden zu sah sie es völlig kompakt. Die dasselbe zusammensetzenden Schollen waren besser aneinandergeschoben und ließen keinerlei eisfreien Zwischenraum übrig. Jedenfalls rührte das von dem enormen Druck des Packeises her, das von Norden anrückend den Raum zwischen sich und der Insel fortschreitend eingeengt hatte.

Statt der Spalten und Risse fielen dem jungen Mädchen dagegen mehrere im Eise scharf ausgeschnittene kreisrunde Löcher ins Auge, deren Bedeutung ihr nicht fremd war. Es waren das Robbenlöcher, d. h. Öffnungen, deren Zufrieren die unter der Eiskruste sich aufhaltenden Amphibien sorgsam zu verhüten wissen, durch welche sie hindurch schlüpfen, um Luft zu schöpfen und unter dem Schnee nach den Moosen des Küstenlandes zu suchen.

Kalumah wußte, daß die Bären während des Winters diese Löcher geduldig besetzen, den Moment abpassen, wenn die Amphibien daraus hervortauchen, und sie mit ihren Tatzen umklammern, ersticken und dann davonschleppen. Die Eskimos verfahren mit derselben Bärengeduld, werfen ihnen dagegen beim Auftauchen eine Schlinge über und überwältigen sie so mit leichter Mühe.

Was aber Bären und Eskimos zustande brachten, mußten geschickte Jäger wohl auch können, und da jene Löcher einmal vorhanden, war ihre Benutzung seitens der Robben auch außer Zweifel. Robben waren jetzt aber gleichbedeutend mit Öl, mit Licht, das der Faktorei so fühlbar mangelte!

Kalumah eilte zum Fort zurück und benachrichtigte Jasper Hobson, der den beiden Jägern Marbre und Sabine weiteren Auftrag erteilte. Die junge Eingeborene belehrte letztere über die Methode der Eskimos, Robben zur Winterzeit zu fangen, und schlug ihnen vor, diese zu probieren.

Sie hatte kaum ausgeredet, so war schon ein tüchtiger Strick mit einer Schlinge bereit. Leutnant Hobson, Mrs. Paulina Barnett, die beiden Jäger und einige andere Soldaten begaben sich nach Kap Bathurst, und während die Frauen am Ufer zurückblieben, schlichen sich die Männer kriechend nach den bezeichneten Öffnungen, an welchen sie, jeder mit einer Schlinge ausgerüstet, auf der Lauer blieben.

Ihre Geduld wurde auf eine harte Probe gestellt. Wohl eine Stunde verging ohne ein Vorzeichen für die Annäherung der Amphibien. Endlich kam das Wasser in einem der Löcher – an dem Marbre auf dem Anstand lag, – in Bewegung. Ein mit langen Hauern bewaffneter Kopf tauchte empor. Geschickt warf Marbre seine Schlinge über denselben und zog sie aus Leibeskräften zu. Die Übrigen liefen zu Hilfe herzu, und nicht ohne Mühe wurde ein großes Walroß trotz seines Widerstrebens auf das Eis herausgezogen, wo es einigen Beilhieben bald erlag.

Der Erfolg machte lüstern, so daß die Bewohner von Fort-Esperance dieser neuen Art von Fischerei Geschmack abgewannen und noch weitere Walrosse einfingen. Dieselben lieferten reichliches Öl, wenn auch nur einen tierischen und keinen pflanzlichen Brennstoff; doch eignete sich auch dieser für die Lampen, und es fehlte nun den Arbeiterinnen und Arbeitern im großen Saal die Beleuchtung nicht weiter.

Die Kälte nahm noch immer nicht zu. Hätte sich die kleine Kolonie auf dem Festland befunden, sie würde sich beglückwünscht haben, den Winter unter so besonders günstigen Bedingungen zuzubringen. Dazu schützte die hohe Schollenwand gegen die Nord- und Westwinde. Auch der Januar verlief bei einer sehr erträglichen Temperatur von wenigen Graden unter dem Gefrierpunkt.

Ebendiese Milde des Winters hatte es aber auch notwendig zur Folge, daß das Meer im Umkreis der Insel Victoria nicht vollkommen fest wurde. Daß dasselbe nicht überall bedeckt, sondern vielfach mit mehr oder weniger bedeutenden Rissen und Spalten bedeckt sein mußte und noch keinen Übergang gestattete, ersah man auch aus der noch immer andauernden Anwesenheit der Pelztiere und anderer, welche bei ihrem langen herumschwärmen um Fort-Esperance halb zahm geworden waren und mehr einen Teil des Haustierbestandes der Faktorei auszumachen schienen.

Nach dem Befehl des Leutnants schonte man diese Tiere, deren Tod ja ganz mutzlos gewesen wäre, auch ferner; nur Rentiere wurden des frischen Fleisches wegen zur Abwechslung in der Speisekarte dann und wann erlegt. Alle eigentlichen und auch die kostbarsten Pelztiere ließ man in Ruhe. Einige derselben verliefen sich sogar in den umzäumten Platz hinein, aber man hütete sich auch hier, sie zu jagen.

Zobelmarder und Füchse sahen in ihrer Winterkleidung wahrhaft prächtig aus und repräsentierten einen hohen Wert. Infolge der gemäßigten Temperatur fanden diese Nagetiere leicht die gewünschte Nahrung an Moosen u. dergl. unter der nur dünnen und weichen Schneedecke und hatten keine Veranlassung, die Vorräte der Faktorei zu bestehlen.

Nicht ohne Besorgnis erwartete man so das Ende des Winters in jener eintönigen Lebensweise, in die Mrs. Paulina Barnett auf jede mögliche Weise eine Abwechslung zu bringen suchte.

Nur ein einziger betrübender Vorfall zeichnete den Monat Januar aus: am 7. verfiel das Kind des Zimmermannes Mac Nap einem heftigen Fieber. Starke Kopfschmerzen, brennender Durst, Frostschauer und Hitzeperioden hatten das kleine Wesen bald in einen traurigen Zustand versetzt. Die Verzweiflung seiner Eltern und ihrer Freunde wird man sich leicht vorstellen können. Bei der Unkenntnis der Natur der Krankheit war auch guter Rat teuer, indessen verlor Madge, die sich auf derlei Dinge etwas verstand, den Kopf nicht, sondern ließ den kleinen Kranken mit erquickenden Teeaufgüssen und warmen Umschlägen behandeln. Kalumah schien sich zu verdoppeln und brachte Tage und Nächte bei dem Kind zu, ohne sich selbst einen Augenblick Ruhe zu gönnen.

Am dritten Tag löste sich jeder Zweifel über die Krankheit, als sich die Haut des kleinen Kranken mit einem charakteristischen Ausschlag überzog. Er entstammte einem bösartigen Scharlach, der gewöhnlich mit einer Entzündung innerer Organe einhergeht.

Selten nur werden einjährige Kinder von dieser furchtbaren Affektion in so heftiger Weise befallen, indes kommt es doch bisweilen vor. Zum Unglück war die

Apotheke der Faktorei eine sehr lückenhafte. Jedenfalls kannte Madge, infolge der Pflege verschiedener Scharlachkranker, die Wirksamkeit der Belladonna-Tinktur. Sie reichte dem Kind täglich ein bis zwei Tropfen und hütete es sorgfältig vor der freien Luft.

Den kleinen Kranken hatte man in das Zimmer gebracht, das dessen Vater und Mutter bewohnten. Bald stand der Ausschlag in voller Blüte und brachen auf der Zunge, den Lippen und selbst auf dem Augapfel kleine rote Erhöhungen hervor. Schon zwei Tage nachher entfärbten sich jedoch die ergriffenen Hautpartien, wurden weiß und schuppten sich hierauf ab.

Immerhin war jetzt eher noch größere Vorsicht nötig, um die innere Entzündung, welche die Bösartigkeit der Erkrankung kennzeichnete, zu bekämpfen. Nichts wurde vernachlässigt, und es erfreute sich das kleine Wesen der liebevollsten, sorgsamsten Pflege. Am 20. Januar, zwölf Tage nach dem Eintritt der Krankheit, durfte man mit Gewißheit auf einen günstigen Verlauf rechnen.

Das war eine Freude in der Faktorei! Jenes Baby war ja das Kind des Forts, das Kind der Truppe, das Kind des Regimentes in diesem rauhen Klima, mitten unter den wackeren Leuten geboren. Michael Esperance hatten sie es getauft und betrachteten es bei allen ihren Prüfungen als Talisman, den ihnen Gott nicht werde rauben wollen. Kalumah wäre über den Tod des Kindes wohl mit zugrunde gegangen, doch genas der kleine Michael allmählich, und damit zog neue Hoffnung in aller Herzen ein.

So war unter Angst und Unruhe der 23. Januar herangekommen ohne irgendwelche Veränderung in dem Zustand der Insel Victoria. Noch lagerte die endlose Nacht über dem Polarmeer. Einige Tage hindurch fiel reichlicher Schnee, der sich auf dem Boden der Insel, wie auf dem Eisfeld, bis zwei Fuß aufhäufte.

Am 27. bekam das Fort einen sehr unerwarteten Besuch. Die vor der Umzäunung Wache haltenden Soldaten Belcher und Pen bemerkten am Morgen einen riesigen Bären, der sorglos auf die Ansiedlung zutrabte. Sie zogen sich in das Hauptgebäude zurück und meldeten der Mrs. Paulina Barnett die Annäherung des gefürchteten Raubtieres.

»Das kann nur unser Bär sein!« sagte die Reisende zu Jasper Hobson, und beide liefen, gefolgt vom Sergeanten, Sabine und mehreren bewaffneten Soldaten, nach dem Außentor.

Gegen zweihundert Schritte davor kam der Bär in ruhigem Schritt daher, als verfolge er entschlossen einen wohldurchdachten Plan.

»Ich erkenne ihn wieder«, rief Mrs. Paulina Barnett. »Das ist dein Bär, Kalumah, dein Retter!«

»Oh, töten Sie mir meinen Bären nicht!« flehte die junge Eingeborene.

»Es soll ihm nichts geschehen«, antwortete Leutnant Hobson. »Laßt ihn in Ruhe, meine Freunde, vielleicht geht er ebenso wieder von dannen, wie er gekommen war.«

»Wenn er aber in den Hof einzudringen sucht...«, warf Sergeant Long ein, der dem guten Herzen eines Polarbären nicht weit traute.

»Lassen Sie ihn getrost hinein, Sergeant«, tröstete Mrs. Paulina Barnett; »dieses Tier hat seine ganze Wildheit abgelegt. Es ist Gefangener, so wie wir, und Gefangene, das wissen Sie...«

»Tun einander nichts zuleide!« setzte Jasper Hobson ihre Worte fort, »das ist wenigstens dann wahr, wenn sie von gleicher Art sind. Dennoch wollen wir jenem auf Ihre Empfehlung hin Schonung angedeihen lassen und werden uns nur, wenn er angreift, verteidigen müssen. Immerhin halte ich es für geboten, ins Haus zurückzukehren; man darf solche Raubtiere nicht in Versuchung führen!«

Der Rat war gut, und alle gingen hinein. Die Türen wurden verschlossen, doch die Fensterläden offengelassen.

Durch die Scheiben konnte man demnach beobachten, was der Besucher vornahm. Als der Bär zu dem nicht verriegelten Tor gelangte, schob er die Flügel langsam zurück, steckte den Kopf hindurch, rekognoszierte den Hofraum und trat dann hinein. In der Mitte desselben stehend, betrachtete er die Baulichkeiten ringsumher, lief nach dem Rentier- und dem Hundestall, lauschte einen Augenblick brummend auf das Knurren der Hunde, die ihn gewittert hatten, und auf den Schrei der Rentiere, die sich nicht sicher fühlten, setzte dann seine Inspektion längs der Palisaden fort, kam an das Hauptgebäude, und mit seinem großen Kopfe vor eines der Fenster des Hauptsaales.

Um offen zu sein, muß man gestehen, daß alle zurückwichen, einige Soldaten die Gewehre ergriffen und Jasper Hobson zu der Ansicht kam, daß er den Scherz wohl zu weit habe treiben lassen.

Da drängte sich Kalumahs zarte Gestalt vor das Fenster. Der Bär schien sie, wenigstens nach der Ansicht der jungen Eingeborenen, wiederzuerkennen, denn nachdem er ein Brummen der Befriedigung hatte hören lassen, schlug er den Weg nach dem Tor wieder ein und ging, wie es Jasper Hobson vorhergesagt, ruhig von dannen.

Das war das einzige weitere Ereignis, nach welchem die Dinge wieder ihren gewöhnlichen Lauf nahmen.

Die Genesung des Kindes machte weitere Fortschritte, und in den letzten Tagen des Monats hatte es schon seine runden Bäckchen und munteren Augen wieder.

Am 3. Februar färbte sich zu Mittag der südliche Horizont etwas heller und stieg eine gelbliche Scheibe einen Augenblick darüber auf. Das war das Gestirn des Tages, welches nach der langen Polarnacht zum ersten Mal wieder aufging!

Fünfzehntes Kapitel

Ein letzter Ausflug

Von jetzt ab stieg die Sonne Tag für Tag höher über den Horizont hinauf. Wenn die lange Nacht aber auch für einige Stunden unterbrochen wurde, so nahm doch die Kälte dabei zu, wie das ja im Februar häufig beobachtet wird, und das Thermometer zeigte −17°, die niedrigste in diesem seltsamen Winter aufgetretene Temperatur.

»Wann beginnt in diesen Meeren wohl das Tauwetter?« fragte da einmal die Reisende den Leutnant Hobson.

»In gewöhnlichen Jahren, Madam«, antwortete dieser, »findet der Eisbruch in den ersten Tagen des Mai statt; nach einem so milden Winter wie dem gegenwärtigen, könnte das aber, wenn nicht noch eine Periode strengen Frostes dazwischentritt, schon Anfang April geschehen – wenigstens nach meiner Beurteilung der einschlagenden Verhältnisse.«

»Demnach hätten wir also noch zwei Monate lang zu warten?«

»Mindestens noch zwei Monate, Madam, da es rätlich erscheint, unsere Einschiffung nicht zu übereilen, und ich denke, wir werden die meiste Aussicht auf glücklichen Erfolg haben, wenn wir den Zeitpunkt abwarten können, in dem die Insel sich in der engsten, nur etwa hundert Meilen breiten Stelle der Beringstraße befinden wird.«

»Was sagen Sie da, Herr Jasper?« entgegnete die Reisende, erstaunt über diese Erklärung des Leutnants. »Haben Sie denn ganz vergessen, daß wir von dem nach Norden abfließenden Kamtschatkastrom hierher geführt wurden, daß dieser uns mit Eintritt des Tauwetters wieder erfassen und möglicherweise noch weiter hinauf verschlagen wird?«

»Das denke ich nicht, Madam«, antwortete Leutnant Hobson; »ja, ich möchte gerade das Gegenteil behaupten. Der Eisgang vollzieht sich immer in der Richtung von Norden nach Süden, mag nun der Kamtschatkastrom sich zu der Zeit umkehren oder das Eis dem Beringstrom verfallen oder auch ein anderer mir unbekannter Grund dafür vorliegen. Unabänderlich treiben aber die Eisberge alle nach der Beringstraße zu und schmelzen endlich in den wärmeren Fluten des Pazifischen Ozeans. Fragen Sie Kalumah darüber. Sie kennt diese Meere und wird Ihnen meine Aussage bezüglich der Aufeinanderfolge des Tauwetters bestätigen.«

Die herbeigerufene Kalumah bezeugte die Worte des Leutnants. Man hatte demnach zu erwarten, daß die Insel in den ersten Tagen des April gleich einer großen Eisscholle nach Süden und damit nach der schmalsten Stelle der Beringstraße treiben würde. Letztere aber befahren sowohl Fischer aus Neu-Archangel häufig als auch Lotsen und Küstenschiffer. Brachte man indes alle leicht möglichen Verzögerungen bei Berechnung der Zeit in Anschlag, welche diese Rückfahrt nach Süden wohl erfordern mochte, so durfte man vor Anfang Mai nicht darauf rechnen, das Festland zu betreten. Obgleich die Kälte übrigens nicht intensiv gewesen war, so mußte doch die Insel insofern haltbarer geworden sein, als sie durch Eisanlagerung von unten her gewiß an Dicke zugenommen hatte, so daß man auf ihr Ausdauern während mehrerer Monate rechnen konnte.

Die Überwinterer mußten sich also in Geduld fassen und ruhig die Zukunft abwarten.

Die Genesung des kleinen Kindes machte weitere Fortschritte. Am 20. Februar kam es nach vierzigtägiger Krankheit zum ersten Mal wieder an die Luft, d. h., es trippelte von dem Zimmer seiner Eltern nach dem allgemeinen Saal hinüber, wo es von Zärtlichkeiten überhäuft wurde. Seine Mutter, die es schon mit Vollendung des ersten Lebensjahres entwöhnen wollte, tat das auf Madges Zureden nicht, und so erlangte es, nur abwechselnd Rentiermilch genießend, bald seine vollen Kräfte wieder. Tausenderlei Spielsachen hatten die freundlichen Soldaten während seiner Krankheit hergestellt, und selbstverständlich war es dabei das glücklichste Baby von der Welt.

Die letzte Februarwoche zeichnete sich durch außerordentlichen Regen- und Schneefall aus, bei kräftigem Wind aus Südwesten. Bei der niedrigen Temperatur einzelner Tage lagerte sich wieder fußhoher Schnee ab. Dabei wuchs der Wind zum Sturm. Von Kap Bathurst und der Packeismauer her erklang das Heulen des Sturmes wahrhaft betäubend, dazu stürzten aneinandergeworfene Eisberge mit donnerähnlichem Krachen zusammen, und ein unsichtbarer Druck häufte im Norden die Schollen an das Ufer der Küste. Es stand selbst zu befürchten, daß das Kap – eigentlich doch auch eine Art mit Sand und Erde überdeckter Eisberg – niedergeworfen würde. Zum Glücke für die Faktorei leistete es jedoch aushaltenden Widerstand und schützte die Baulichkeiten vor vollkommener Zerstörung.

Man sieht leicht ein, wie höchst gefährlich sich die einstige Lage der Insel an der engen Meeresstraße gestalten mußte, vor welcher das Eis sich staute. Sie konnte dort von einer horizontalen Lawine, wenn man so sagen darf, zerdrückt, von den aus der offenen See herantreibenden Eisschollen zersprengt werden, bevor sie in den Abgrund zu versinken drohte. Hierin lag eine neue, zu den übrigen noch hinzutretende Gefahr. Als Mrs. Paulina Barnett die furchtbare Kraft des Eisdrukkes und die unwiderstehliche Gewalt sah, die jene Berge übereinandertürmte, wurde ihr klar, wie bedrohlich das erwartete Tauwetter für die Insel werden mußte. Sie sprach davon mehrmals gegen Leutnant Hobson; doch dieser zuckte nur mit den Achseln wie jemand, der nicht antworten will oder es auch nicht kann.

In den ersten Tagen des März legte sich der Sturm vollkommen, und man konnte nun die an dem Eisfeld eingetretenen Veränderungen übersehen. In der Tat schien es, als ob die Packeismauer über die Oberfläche des Eises hinweggleitend sich der Insel Victoria genähert habe. An manchen Stellen kaum noch zwei Meilen von letzterer entfernt, ähnelte sie in gewisser Hinsicht den Gletschern, nur mit dem Unterschied, daß diese herabsinken, während jene nur vorwärts schritt.

Der Boden – oder vielmehr das Eisfeld zwischen der hohen Mauer und der Küste mit seiner krampfhaften

Umwälzung, den starrenden Spitzhügeln, zerbrochenen Eisnadeln, gestürzten Stämmen und eingesunkenen Pyramiden, dazu seiner wellenförmigen Grundfläche, das Bild eines während des tollsten Sturmes verzauberten Meeres – war gar nicht wiederzuerkennen. Man hätte die Ruinen einer zerstörten Stadt, in der kein Stein auf dem anderen geblieben war, zu sehen geglaubt. Nur die hohe, wunderbar geschnittene Packeismauer mit ihren himmelan strebenden Kegeln, Kuppeln und Kämmen und ihren spitzigen Pics erhielt sich unverändert und umschloß das pittoreske Gewühl mit erhabenem Rahmen.

Um diese Zeit kam das Fahrzeug zur Vollendung. Trotz ihrer etwas plumpen Form, bei der es indes bewenden mußte, machte die Schaluppe ihrem Baumeister alle Ehre und versprach mit ihrem gallionenförmigen Vorderteil dem Stoß des Eises desto besser zu widerstehen. Sie ähnelte etwas jenen holländischen Barken, welche sich weit in die nördlichen Meere hinauf wagen. Ihre Takelage bestand, wie die eines Kutters, aus Fockmast und Klüverbau, die Zeltleinwand der Faktorei war zu den Segeln verwendet worden.

Das Schiff vermochte die ganze Bewohnerschaft der Insel Victoria bequem aufzunehmen und voraussichtlich, wenn die Insel der Erwartung gemäß nach der Bering-Enge zu trieb, auch die größte Entfernung bis zur amerikanischen Küste leicht zu durchschneiden. Nur mußte eben das Tauwetter abgewartet werden.

Da kam dem Leutnant Hobson der Gedanke, zum Zwecke der Rekognoszierung des Eisfeldes eine ausgedehnte Expedition nach Südosten zu unternehmen, welche mit dazu dienen sollte, etwaige Vorzeichen der Auflösung zu finden, die eigentliche Schollenwand selbst zu beobachten und aus dem tatsächlichen Zustand des Meeres zu ersehen, ob noch jeder Weg nach dem amerikanischen Kontinent versperrt sei. Mancherlei Ereignisse und Unfälle konnten ja noch statthaben, bevor der Eisbruch das Meer wieder freilegte, und so erschien diese vorzunehmende Besichtigung als ein Gebot der Klugheit.

Die Expedition wurde also beschlossen und auf den 7. März festgesetzt. Die Teilnehmer an derselben bestanden aus Leutnant Hobson, der Reisenden, Kalumah nebst Marbre und Sabine. Wenn ein Weg ausfindig zu machen war, wollte man auch die Packeiswand überschreiten; jedenfalls sollte die Abwesenheit vom Fort nicht länger als achtundvierzig Stunden währen.

Der nötige Proviant wurde mitgenommen, und am Morgen des 7. verließ das für jeden Zufall wohl bewaffnete kleine Detachement Fort-Esperance in der Richtung nach dem Kap Michael.

Das Thermometer stand auf dem Gefrierpunkt. Die Luft war etwas dunstig, aber ruhig. Sieben bis acht Stunden lang beschrieb die Sonne ihren Tagesbogen über dem Horizont und durchblitzten ihre schrägen Strahlen mit hinreichendem Licht die Massen des Eises.

Nach kurzer Rast stiegen Leutnant Hobson und seine Begleiter gegen neun Uhr den Abhang am Kap Michael hinab und schritten in südöstlicher Richtung über das Eisfeld. Von dieser Seite war die Eiswand etwa drei Meilen entfernt.

Selbstverständlich ging es nur langsam vorwärts. Fortwährend mußte man entweder eine tiefe Spalte oder einen unübersteiglichen Spitzhügel umwandern. Auf dem unebenen Weg hätte ein Schlitten sich gar nicht verwenden lassen. Jener bestand nur aus einer chaotischen Anhäufung von Blöcken jeder Gestalt und Größe, von denen sich nicht wenige nur noch durch ein Wunder im Gleichgewicht hielten. Andere waren erst neuerdings zusammengestürzt, wie man an ihren frischen, glatten Bruchstellen sah. Aber nirgends zeigte sich die Spur eines Menschen oder Tieres in diesem Gewirr! Kein lebendes Wesen atmete in diesen selbst von den Vögeln verlassenen Einöden!

Verwundert fragte Mrs. Paulina Barnett, wie man bei einer Abfahrt im Dezember wohl dieses durcheinandergewürfelte Eisfeld habe überschreiten wollen; doch machte sie Jasper Hobson darauf aufmerksam, daß jenes zur erwähnten Zeit ein ganz anderes Aussehen geboten hätte. Wegen des damals noch nicht wirksamen enormen Druckes durch das Packeis müßte die Oberfläche verhältnismäßig eben gewesen sein und lag das einzige Hinternis der Reise nur in der mangelhaften Verbindung der Schollen und nirgends anders.

Inzwischen näherte man sich dem hohen Wall, wobei Kalumah der kleinen Truppe fast immer voraus war. Mit sicherem Schritt wandelte die lebhafte und leichtfüßige Eingeborene mitten durch die Eisblöcke. Ohne Zaudern und ohne Irrtum schlug sie, wie durch Instinkt geleitet, immer den gangbarsten Weg in diesem Labyrinth ein. Sie lief ab und zu, und ihren Weisungen konnte man vertrauensvoll nachgehen.

Gegen Mittag war die ausgedehnte Basis der Packeiswand zwar erreicht, doch hatten die drei Meilen bis dahin nicht weniger als drei Stunden beansprucht.

Welch imposante Masse bildete diese Eismauer, deren einzelne Gipfel über vierhundert Fuß hoch aufstiegen! Deutlich hoben sich die Schichten, aus denen sie bestand, voneinander ab, und ihre Wände waren mit den zartesten Farbschattierungen geschmückt. Bald irisierend, bald jaspisartig gestreift, erschien sie wie mit Arabesken bedeckt und mit einzelnen Glanzpunkten durchsetzt. Vergeblich würde der ein passendes Bild zur Vergleichung suchen, der die Eiswand jemals in ihrer Erhabenheit erblickte, wie sie auf einer Stelle trübe, auf der anderen durchscheinend durch wechselndes Licht und Schatten in den wunderbarsten Reflexen spielte.

Wohl mußte man aber vorsichtig eine zu große Annäherung an diese lockenden Eismassen, deren Zusammenhalt sehr fraglich erschien, vermeiden. An dem fortwährenden Knistern und Krachen ihres Innern erkannte man die geheime Arbeit des Tauwetters. Eingeschlossene und jetzt sich ausdehnende Luftblasen sprengten ihre Wände, und man ersah daraus den vergänglichen Charakter dieser Eisbauwerke, welche den arktischen Winter nicht überleben und den Strahlen der jungen Sonne unterliegen sollten, um die Quelle ganz ansehnlicher Ströme zu werden.

Leutnant Hobson hatte seine Begleiter ernsthaft vor der Gefahr der Eislawinen gewarnt, die jeden Augenblick von der Höhe der Schollenwand herabstürzten. Die kleine Gesellschaft zog deshalb auch nur in gemessener Entfernung von dem Fuß derselben hin. Wie weise diese Vorsicht war, sollten sie bald erfahren, als sich gegen zwei Uhr an dem Eingang eines Tales, das die Wanderer zu durchziehen beabsichtigten, ein ungeheurer Block von mehr als hundert Tonnen Gewicht loslöste und mit Donnerkrachen auf das Eisfeld herabstürzte. Zersplitternd brach es unter diesem Stoße, und turmhoch spritzte das Wasser ringsum auf. Zum Glück wurde niemand von den abgesprengten Stücken des Blockes getroffen, als er wie eine Bombe zerplatzte.

Von zwei bis fünf Uhr folgte man einem engen, gewundenen, weit in das Innere hinein verlaufenden Tal. Ob es die ganze Packeismauer durchsetzte, ließ sich zwar vorher nicht entscheiden, doch gestattete es einen belehrenden Einblick in die innere Struktur derselben. Schollen und Blöcke erschienen hier mehr in Ordnung aufeinandergelagert als an der Außenseite. An manchen Stellen fand man Baumstämme im Eis eingeschlossen, die aber nicht arktischen Baumarten, sondern solchen aus der Tropenzone angehörten. Offenbar hatte sie der Golfstrom hier hinaufgetragen, wo sie, vom Frost gefesselt, mit dem Eis den Rückweg nach dem wärmeren Ozean antraten. Auch Schiffskielstücke und andere Trümmer fehlten dazwischen nicht.

Gegen fünf Uhr zwang die eingetretene Dunkelheit, den Weitermarsch aufzugeben, nachdem man in dem Tal gegen zwei Meilen zurückgelegt hatte, ohne in Folge der Windungen desselben die Entfernung in gerader Linie abschätzen zu können.

Jasper Hobson ließ nun halten. In Zeit von einer halben Stunde arbeiteten Marbre und Sabine mittels der Schneemesser eine Höhle im massiven Eis aus, in welche alle hineinschlüpften, ihr Nachtmahl verzehrten und infolge der Anstrengung durch den Weg sehr bald sanft entschlummerten.

Um acht Uhr früh war alles auf den Füßen, und schlug Jasper Hobson wieder den Weg längs des Tales ein, um sich zu überzeugen, ob dieses nicht die ganze

Breite der Eismauer durchziehe. Dem Stand der Sonne nach veränderte sich die Richtung desselben nach Nordosten in die nach Südosten.

Um elf Uhr stiegen Leutnant Hobson und seine Begleiter an der anderen Seite der Eismauer hinab. Unzweifelhaft war hier also ein Durchgang vorhanden.

Die ganze Ostseite des Eisfeldes bot den nämlichen Anblick wie die Westseite, dasselbe Chaos von Schollen, dieselbe Zerklüftung durch Blöcke, Eisberge und Spitzhügel so weit das Auge reichte, da und dort durch kleine ebene Flächen unterbrochen oder durch offene Spalten, deren Ränder schon wegtauten, getrennt. Sonst gähnte überall dieselbe Wüstenei, dieselbe Verlassenheit den Beschauern entgegen. Kein lebendes Geschöpf war in dieser Einöde sichtbar!

Eine Stunde lang verweilte Mrs. Paulina Barnett auf einem Spitzhügel, versunken in den trostlosen Anblick dieser Polarlandschaft. Wieder kam ihr unwillkürlich die vor fünf Monaten versuchte Abreise in den Sinn, und vor ihren Augen erschien das ganze Personal der Kolonie als traurige Karawane, wie sie durch Nacht und Frost inmitten solcher Eiswüste und bedroht von lauernden Gefahren sich nach dem Festland Amerikas zu retten suchte!

Jasper Hobson weckte sie endlich aus ihrer Träumerei.

»Madam«, sagte er, »wir sind nun über vierundzwanzig Stunden von dem Fort weg und kennen den Durchmesser dieser Eisbank. Unserem Versprechen gemäß wollten wir nicht über achtundvierzig Stunden ausbleiben; demnach, denke ich, ist es Zeit, den Rückweg anzutreten.«

Mrs. Paulina Barnett widersprach nicht. Der Zweck des Ausfluges war ja erreicht worden. Die Packeiswand von mittelmäßigem Durchmesser versprach sich bald zu lösen und Mac Naps Schiff ein freies Fahrwasser zu eröffnen. Der baldige Antritt der Heimkehr empfahl sich auch noch deshalb, weil ein etwaiger Witterungswechsel mit Schneewehen den Zug durch das Tal unendlich erschweren mußte.

So brach man nach eingenommenem Frühstück um ein Uhr wieder auf. Um fünf Uhr lagerte man sich, wie am Tag vorher, in einer Eishöhle, und nach der ohne Zwischenfall verbrachten Nacht gab Leutnant Hobson am 9. März früh um acht Uhr Befehl zum Weiterziehen.

Schon glänzte bei klarem Himmel die Sonne über die Eismauer und grüßte die Sohle des Tales mit einzelnen Strahlen. Jasper Hobson und seine Begleiter wandten ihr, da sie nach Westen zogen, den Rücken, und doch trafen jene Strahlen ihre Augen, da jene sich an den kreuz und quer gelagerten Schollen tausendfach wiederspiegelten.

Mrs. Paulina Barnett und Kalumah blieben plaudernd und umherschauend eine Strecke zurück und folgten der schmalen Fußspur Marbres und Sabines. Man gab sich der Hoffnung hin, die Eisbank bis Mittag zu durchwandern und noch die drei Meilen bis zur Insel Victoria zurückzulegen. So mußte die kleine Gesellschaft vor Sonnenuntergang im Fort eintreffen, und konnten ihre Gefährten wegen der wenigen Stunden Verspätung nicht besonders beunruhigt sein.

Hierbei rechnete man jedoch ohne einen Zwischenfall, den allerdings keine menschliche Vorsicht hätte ahnen können.

Es mochte gegen zehn Uhr sein, als Marbre und Sabine, die etwa zwanzig Schritte voraus waren, plötzlich stehenblieben. Sie schienen über etwas nicht einig zu werden. Als die Übrigen nachkamen, sahen sie, wie Sabine, die Boussole in der Hand, diese seinem Kameraden wies, der sie mit sprachlosem Erstaunen betrachtete.

»Das ist doch ein närrisches Ding«, wendete sich dieser an Leutnant Hobson. »Könnten Sie mir sagen, Herr Leutnant, auf welcher Seite der Eisbank die Insel Victoria eigentlich liegt? Im Westen oder Osten?«

»Natürlich im Westen«, antwortete Jasper Hobson, verwundert über diese Frage.

»Ja, das weiß ich zwar auch«, versetzte Marbre, den Kopf schüttelnd. »Wenn das aber der Fall ist, sind wir auf falschem Wege und kommen immer weiter von ihr ab.«

»Was! Wir entfernten uns von ihr?« fragte der Leutnant, den der überzeugte Ton des Jägers stutzig machte.

»Gewiß, Herr Leutnant! Hier, sehen Sie nach der Boussole, und ich will nicht Marbre heißen, wenn wir ihrer Angabe nach nicht nach Osten, statt nach Westen marschieren.«

»Das ist unmöglich«, warf die Reisende ein.

»Überzeugen Sie sich selbst, Madam«, antwortete Sabine.

Wirklich wies die Magnetnadel nach einer der angenommenen ganz entgegengesetzten Richtung.

»Wir müssen uns heute morgen beim Verlassen des Eishauses getäuscht und den Weg nach links, statt nach rechts zu eingeschlagen haben.«

»Nein«, rief Mrs. Paulina Barnett, »das ist unmöglich; wir haben uns nicht getäuscht!«

»Aber ...«, entgegnete Marbre.

»Nun, aber ..., da betrachten Sie doch die Sonne. Geht sie etwa nicht mehr im Osten auf? Da wir ihr nun von heute morgen ab den Rücken zurückgekehrt haben und es auch jetzt noch tun, so steht es fest, daß wir nach Westen wandern. Weil nun die Insel im Westen liegt, so treffen wir auf diese, wenn wir auf der Westseite der Eiswand herauskommen.«

Marbre, der gegen diese Beweisführung nicht aufkommen konnte, kreuzte sinnend die Arme.

»Zugegeben, es verhält sich so«, sagte Sabine, »dann widersprechen sich aber Sonne und Boussole ganz und gar.«

»Wenigstens augenblicklich«, belehrte ihn Jasper Hobson. »Das hängt indes nur davon ab, daß unter hohen nördlichen Breiten und in den Meeren in der Nachbarschaft des magnetischen Poles die Boussolen nicht selten alteriert werden und die Magnetnadeln ganz falsch zeigen.«

»Nun gut«, sagte Marbre, »so setzen wir also unseren Weg, die Sonne im Rücken, weiter fort.«

»Ohne Zweifel«, antwortete Leutnant Hobson, »zwischen Boussole und Sonne kann die Wahl nicht schwer sein, denn die Sonne kommt nicht außer Ordnung.«

Die kleine Gesellschaft zog in der Richtung, welche nach allem eine falsche nicht sein konnte, in dem Tal weiter, brauchte aber längere Zeit dazu, als man vorausgesehen hatte. Schon gegen Mittag hätte man am Ende des Tales sein sollen, und nun kam die zweite Stunde heran, ehe der enge Ausgang wieder erreicht wurde.

Diese auffällige Verzögerung hätte Jasper Hobson wohl schon beunruhigt; man male sich nun aber sein und seiner Begleiter Erstaunen, als sie beim Wiederbetreten des Eisfeldes die Insel Victoria, welche doch vor ihnen liegen mußte, nicht mehr sahen! Die Bäume auf dem Kap Michael hätte man ohne Zweifel erkennen müssen. – Nichts war vorhanden. An der Stelle des letzteren dehnte sich ein grenzenloses Eisfeld aus, auf dem die Sonne in zahllosen Lichtpunkten glitzerte.

Leutnant Hobson, Mrs. Paulina Barnett und Kalumah sahen sich fragend an.

»Dort müßte doch die Insel liegen!« rief Sabine verwundert.

»Sie ist aber doch nicht da«, erwiderte Marbre; »können Sie wohl sagen, Herr Leutnant, was aus ihr geworden ist?«

Mrs. Paulina Barnett wußte nichts hierauf zu erwidern, und auch Jasper Hobson sagte kein Wort.

Da näherte sich Kalumah dem letzteren, nahm ihn beim Arm und sprach:

»Wir haben uns in dem Tal geirrt und befinden uns jetzt an derselben Stelle wie gestern nach dem ersten Durchschreiten des Packeises. Kommen Sie! Kommen Sie!«

Ganz maschinenmäßig ließen sich Jasper Hobson, Mrs. Paulina Barnett, Marbre und Sabine im Vertrauen auf den Instinkt der jungen Eingeborenen von dieser wegführen und kehrten noch einmal in dem engen Tal ihren eigenen Weg zurück, trotzdem nach dem Stand der Sonne alle Anzeichen gegen Kalumahs Behauptung sprachen.

Diese letztere hatte sich gar nicht weiter erklärt, sondern eilte unbeirrt vorwärts.

Ganz erschöpft von der Anstrengung gelangten der

Leutnant, die Reisende und ihre Begleiter nach einem dreistündigen Weg, über den die Nacht sich schon herabgesenkt hatte, an der anderen Seite der Eisbank an. Zwar verhinderte die Dunkelheit zu erkennen, ob die Insel in der Nähe sei, doch sollten sie darüber nicht lange im unklaren bleiben.

Nur wenige hundert Schritte von ihnen bewegten sich auf dem Eisfeld leuchtende Harzfackeln hin und her und knallten Flintenschüsse in kurzen Zwischenräumen. Auch wurden schallende Rufe gehört.

Die kleine Truppe beantwortete diese und befand sich bald in Gesellschaft des Sergeants Long, Thomas Blacks, den die unruhige Sorge um das Los seiner Freunde doch einmal aufgerüttelt hatte, und noch anderer, welche entgegengelaufen kamen. In Wahrheit war die Angst der armen Leute keine geringe gewesen, da sie – wir wissen, mit wie gutem Recht – angenommen hatten, daß Jasper Hobson auf dem Rückweg nach der Insel irregegangen sein werde.

Wie kamen sie aber auf diesen Gedanken, während sie doch ruhig in Fort-Esperance verblieben waren? Was veranlaßte sie zu der Annahme von Schwierigkeiten bei der Auswahl des Heimweges?

Es rührte daher, daß das ungeheure Eisfeld samt der Insel in den letzten vierundzwanzig Stunden seine Lage geändert und sich – halb um sich selbst gedreht hatte. Infolge dieses Ereignisses lag die Insel nicht mehr westlich, sondern östlich von der Packeiswand!

Sechzehntes Kapitel

Tauwetter

Zwei Stunden nachher waren alle nach Fort-Esperance zurückgekehrt. Am Morgen des 10. März beschien die Sonne dasjenige Ufergebiet, welches früher die Westseite der Insel gebildet hatte. Kap Bathurst lief jetzt nach Süden, statt wie vorher nach Norden aus; die junge

Kalumah, der diese Erscheinung bekannt war, hatte sich also nicht getäuscht, und wenn kein Irrtum seitens der Sonne vorlag, so konnte man auch die Boussole keines Fehlers beschuldigen.

Die Orientation der Insel hatte demnach wiederholte und durchgreifende Veränderungen erfahren. Seit der Zeit, da sie sich vom Festland Amerikas loslöste, hatte sie einer halben Drehung um sich selbst unterlegen, und zwar nicht die Insel allein, sondern auch das ganze sie umgebende Eisfeld. Diese Bewegung um ihren Mittelpunkt bewies übrigens, daß auch letzteres nicht mehr am Kontinent hafte, sondern vom Ufer getrennt, und folglich auch, daß das Tauwetter nicht mehr fern sei.

»Auf jeden Fall«, sagte da Leutnant Hobson zu Mrs. Paulina Barnett, »ist diese Frontveränderung uns nur günstig. Kap Bathurst und Fort-Esperance hat sich nach Südosten gewendet, d. h. nach dem dem Kontinent zunächst gelegenen Punkt, und jetzt schiebt sich die Packeiswand, durch welche hindurch wir nur einen sehr beschwerlichen Weg gefunden hätten, nicht mehr zwischen uns und Amerika hinein.«

»Also geht jetzt alles zum Besten?« fragte lächelnd die Reisende.

»Für jetzt alles, Madam«, entgegnete Jasper Hobson, der sich die Folgen dieser Lageveränderung der Insel Victoria vergegenwärtigte.

Vom 10. bis zum 21. März ereignete sich nichts Bemerkenswertes, doch machten sich die Vorzeichen der kommenden Jahreszeit mehrfach fühlbar. Die Temperatur schwankte zwischen +6 und +10° C. Unter dem Einfluß solchen Tauwetters konnte der Eisbruch wohl ganz plötzlich eintreten.

Neue Spalten eröffneten sich, und das Wasser quoll über die Oberfläche herauf. Nach dem eigentümlichen Ausdruck der Walfänger stellten diese Spalten ebenso viele Wunden dar, aus welchen das Eisfeld »blutete«. Der Lärm der brechenden Schollen ähnelte ganz den Artilleriesalven. Ein warmer, mehrere Tage andauernder Regen konnte die Schmelzung der festen Meeresfläche nur beschleunigen.

Von den Vögeln, welche mit Anfang des Winters die Insel verlassen hatten, kamen Fettgänse, Regenpfeifer, Taucherhühner und Enten schon wieder zurück. Marbre und Sabine erlegten eine Anzahl derselben, von denen einige noch das Billett am Hals trugen, wie es Leutnant Hobson und die Reisende vor ihrem Abzug daran befestigt hatten. Weiße Schwäne erschienen bandenweise wieder und erfüllten die Luft mit ihren schmetternden Trompetentönen. Die vierfüßigen Tiere, Nage- und Raubtiere, besuchten fort und fort, ganz wie Haustiere, die nächste Nachbarschaft der Faktorei.

Fast täglich, und jedenfalls so oft der Zustand des Himmels es gestattete, maß Leutnant Hobson die Sonnenhöhe. Oft unterstützte ihn Mrs. Paulina Barnett, die schon eine gewisse Geschicklichkeit in der Handhabung des Sextanten erlangte, bei diesen Beobachtungen oder trat ganz an seine Stelle. Wirklich erschien es von großer Wichtigkeit, die geringste Veränderung in der Längen- oder Breitenlage kennenzulernen. Die bedeutungsvolle Frage bezüglich der beiden Strömungen harrte ja noch immer ihrer Lösung, und Jasper Hobson nicht minder wie Mrs. Paulina Barnett lag natürlich sehr viel daran, bald zu wissen, ob sie nun nach Norden oder nach Süden hin treiben würden.

Es verdient, bemerkt zu werden, daß die mutige Frau immer und in allen Stücken eine weit über die gewöhnliche ihres Geschlechts hinausgehende Energie zeigte. Alltäglich sahen es ihre Gefährten, wie sie, allen Anstrengungen, dem schlechtesten Wetter, dem Regen und dem Schnee trotzend, irgendeinen Teil der Insel rekognoszierte und sich dabei wohl auch auf das halb aufgelöste Eisfeld hinauswagte, und wenn sie davon zurückkam, dann nahm sie sich wieder des häuslichen Lebens in der Faktorei an und war, wacker unterstützt von ihrer Madge, stets mit Rat und Tat zur Hand.

Mrs. Paulina Barnett sah der Zukunft unverzagt ins Auge, und wenn auch Befürchtungen sie anwandelten oder böse Ahnungen, von denen sie ihren Geist nicht völlig befreien konnte, so ließ sie doch nie etwas davon wahrnehmen. Immer erschien sie als die vertrauensselige, mutige Frau, als welche man sie kannte, und niemand hätte unter ihrer gleichbleibenden guten Laune die Gemütsbewegungen erraten können, denen sie sich doch nicht zu entziehen vermochte. Jasper Hobson zollte ihr seine ungeteilte Bewunderung.

Auch zu Kalumah hatte dieser ein unbedingtes Zutrauen und verließ sich nicht selten auf den natürlichen Instinkt der jungen Eingeborenen, wie etwa die Jäger auf den ihrer Hunde. Die übrigens mit vortrefflichen Anlagen ausgestattete Kalumah bewies sich mit allen Zufällen und Erscheinungen der Polarmeere vollkommen vertraut. An Bord eines Walfängers hatte sie die Stelle eines »Icemaster«, des Piloten, der vor allem auf die Führung des Schiffes durch die Schollen hindurch zu achten hat, gewiß zur Zufriedenheit versehen. Jeden Tag faßte Kalumah den Zustand des Eisfeldes ins Auge, und nur aus dem Geräusch der sich in der Ferne brechenden Eisberge beurteilte sie schon den Fortschritt der Zersetzung. Ein sicherer Fuß konnte sich auf dieses gefährliche Feld gar nicht hinauswagen. Durch Instinkt wußte sie, wenn das »von unten angefaulte« Eis keine genügende Sicherheit mehr bot, und ohne Zaudern eilte sie über das von Sprüngen und Spalten zerrissene Eisfeld.

Vom 2O. bis zum 30. März machte das Tauwetter sehr beträchtliche Fortschritte, welche der reichliche und laue Regen nicht wenig beschleunigte. In kurzer Zeit war die vollständige Zerstörung desselben zu erwarten, und vielleicht sollten kaum vierzehn Tage vergehen, bis Jasper Hobson sein Fahrzeug dem wieder offenen Meer übergeben konnte.

Zum Zaudern war er nicht der Mann, zumal da es zu befürchten stand, daß der Kamtschatkastrom sie noch weiter nach Norden hin verschlagen würde.

»Das ist aber nicht zu befürchten«, wiederholte Kalumah immer wieder. »Der Eisbruch geht nicht aufwärts, sondern da hin; dort ist die Gefahr!« und wies nach Süden, wo sich der ungeheure Stille Ozean ausdehnte.

Das junge Mädchen verblieb hartnäckig bei ihrer Ansicht. Jasper Hobson kannte diese und beruhigte sich dabei, denn er sah es als die geringste Gefahr an, daß die Insel in dem wärmeren Wasser jenes Meeres ihren Untergang finden sollte. Vorher würde ja das ganze Personal der Faktorei an Bord der Schaluppe eingeschifft sein, und es konnte nur einer kurzen Überfahrt bedürfen, um den einen oder den anderen Kontinent zu erreichen, weil die Meerenge zwischen dem Ostkap an der ostasiatischen und dem Kap Prince de Galles an der amerikanischen Küste nur ein schmales Becken bildete.

Es erscheint begreiflich, mit welcher Aufmerksamkeit man die geringste Veränderung der Insel beachten mußte. Die Lage wurde demnach immer, sobald der Zustand des Himmels es gestattete, bestimmt, und von dieser Zeit ab ergriffen Leutnant Hobson und seine Begleiter alle Vorsichtsmaßregeln zu einer bevorstehenden und vielleicht übereilten Einschiffung.

Die eigentlichen esten Zwecke der Faktorei, d. h. die Jagd und die Unterhaltung der Fallen, gab man selbstverständlich ganz auf, und strotzten die Magazine von Pelzfellen, welche doch zum größten Teil verloren waren. Jäger und Fallensteller feierten also. Der Meister Zimmermann vollendete mit seinen Leuten das Fahrzeug in der Erwartung, dasselbe, sobald das Meer frei wäre, vom Stapel laufen zu lassen, und beschäftigte sich dann damit, das Hauptgebäude des Forts noch fester zu machen, da es während des Tauwetters einem starken Druck durch das Eis der Küste ausgesetzt sein könnte, wenn Kap Bathurst diesem nicht genug Widerstand leistete.

So unterstützte man die Holzmauern durch starke Pfeiler. Im Innern der Zimmer stellte man da und dort noch lotrechte Stämme auf, die den Deckbalken weitere Stützpunkte boten. Nachdem auch der Dachstuhl durch Stützbänder und Strebepfeiler verstärkt war, konnte das Haus eine ganz beträchtliche Last aushalten, denn es war sozusagen kasemattiert. Die Beendigung dieser Arbeiten fiel in die ersten Tage des Monats April, und man sollte bald die Überzeugung von deren Nützlichkeit sowohl als ihrer Zeitgemäßheit gewinnen.

Inzwischen traten die Vorzeichen der kommenden

Jahreszeit tagtäglich deutlicher hervor. Der eigentümliche zeitige Frühling folgte ja einem für Polarländer unerwartet milden Winter. Schon erschienen an den Bäumen einige Knospen. Unter dem wieder aufsteigenden Saft schwoll die Rinde der Birken, Weiden und einzelner Gesträuche an. Mit blassem Grün schmückten junge Moose die Abhänge, welche den Sonnenstrahlen direkt ausgesetzt waren, konnten aber nicht eingebracht werden, da die in der Umgebung der Faktorei angehäuften, hungrigen Nagetiere ihnen kaum Zeit ließen, aus der Erde hervorzukeimen.

Wenn irgend jemand seine liebe Not hatte, so war es der wackere Korporal Joliffe, dem die von seiner Frau besäten Beete zu schützen aufgetragen war. Sonst nur beschäftigt, dieselben gegen die Schnäbel der geflügelten Räuber, die Schneegänse und Taucherhühner, zu verteidigen, wozu im Notfalle auch eine Vogelscheuche hingereicht hätte, setzten ihm jetzt auch noch die Nagetiere und Wiederkäuer der arktischen Fauna zu, die der Winter ja nicht vertrieben hatte. Rentiere, Polarhasen, Bisamratten, Spitzmäuse usw. verspotteten alle Maßregeln des Korporals. Wenn er sie von dem einen Ende seines Gartens wegjagte, beraubten sie nur einstweilen das andere.

Es hätte sich wohl als das Klügste empfohlen, eine Ernte, von der man doch keinen Nutzen ziehen konnte, so zahlreichen Feinden einfach zu überlassen, da die Faktorei binnen kurzem aufgegeben werden mußte. Dahin ging auch der Rat der Mrs. Paulina Barnett, wenn der Korporal sie zwanzigmal des Tages mit seinen ewigen Klagen ermüdete; doch Korporal Joliffe wollte absolut keine Vernunft annehmen.

»So viel verlorene Mühe!« wiederholte er stets, »ein solches Etablissement verlassen, nun es auf dem besten Wege des Gedeihens ist. Die Körner opfern, die Mrs. Joliffe und ich mit solcher Sorgfalt gesät haben! Oh, Madam, manchmal wandelt mich eine Lust an, Sie alle wegziehen zu lassen und mit meiner Gattin allein hier zurückzubleiben. Gewiß würde die Kompanie die Insel uns ganz zum Eigentum überlassen . . .«

Solche sinnlose Gedanken konnte Mrs. Paulina Barnett freilich nur mitleidig belächeln, und sie schickte den Korporal zu seiner kleinen Frau, welche die Ernte an Sauerampfer, Löffelkraut und anderen antiskorbutischen Hausmitteln schon längst aufgegeben hatte.

Der Gesundheitszustand der ganzen Kolonie hielt sich zum Glück ganz ausgezeichnet, auch der kleine Bursche erfreute sich wieder des besten Wohlseins und gedieh sichtlich unter den warmen Strahlen der Frühlingssonne.

Vom 2. bis zum 5. April machte das Tauwetter entschiedene Fortschritte; die Wärme wurde recht fühlbar, doch blieb der Himmel bedeckt und häufig fiel Regen in großen Tropfen. Mit warmer Feuchtigkeit beladen wehte der Wind vom Festland her. Leider verbot eine so dunstige Atmosphäre jede astronomische Beobachtung, da Sonne, Mond und Sterne sich hinter diesem undurchsichtigen Vorhang verbargen. Jetzt, wo es so hochwichtig war, die geringsten Lageveränderungen der Insel Victoria festzustellen, wurde jener Umstand nur desto unangenehmer fühlbar.

In der Nacht vom 7. zum 8. April begann der Eisbruch. Als Leutnant Hobson, Mrs. Barnett, Kalumah und Sergeant Long an diesem Morgen Kap Bathurst bestiegen, fiel ihnen eine entschiedene Veränderung der Packeismauer ins Auge. Der ungeheure Wall hatte sich in der Mitte geteilt und bildete zwei deutlich zu unterscheidende Teile, deren oberer offenbar nach Norden abzuweichen schien.

Machte sich hier der Einfluß des Kamtschatkastromes geltend? Würde die schwimmende Insel dieselbe Richtung einschlagen? Wie lebhafte Empfindungen der Angst erweckte diese Ungewißheit in der Brust des Leutnants und seiner Begleiter. In wenigen Stunden konnte ihr Los entschieden sein, denn wenn es das Unglück wollte, daß sie noch mehrere hundert Meilen nach Norden hinaufgetrieben wurden, so wuchsen auch die Mühen und Gefahren einer weiteren Seefahrt auf dem doch verhältnismäßig beschränkten Schiffchen.

Zum Unglück ging den Überwinternden jetzt jedes

Mittel ab, den Umfang und die Natur der sich vollziehenden Ortsveränderung abzuschätzen. Sie vermochten nur zu konstatieren, daß die Insel sich noch nicht bewegte, mindestens nicht in dem Sinne der Schollenwand, da sich diese merklich entfernte. Man gelangte also zu der Annahme, daß ein Teil des Eisfeldes sich losgetrennt habe und wieder nach Norden hinauf treibe, während der Teil, welcher der Insel unmittelbar anlag, noch unbeweglich bleibe.

Auch diese Abweichung der hohen Eisbarriere war nicht imstande, Kalumahs Ansichten zu modifizieren. Sie behauptete immer wieder, daß der Eisbruch von Norden nach Süden zu erfolge und daß auch das Packeis in nicht zu ferner Zeit dem Einfluß des Beringstromes unterliegen werde. Um sich verständlicher zu machen, zeichnete die junge Eingeborene die Umrisse der Meerenge mittels eines Stäbchens in den Sand und suchte zu beweisen, daß die Insel sich der amerikanischen Küste werde nähern müssen. Hierin konnte sie kein Widerspruch beirren, und man fühlte sich fast beruhigter, wenn man sie ihre Sache mit solcher Sicherheit verteidigen hörte.

Die nächsten Tage jedoch schienen Kalumah allerdings unrecht zu geben. Immer weiter und weiter verschwand der bewegliche Teil der Eismauer nach Norden zu. Der Aufbruch des Meeres ging mit furchtbarem Getöse vor sich, und längs der ganzen Insel lösten sich die Massen unter betäubendem Lärm, der es unmöglich machte, sich in freier Luft gegenseitig zu hören; so krachte es mit der Gewalt eines unausgesetzten Kanonendonners ringsumher. Eine halbe Meile um Kap Bathurst herum schoben sich die Schollen drohend übereinander. Die Packeiswand hatte sich in zahlreiche Stücke zerteilt, die als ebenso viele Eisberge umhertrieben. Ohne es laut werden zu lassen, war Leutnant Hobson doch sehr beunruhigt, so daß auch Kalumahs Versicherungen ihm nicht mehr genügten, trotzdem diese seine Einwürfe nie unerwidert ließ.

Am Morgen des 11. April wies Leutnant Hobson Kalumah die letzten Eisberge, welche im Norden verschwanden, und suchte ihr zu beweisen, daß ihre Ansichten doch nicht verläßlich seien.

»Und doch, nein, nein!« rief diese mit überzeugterem Ton als je vorher, »nein! Die Schollenwand zieht nicht nach Norden, aber unsere Insel treibt nach Süden!«

Vielleicht hatte Kalumah recht, wenigstens war Jasper Hobson von dieser unerwarteten Antwort betroffen. Wirklich konnte ja das Verschwinden des Packeises nur ein scheinbares sein, während vielmehr die Insel Victoria schon nach der Meerenge getrieben wurde. Auch diesen Fall angenommen, wie sollte man jetzt die Richtung und Größe der Bewegung ohne Aufnahme der Länge und Breite abschätzen?

In der Tat dauerte die bedeckte und zu Beobachtungen ungeeignete Witterung nicht nur weiter an, sondern sie wurde sogar durch ein in den Polargegenden eigentümliches Phänomen noch dunkler und im Gesichtskreise beschränkter.

Zusammenfallend mit dem Anfang des Tauwetters hatte sich die Temperatur nämlich um mehrere Grade erniedrigt. Ein dichter Nebel verhüllte bald diese Teile des Arktischen Meeres, doch war das kein gewöhnlicher Nebel. Der Boden überzog sich mit einer von dem eigentlichen Eis ganz verschiedenen weißen Kruste, die nur aus wässerigen, nach erfolgtem Niederschlag gefrierenden Dünsten bestand. Die losen Teilchen dieses Nebels hängten sich an die Bäume, Sträucher, an die Mauern des Forts, überhaupt an alles Hervorspringende in dicker Lage an, aus der nur lange Fasern heraustraten, die der Wind hin und her bewegte.

Jasper Hobson erkannte diese Erscheinung, von deren Auftreten im Frühling die Walfänger und Überwinternden nicht selten berichten, sehr bald.

»Das ist kein Nebel«, sagte er zu seinen Leuten, »das ist ein ›Frost-rime‹, ein Rauchfrost, ein dichter Dunst im Zustand der Erstarrung.«

Ob Nebel oder Rauchfrost, jedenfalls war das Auftreten dieser Erscheinung nicht minder bedauerlich, denn jener stieg bis zu einer Höhe von wenigstens hundert Fuß über die Meeresfläche an, und seine Undurchsichtigkeit machte das Erkennen von Personen schon auf drei Schritte Entfernung unmöglich.

Wie sehr verstimmte das die Bewohner der Kolonie, denen die Natur keine Prüfung ersparen zu wollen schien. Gerade zur Zeit des Tauwetters, wo die irrende Insel von den Fesseln, die sie seit so langen Monaten trug, frei werden sollte, in dem Augenblick, wo es so nötig war, ihre geringsten Bewegungen zu überwachen, gerade da mußte dieser Nebel jede Beobachtung verhindern!

Vier Tage über dauerte das in gleichem fort! Erst am 15. April zerstreute sich der Rauchfrost, als ihn am frühen Morgen ein frischer Südwind zerriß und aufsaugte.

Hell glänzte die Sonne. Leutnant Hobson stürzte nach seinen Instrumenten. Er maß die Höhe jener und berechnete als tatsächliche Lage der Insel:

Breite 69° 57'; Länge 179° 33'.

Kalumah hatte recht gehabt. Die vom Beringstrom ergriffene Insel Victoria wendete sich wieder nach Süden.

Siebzehntes Kapitel

Der Eissturz

Endlich näherten sich nun die Überwinterer dem besuchteren Meer der Beringstraße und brauchten nicht mehr zu fürchten, wieder nach Norden verschlagen zu werden. Jetzt war nur noch die Ortsveränderung der Insel zu überwachen und ihre infolge verschiedener Hindernisse sehr wechselnde Geschwindigkeit abzuschätzen. Jasper Hobson ließ sich das ängstlich angelegen sein und maß die Höhe der Sonne und einzelner Sterne Tag für Tag aufs genaueste. Unter Voraussetzung einer jetzt gleichbleibenden Schnelligkeit berechnete er am folgenden Tag, dem 16. April, daß die Insel mit Anfang Mai den Polarkreis, von dem sie noch zwei Breitengrade entfernt war, durchschneiden müsse.

Dann lag die Annahme nahe, daß sie, an der engsten

Stelle der Meerenge eingekeilt, bis zu der Zeit, wo das zunehmende Tauwetter ihr Platz schaffen würde, unbewegt verharrte. Zu derselben Zeit wolle man aber das Fahrzeug vom Stapel laufen lassen und nach der Küste Amerikas segeln.

Wie schon erwähnt, war alles zur schnellsten Einschiffung vorbereitet.

Mit mehr Geduld und vorzüglich mit mehr Vertrauen als jemals warteten die Bewohner der Insel der Zukunft. Die hartgeprüften Leute fühlten es voraus, daß ihre Lage sich der endlichen Lösung näherte und sie so dicht an einem oder dem anderen Erdteile vorüberkommen würden, daß nichts sie hindern könne, binnen wenigen Tagen daselbst zu landen.

Ein neues Leben zog mit dieser Aussicht in ihre Herzen ein; sie gewannen die natürliche Heiterkeit wieder, welche vorher die langen Prüfungen niedergehalten hatte. Bei den Mahlzeiten ging es lustig her; an Küchenvorräten fehlte es ja nicht, und die Verhältnisse schreiben kein sparsames Umgehen mit denselben vor. Nun machte sich auch der Einfluß des Frühlings geltend, und jeder sog die warmen Lüfte, die er daherwehte, mit vollem Wohlbehagen ein.

Während der folgenden Tage wurden mehrere kurze Ausflüge ins Innere der Insel und nach den Küsten derselben unternommen. Die Tiere alle waren noch in derselben reichen Anzahl vorhanden und konnten ja auch gar nicht daran denken, die Insel zu verlassen, da das jetzt vom amerikanischen Kontinent abgelöste Eisfeld keinen Übergang nach demselben zuließ.

Weder im Innern der Insel noch an irgendeinem hervorragenden Küstenpunkt derselben zeigte sich irgendwelche merkliche Veränderung; auch die Ufer der Lagune erwiesen sich noch unverändert. Der große Spalt, der sich neben Kap Michael während jenes heftigen Sturmes aufgetan hatte, war durch den verflossenen Winter wieder vollkommen geschlossen und ein anderer Sprung nirgends beobachtet worden.

Bei derartigen Ausflügen sah man ganze Banden Wölfe, wie sie eilenden Laufes die Insel durchstreiften.

Von der ganzen Fauna blieben diese feigen Raubtiere die einzigen, welche bei der drohenden allgemeinen Gefahr nicht zutraulicher wurden.

Mehrmals kam auch Kalumahs Retter wieder zum Vorschein. Melancholisch trabte der würdige Bär durch die Einöde und blieb nur stehen, wenn sich Menschen näherten. Manchmal folgte er ihnen auch, im Bewußtsein vor jeder Gefahr sicher zu sein, bis zum Fort nach.

Am 20. April konstatierte Jasper Hobson, daß die Insel in ihrer Abweichung nach Süden noch immer fortfahre. Die Überbleibsel der Packeiswand, Eisberge und Schollen ihrer südlicheren Teile, folgten ihr in gleichbleibender Entfernung, so daß in Ermangelung jedes andern Merkzeichens nur die astronomischen Beobachtungen über die Ortsveränderung Aufschluß gaben.

An verschiedenen Stellen und vorzüglich am Fuße des Kap Bathurst ließ Leutnant Hobson auch Messungen der Eisstärke der Insel vornehmen. Diese ergaben keine Zunahme während der verflossenen Kälteperiode, auch schien das allgemeine Niveau der Insel nicht höher aus dem Meere emporgestiegen zu sein, und folglich erschien es ratsam, den zerbrechlichen Boden derselben so bald als möglich zu verlassen, bevor er sich in dem wärmeren Wasser des Pazifischen Ozeans auflöste.

Zu dieser Zeit, nämlich am 25. April, änderte sich die Orientation der Insel zum dritten Male, und zwar um anderthalb Viertel des Umfangs (135°) in der Richtung von Norden nach Osten. Kap Bathurst sprang nun nach Nordwesten zu vor. Die letzten Reste der Schollenwand begrenzten den Horizont im Norden. Hierdurch war also bewiesen, daß das Eisfeld sich in der Meerenge noch frei bewegte und an keiner Seite ein Land berührte.

Der entscheidende Augenblick kam nun heran. Mit Genauigkeit ergaben die täglichen oder nächtlichen Beobachtungen die Situation der Insel und des Eisfeldes. Am 30. April wich die Gesamtmasse nach der Kotzebue-Bai, einem ausgedehnten dreieckigen Einschnitt, der tief in die Küste Amerikas hineingreift, merklich ab. Südlich von dieser springt das Kap Prince-de-Galles vor, das die schwimmende Insel wahrscheinlich aufhalten mußte, wenn sie die Mitte der engen Straße nicht ganz genau einhielt.

Jetzt blieb die Witterung beständig schön, und häufig las man am Thermometer wohl 10° Wärme ab, so daß die Winterkleidung abgelegt werden konnte. Der Astronom hatte in der Schaluppe, die noch immer auf dem Zimmerplatz lag, schon seinen ganzen gelehrten Apparat, Instrumente und Bücher, untergebracht. Ebenso waren neben einer Anzahl der kostbarsten Pelzfelle hinreichende Nahrungsmittel im voraus eingeschifft worden.

Am 2. Mai lieferte eine sehr sorgfältige Beobachtung das erfreuliche Resultat, daß die Insel Victoria zu einer Ablenkung nach Osten hinneigte und folglich dem amerikanischen Festland noch näher kam. Hiermit verschwand auch die Furcht, von dem längs des asiatischen Ufers verlaufenden Kamtschatkastrom aufs neue ergriffen und nach Norden verschlagen zu werden. Endlich schienen sich die Aussichten für die armen Dulder günstiger zu gestalten!

»Ich glaube, wir haben unser widriges Geschick nun ermüdet, Madam«, sagte da Sergeant Long zu Mrs. Paulina Barnett. »Wir kommen ans Ende unserer Leiden, und ich hoffe, daß uns keine neuen mehr aufgespart sind.«

»Ich teile ganz Ihre Ansicht, Sergeant«, entgegnete die Reisende, »und bin herzlich froh darüber, daß wir vor fünf Monaten auf die Fahrt über das Eisfeld verzichteten. Durch seine Unwegsamkeit lieh uns die Vorsehung ihre Hilfe!«

Gewiß hatte Mrs. Paulina Barnett recht, in dieser Weise zu sprechen, denn welche Hindernisse mußte diese Winterreise, welche Gefahren die lange Polarnacht bergen, und dazu lagen damals fünfhundert Meilen zwischen der Insel und der Küste.

Am 5. Mai verkündete Jasper Hobson seinen Gefährten, daß sie eben den Polarkreis überschritten hätten und damit in diejenigen Teile der Erde zurückkehrten, welche die Sonne selbst zur Zeit ihrer größten südlichen Abweichung niemals verließ. Für die wackeren Leute erschien das wie eine Rückkehr in die bewohnten Länder der Welt.

Dieser Tag wurde durch manchen guten Schluck gefeiert, und man kredenzte ein Glas dem Polarkreise, wie es auf den Schiffen Sitte ist, die zum ersten Male die Linie (d. i. den Äquator) passieren.

Nun galt es also bloß noch den Zeitpunkt abzuwarten, wo das schon lose und halb zerfetzte Eis dem Schiff, das die ganze Kolonie tragen sollte, eine offene Fahrstraße bieten würde.

Am 7. Mai unterlag die Insel nochmals einer Viertelsdrehung. Kap Bathurst wies nun wieder nach Norden, über sich die Massen, welche von der Packeiswand noch übrig waren. Es hatte demnach die Orientation wieder erlangt, wie sie auf den Karten verzeichnet war, so lange es noch dem amerikanischen Festland angehörte. Nach dieser nun vollständigen Umdrehung der Insel hatte die Morgensonne nach und nach jeden Punkt ihrer Küste getroffen.

Am 8. Mai ließ die Sonnenbeobachtung erkennen, daß die vorläufig feststehende Insel etwa die Mitte der Meerenge einnahm und nur vierzig Meilen vom Kap Prince-de-Galles entfernt lag. Das Land war also in verhältnismäßig kurzer Entfernung fast in Sicht, und aller Rettung schien gesichert.

Am Abend wurde im großen Saal ein festliches Mahl arrangiert, bei dem es an Toasten auf Mrs. Paulina Barnett und Leutnant Hobson nicht fehlte.

Noch dieselbe Nacht beschloß letzterer, nach den etwaigen Veränderungen des Eisfeldes im Süden der Insel zu sehen und womöglich ein brauchbares Fahrwasser aufzufinden.

Mrs. Paulina Barnett wollte Jasper Hobson hierbei begleiten, doch dieser bestand darauf, daß sie sich einige Ruhe gönne, und nahm nur Sergeant Long mit sich.

Die Nacht war schön. Statt des Mondes leuchteten die Sterne alle in prächtigem Glanz. Eine Art zerstreuten und durch das Eisfeld wiedergestrahlten Lichtes erhellte die Atmosphäre einigermaßen und erweiterte den Gesichtskreis. Die beiden Kundschafter verließen um neun

Uhr das Fort und wandten sich zunächst nach dem Küstenstrich zwischen dem Barnett-Hafen und Kap Michael.

Auf zwei bis drei Meilen folgten sie dem Ufer. Doch welch grausigen Anblick bot noch immer das Eisfeld! Welches Schollenlabyrinth! Welches Chaos! Man stelle sich einen ungeheuren Haufen der sonderbarsten Kristalle vor, ein Meer, das, vom Orkan aufgewühlt, urplötzlich festgebannt wurde. Jedenfalls zeigte sich zwischen dem Eis kein irgendwie freier Durchgang, den ein Schiff hätte benutzen können.

Bis Mitternacht verweilten Leutnant Hobson und der Sergeant unter Gesprächen und Beobachtungen am Ufer. Da sie aber bemerkten, daß sich in dem allgemeinen Zustand nichts änderte, beschlossen sie, nach Fort-Esperance zurückzukehren, um auch selbst einige Stunden der Ruhe zu genießen.

Schon hatten sie einige hundert Schritte zurückgelegt und befanden sich am Bett des ehemaligen Paulina-Flusses, als ein unerwartetes Geräusch ihre Schritte hemmte. Es ähnelte einem entfernten Donnergrollen und kam aus den nördlichen Teilen des Eisfeldes her. Der Lärm verdoppelte sich sehr schnell und wurde bald zum entsetzlichen Getöse. Jedenfalls ging in jenen Seegebieten eine sehr folgenschwere Erscheinung vor sich, und zu seiner größten Bestürzung fühlte Leutnant Hobson den Boden der Insel unter den Füßen erzittern.

»Jenes Tosen kommt von der Seite der Eisbank her«, sagte Sergeant Long. »Was mag da vorgehen?«

Jasper Hobson gab keine Antwort und zog, im höchsten Grad beunruhigt, seinen Begleiter nach dem Ufer zu.

»Nach dem Fort! Nach dem Fort!« rief Leutnant Hobson. »Vielleicht hat sich das Eis verschoben und können wir unser Schiff ins Wasser bringen!«

Atemlos stürmten beide auf kürzestem Weg zum Fort-Esperance.

Tausend Gedanken schwirrten durch ihren Kopf. Welche neue Erscheinung war die Ursache jenes Höllenlärmens? Hatten die schlafenden Bewohner des Forts davon Kenntnis? Gewiß, denn die von Minute zu Minute sich verdoppelnden Detonationen hätten, wie man zu sagen pflegt, hingereicht, um »Tote zu erwecken« .

Binnen zwanzig Minuten hatten Jasper Hobson und Sergeant Long die zwei Meilen bis Fort-Esperance durchlaufen. Noch vor dessen Palisadenwand aber bemerkten sie ihre Gefährten, Männer und Frauen, welche in Unordnung, zum Tode erschreckt und unter verzweifelndem Aufschrei entflohen.

Der Zimmermann Mac Nap mit seinem Kinde auf dem Arm traf zuerst auf den Leutnant.

»Da! Sehen Sie, Herr Hobson!« rief er und zog den Leutnant nach einer kleinen Erhöhung hinter dem Zaun der Faktorei. Jasper Hobson traute kaum seinen Augen.

Die letzten Reste des Packeises, bei seinem Weggang noch zwei Meilen vom Ufer, hatten sich auf dasselbe gestürzt. Kap Bathurst existierte nicht mehr! Seine Erd- und Sandmassen waren von den Eisbergen zerdrückt und mit den Eisbergen über die Ansiedlung hereingeschoben worden. Das Hauptgebäude und alles, was nördlich von diesem lag, war unter der enormen Lawine verschwunden. Unter Donnerkrachen sah man die Schollen sich noch eine über die andere schieben, herabstürzen und zerschmettern, was in ihrem Weg lag. Das Bild glich einem Sturmangriff von Eisbergen auf die unglückliche Insel.

Das mühsam am Fuße des Kap Bathurst erbaute Schiff war – zertrümmert . . . die letzte Hilfe der armen Kolonisten verschwunden!

In diesem Augenblick brach das früher von den Soldaten bewohnte Nebenhaus unter einem furchtbaren Eisstoß zusammen. Jene selbst hatten sich noch früh genug retten können. Den Unglücklichen entrang sich ein herzzerreißender Schrei der Verzweiflung.

»Und die anderen! Unsere Begleiterinnen! . . .« rief der Leutnant im Ton des furchbarsten Schreckens.

»Sind noch dort!« erwiderte Mac Nap und wies auf den Berg von Erde, Sand und Eis, unter dem das Hauptgebäude vollkommen vergraben lag.

Wirklich, dieser Trümmerhaufen bedeckte Mrs. Paulina Barnett, und mit ihr Madge, Kalumah und Thomas Black, welche der Eissturz alle im Schlafe überrascht hatte.

Achtzehntes Kapitel

Alle Hände beschäftigt!

Eine furchtbare Umwälzung hatte stattgefunden und die Eisbank sich auf die schwimmende Insel gestürzt. Bis zu einer großen Tiefe, der fünffachen ihrer über das Wasser aufragenden Höhe, ins Meer eintauchend, hatte jene dem Zug der unterseeischen Strömungen nicht zu widerstehen vermocht, und als sich ein Weg durch das gesprengte Eis öffnete, war sie mit voller Wucht auf die Insel Victoria gestoßen, die durch den heftigen Anprall getrieben, schnell nach Süden zu abwich. Im ersten Augenblick, als der Eissturz donnernd die Ställe und das Hauptgebäude zertrümmerte, hatten Mac Nap und seine Leute alle ihre bedrohte Wohnung noch verlassen können. Schon war das Unheil aber geschehen – von den andern Wohnräumen war kein Balken mehr sichtbar. Und jetzt entführte die Insel ihre Bewohner nach dem endlosen Ozean! Vielleicht lebten aber unter diesem Trümmerhaufen ihre mutige Gefährtin, Mrs. Paulina Barnett, Madge, die junge Eingeborene und Thomas Black noch? Zu ihnen mußte man eindringen, und sollte man nur ihre Leichen wiederfinden.

Der Leutnant, welcher zuerst wie vom Donner gerührt war, gewann sein kaltes Blut wieder und rief:

»An die Beile und die Hacken! Das Haus ist fest und hat den Druck wohl aushalten können! Ans Werk!«

Äxte und Hacken fehlten zwar nicht, doch verbot sich in diesem Augenblick jede Annäherung an die Umzäunung. Noch immer glitten und polterten Schollen von den gelockerten Eisbergen, deren einige die Insel Victoria wohl um zweihundert Fuß überragten. Die zerschmetternde Gewalt dieser Massen, welche vom nördlichen Horizont her überall heranzurücken schienen, kann man sich daraus leicht vorstellen. Der ganze Küstenstrich zwischen dem früheren Kap Bathurst und dem Kap Eskimo war von ihnen umschlossen, und schon drängten sie sich bis auf eine Viertelmeile über denselben herein. Fortwährend verriet das Erzittern des Bodens und das erneute Donnern und Krachen die Loslösung frischer Massen und ließ befürchten, daß die Insel unter einer solchen Last versinken würde. Aus einer sehr merklichen Neigung des Bodens erkannte man auch, daß sich das Ufer dort nach und nach senkte, und schon rollten die langen Meereswellen bis in die Nähe der Lagune.

Die Lage der Unglücklichen war eine schreckliche, und dazu mußten sie die ganze Nacht über, ohne einen Rettungsversuch ihrer Freunde vornehmen zu können, erfaßt von düsterer Verzweiflung verbringen, da die Eisstürze jede Annäherung unmöglich machten und sie weder dagegen ankämpfen noch dieselben abwenden konnten.

Endlich brach der Tag an. Welch ein Bild der Zerstörung bot da ihre Umgebung! So weit das Auge reichte, schloß eine Mauer von Eis den Gesichtskreis, doch schienen die Massen wenigstens für jetzt zur Ruhe gekommen zu sein, und nur da und dort bröckelte sich noch ein schlecht unterstütztes Eisstück von dem Haufen los. Die ganze gewaltige, tief eintauchende Masse teilte aber nun ihre Kraft der Abweichung, welche die unterseeische Strömung ihr verlieh, der Insel mit und drängte diese nach dem Süden, dem Untergang zu.

Keiner der unglücklichen Bewohner ward indes hiervon etwas gewahr. Ihnen lag die Rettung der Opfer dieses Unfalls am Herzen, und unter diesen befand sich die mutige, von allen geliebte Frau, für die sie gern ihr eigenes Leben gelassen hätten. Jetzt, da man sich der Umzäunung wieder nähern konnte, galt es zu handeln und keine Minute zu verlieren, denn schon sechs Stunden lang seufzten die Opfer unter den Trümmern des Eissturzes.

Das Kap Bathurst gab es, wie gesagt, nicht mehr. Von

einem ungeheuren Eisberg getroffen, hatte es sich über die Faktorei gestürzt, das Schiff zertrümmert, die Ställe bedeckt und die Tiere darin zermalmt. Hierauf verschwand das Hauptgebäude unter einer Lage von Sand und Erde, über welche sich die Eisblöcke bis zu einer Höhe von fünfzig bis sechzig Fuß auftürmten. Der Hof war vollständig ausgefüllt, und von der Palisade sah man kaum noch einen Pfahl. Und unter diesem Gemisch von Erde, Sand und Eis sollten die Unglücklichen ausgegraben werden.

Noch bevor man ans Werk ging, rief Leutnant Hobson den Zimmermann zu sich.

»Mac Nap«, sagte er, »glauben Sie, daß das Haus den Eisdruck ausgehalten haben könne?«

»Das möchte ich fast behaupten, Herr Leutnant«, erwiderte Mac Nap. »Das Haus hatten wir, wie Sie ja wissen, noch widerstandsfähiger gemacht, das Dach kasemattiert, und die aufgerichteten Stämme im Innern müssen nur noch zu seiner Festigkeit beitragen. Vergessen Sie auch nicht, daß dasselbe zuerst mit einer Schicht von Sand und Erde überdeckt worden ist, welche das Aufschlagen des herabstürzenden Eises wesentlich gemildert haben mag.«

»Gott möge Ihnen recht geben, Mac Nap«, entgegnete Jasper Hobson, »und uns einen solchen Schmerz ersparen!«

Da kam Mrs. Joliffe hinzu.

»Sind noch Lebensmittel in dem Hause vorrätig?« fragte er diese.

»Jawohl, Herr Hobson«, antwortete sie, »Küche und Speisekammer sind noch hinreichend versorgt.«

»Auch mit Wasser?«

»Mit Wasser und etwas Branntwein«, bestätigte Mrs. Joliffe.

»Gut«, sagte Leutnant Hobson, »durch Hunger und Durst werden sie also nicht zugrunde gehen, aber wird ihnen die Luft nicht mangeln?«

Diese Frage konnte auch der Meister Zimmermann nicht beantworten; gerade hierin lag jedoch, vorausgesetzt, daß das Gebäude nicht zermalmt worden war, die größte Gefahr. Diese konnte nur durch eine schnelle Befreiung abgewendet werden, wenn es nicht vorher gelang, eine Verbindung zwischen der freien Luft und den Verschütteten herzustellen. Mit Axt und Schaufel gingen alle, Männer und Frauen, an die Arbeit; in Gefahr, von nachstürzenden Blöcken getroffen zu werden, griffen sie den Berg an. Mac Nap übernahm die Leitung der Arbeiten.

Er hielt es für das beste, am höchsten Punkt anzufangen, von wo aus man die aufgehäuften Schollen nach der Seite der Lagune herabwälzen konnte. Mittelgroße überwältigte man wohl mit der Axt und dem Hebel, noch größere mußten erst mit dem Beil zerkleinert werden, und wo auch das nicht ausreichte, nahm man das Feuer, das mit harzigen Stämmen genährt wurde, zu Hilfe. Nichts blieb unversucht, um die Eismassen in kürzester Zeit zu beseitigen.

Trotz der eifrigsten Anstrengung aber, und trotzdem man sich kaum Ruhe gönnte, um einige Bissen zu sich zu nehmen, sah man, als die Nacht hereinbrach, fast noch keine Verminderung des Schutthaufens, da eigentlich nur der Gipfel desselben abgeräumt war. Als nun weitere Nachstürze nicht mehr zu befürchten standen, entschied sich der Zimmermann dafür, nur einen lotrechten Schacht abzuteufen, wodurch er schneller an das Ziel zu gelangen und der freien Luft einen Zugang zu eröffnen hoffte.

Die ganze Nacht hindurch blieben Leutnant Hobson und alle seine Leute bei der Arbeit; mit Eisen und Feuer griff man die nicht zusammenhängenden Schollen an: die Männer schwangen die Äxte, die Frauen unterhielten die Flammen. Alle beseelte nur der eine Gedanke: Mrs. Paulina Barnett, Madge, Kalumah und Thomas Black zu retten!

Als aber der Morgen wieder graute, waren die Unglücklichen schon dreißig Stunden und in einer durch die dicke Schicht über ihnen gewiß verschlechterten Luft verschüttet.

Der Zimmermann begann nun die Abteufung des Schachtes, der direkt auf dem Dachstuhle des Hauses münden sollte, wozu derselbe seiner Berechnung nach eine Länge von etwa fünfzig Fuß erhalten mußte. Durch das Eis hindurch, d. h. ungefähr zwanzig Fuß tief, mochte die Arbeit wohl eine leichte sein, aber die Schwierigkeiten drohten zu wachsen, wenn man dahin kam, gegen dreißig Fuß durch die lockere Erd- und Sandmasse einzudringen. Zur Ausplankung dieser Strecke wurden demnach lange Stämme zugerichtet und dann der Schacht in Angriff genommen. Nur drei Mann konnten gleichzeitig daran arbeiten; da sich die Soldaten also in kurzen Zwischenräumen ablösten, durfte man auf einen schnellen Fortschritt der Arbeit rechnen.

Wie es immer in solch schrecklichen Lagen der Fall ist, schwankten die armen Leute oft zwischen Hoffnung und Verzweiflung hin und her. Wenn eine neue Schwierigkeit sie aufhielt oder ein Nachsturz einen Teil des Schachtes wieder ausfüllte, übermannte sie die Entmutigung, und bedurfte es der erfolgssicheren Aufmunterung des Zimmermanns, um sie aufs neue anzufeuern.

Während die Männer so der Reihe nach arbeiteten und aushöhlten, sorgten die drei Frauen fast ohne ein Wort zu wechseln und unter manchem stummen Gebet notdürftig für die Nahrung, welche die anderen in ihren Ruhepausen einnahmen.

Trotz der Härte des Eises und dem langsamen Fortschreiten der Schachtarbeit traten ihnen doch jetzt die größten Schwierigkeiten noch nicht entgegen. Erst mit dem Ende des Tages erreichte Mac Nap die loseren Schichten, deren Ausschachtung unter vierundzwanzig Stunden gar nicht zu erwarten war.

Wiederum kam die Nacht. Das Rettungswerk sollte nicht unterbrochen, sondern bei Fackelschein fortgesetzt werden. Daneben stellte man in aller Eile eine Art Eishaus her, in dem die Frauen und das Kind notdürftig Schutz fanden, als der Wind sich nach Südwesten gedreht hatte und ein mit heftigen Windstößen untermischter Regen herabfiel. Dagegen dachte weder Leutnant Hobson noch ein anderer daran, die Arbeit einzustellen.

Jetzt erst begannen die Hindernisse, da man in das bewegliche Erdreich nicht ohne Vorsichtsmaßregeln tief eindringen konnte, sondern den Schacht auszimmern mußte, um dem Nachrutschen der Erde zu wehren. Die aufgegrabenen Erde zogen die Männer mittels eines an einem Strick befestigten Eimers nach oben. Daß man jetzt nicht schnell vorwärts kam, ist wohl leicht einzusehen. Immer mußte man darauf acht haben, daß die Arbeitenden selbst nicht aufs neue verschüttet wurden.

Der Zimmermann blieb fast die ganze Zeit über mit im Grunde, beaufsichtigte die Arbeiten und sondierte wiederholt mit einer langen Stange. Noch traf er aber auf keinen Widerstand, wie ihn der Dachstuhl hätte leisten müssen.

Als es wieder tagte, war man nur zehn Fuß tief vorwärts gekommen, und noch lagerte eine zwanzig Fuß dicke Schicht über dem Dach des Hauses, wenn dieses dem Druck nicht nachgegeben hatte.

Seit vierundzwanzig Stunden schmachteten nun Mrs. Paulina Barnett, die beiden Frauen und der Astronom unter dem Schutthaufen!

Öfters fragten sich der Leutnant und Mac Nap, ob jene nicht ihrerseits den Versuch gemacht haben könnten, eine Verbindung nach außen herzustellen. Bei ihrem kalten Blut und ihrer Unerschrockenheit schien es unzweifelhaft, daß Mrs. Paulina Barnett, wenn sie sich überhaupt zu bewegen vermochte, versucht haben würde, sich einen Ausweg zu bahnen, da auch noch einige Werkzeuge im Haus vorhanden waren; wenigstens erinnerte sich einer der Leute Mac Naps mit Bestimmtheit, seine Axt in der Küche zurückgelassen zu haben. Sollten die Gefangenen keine Tür eingeschlagen und einen Gang durch die Sandschicht auszuhöhlen begonnen haben? Freilich konnten sie diesen nur in waagerechter Richtung ausgraben, und das verlangte eine weit längere Arbeit, als die Ausschachtung durch Mac Nap, denn der aufgetürmte Berg maß bei sechzig Fuß Höhe mehr als fünfhundert in seinem unteren Durchmesser. Diese Verhältnisse blieben den Verschütteten natürlich unbekannt, und hätten sie zur Herstellung eines horizontalen Ganges mindestens acht Tage nötig gehabt. Reichten die

Nahrungsmittel auch für so lange aus, so mußten sie doch inzwischen aus Mangel an frischer Luft zugrunde gehen.

Nichts desto weniger überwachte Jasper Hobson alle Teile der Schuttmasse, um jedes Geräusch durch ein Arbeiten von Innen her zu vernehmen. Aber nichts, gar nichts ließ sich hören.

Mit neuem Mut gingen alle bei Anbruch des Tages ans Werk. Erde und Sand förderte man durch die Mündung des Schachtes heraus, der sich regelmäßig vertiefte und dessen lose Wand die Zimmerung hinlänglich zurückhielt. Wenn auch kleine Nachschübe vorkamen, so wurden diese doch bald beseitigt, und man hatte den Tag über keinen neuen Unfall zu beklagen. Nur der Soldat Garry wurde durch ein herabstürzendes Eisstück leicht am Kopfe verwundet, wollte sich deshalb aber nicht von der Arbeit ausgeschlossen wissen.

Um vier Uhr hatte der Schacht eine Gesamttiefe von fünfzig Fuß erreicht, bei welcher Mac Nap auf den Dachstuhl zu treffen rechnete, wenn er dem Druck des Eissturzes widerstanden hätte.

Er befand sich in der Tiefe des Schachtes, und leicht kann man sich wohl seine Enttäuschung vorstellen, als er jetzt die Stange einbohrte und noch immer auf keinen Widerstand traf.

Einen Augenblick sah er mit gekreuzten Armen den mit anwesenden Sabine an.

»Nichts?« sagte der Jäger.

»Nichts«, antwortete der Zimmermann, »Nichts! Doch, guten Mut, das Dach könnte wohl nachgegeben haben, unmöglich aber die abgesteifte Zimmerdecke. Nur noch zehn Fuß, und wir müssen diese selbst erreichen ... oder ...«

Mac Nap sprach seinen Gedanken nicht ganz aus, und mit Sabines Beistand wurden die Arbeiten wieder aufgenommen.

Um sechs Uhr abends waren wiederum gegen zehn bis zwölf Fuß ausgehöhlt.

Von neuem sondierte Mac Nap. Noch immer nichts; seine Stange sank nur in die lose Erdmasse ein.

Da unterbrach der Zimmermann einen Augenblick seine Arbeit, bedeckte das Gesicht mit den Händen und murmelte halblaut:

»Ach, die Unglücklichen!«

Auf den Steifen, welche die Holzzimmerung hielten, hinaufkletternd, verließ er den Schacht.

Oben angelangt, traf er Leutnant Hobson und Sergeant Long ängstlicher als je, nahm sie beiseite und vertraute ihnen die schreckliche Enttäuschung, die er eben erfahren hatte.

»Nun denn«, sagte Jasper Hobson, »dann ist das Haus also von der Lawine zermalmt worden und die Armen ...«

»Nein«, fiel ihm der Zimmermann im Tone der unerschüttertsten Überzeugung in das Wort, »nein, das Haus ist nicht zerdrückt; so wie es gestützt war, mußte es alles aushalten; nein, es kann nicht sein!«

»Was ist aber dann geschehen, Mac Nap«, fragte der Leutnant, aus dessen Augen große Tränen perlten.

»Das will ich Ihnen sagen«, erwiderte jener, »das Haus wird noch ganz sein, aber der Boden, auf dem es stand, hat nachgegeben; es ist durch die Eiskruste gebrochen, die unsere Insel bildet. Es ist nicht zertrümmert, aber versenkt ... und die bedauernswerten Opfer ...«

»Sollen ertrunken sein?« rief Sergeant Long.

»Ja, Sergeant, ertrunken, bevor sie eine Bewegung machen konnten, wie die Passagiere eines untergegangenen Schiffes«.

Einige Augenblicke schwiegen die drei Männer. Mac Naps Hypothese mußte der Wahrheit wohl sehr nahe kommen. Was war denn wahrscheinlicher, als die Annahme, daß sich unter dem enormen Druck der Boden der Insel gesenkt und das unzerbrochene Haus denselben durchschlagen habe und im Abgrunde versunken sei?

»Nun denn, Mac Nap«, sagte Leutnant Hobson, »und wenn wir keine Lebenden retten können ...«

»Ja«, fiel der Zimmermann ein, »so wollen wir sie wenigstens tot wiederfinden!«

Nach diesen Worten nahm Mac Nap, ohne den anderen diese schreckliche Mitteilung zu machen, seine unterbrochene Arbeit im Grunde des Schachtes wieder auf, während Leutnant Hobson mit ihm hinabstieg.

Die ganze Nacht über blieb man tätig und löste sich von Stunde zu Stunde ab. Immer aber blieben Jasper Hobson und Mac Nap auf einer Steife gegenwärtig, um jeden Augenblick zu Hand zu sein.

Um drei Uhr morgens traf Kellets Axt auf einen harten Körper. Der Meister Zimmermann fühlte das mehr, als er es hörte.

»Wir sind auf dem Haus«, rief erfreut der Soldat – »Gerettet!«

»Schweig und fahre fort«, antwortete ihm der Leutnant mit dumpfer Stimme.

Jetzt waren schon nahe an sechsundsiebzig Stunden verflossen, seit der Eissturz über das Haus hereinbrach.

Kellet und sein Nebenmann, der Soldat Pond, schaufelten weiter. Die Tiefe des Schachtes mußte ziemlich die Oberfläche des Meeres erreicht haben, und folglich schwand Mac Nap nun jede Hoffnung. In weniger als zwanzig Minuten lag der harte Körper, auf den die Axt getroffen hatte, frei. Es war ein Balken des Daches. Der Zimmermann schwang sich vollends hinunter und beseitigte die schwächeren Latten, so daß eine ausreichende Öffnung entstand . . .

Da schleppte sich eine kaum erkennbare Gestalt durch die Dunkelheit heran.

Es war die Gestalt Kalumahs!

»Zu Hilfe, zu Hilfe!« rief die Arme mit schwacher Stimme.

Jasper Hobson kletterte durch die Öffnung. Er schauderte vor Kälte zusammen – das Wasser stieg ihm bis zum Gürtel. Das Dach war nicht, wie man vorausgesetzt, eingebrochen, wohl aber hatte das Haus, entsprechend der Annahme Mac Naps, den Boden durchschlagen und das Wasser eindringen lassen. Nur der Dachraum, in dem es kaum einen Fuß hoch stand, blieb noch frei davon. Es war noch eine schwache Hoffnung vorhanden! . . . Der Leutnant wagte sich in die Dunkelheit hinein und traf einen Körper ohne Bewegung. Diesen schleppte er nach der Öffnung hin, wo ihn Kellet und Pond empfingen und herauszogen. Es war Thomas Black.

Bald darauf wurde auch Madge aufgefunden. Mittels Seilen, welche man in den Schacht hinabließ, wurden beide an die freie Luft emporgezogen.

Noch galt es, Mrs. Paulina Barnett zu retten. Von Kalumah geführt, tastete sich Jasper Hobson durch den ganzen Bodenraum, an dessen Ende er die, welche er suchte, den Kopf kaum über dem Wasser, auffand. Die Reisende erschien wie tot. Leutnant Hobson trug sie auf seinen Armen nach der Öffnung, und wenige Minuten nachher erschienen alle an der oberen Mündung des Schachtes.

Ringsum standen sie alle versammelt, die Gefährten der mutigen Frau, doch ihre Verzweiflung raubte ihnen die Sprache.

Die junge Eskimodin hatte sich, so schwach sie selbst war, über den leblosen Körper der geliebten Freundin geworfen.

Noch atmete Mrs. Paulina Barnett und fühlte man ihren Pulsschlag; als dann die frische Luft durch ihre Lungen einzog, kam sie langsam zum Leben zurück.

Da löste sich ein Aufschrei der Freude aus aller Brust und stieg ein Ausruf des Dankes zum Himmel, der gewiß da droben gehört wurde.

Gleichzeitig ward es Tag; die Sonne stieg über dem Horizont auf und beleuchtete die Szene mit ihren ersten Strahlen.

Mit äußerster Anstrengung erhob sich Mrs. Paulina Barnett; von der Höhe der Lawine schaute sie wie prüfend um sich, und mit seltsamem Ton sagte sie die Worte:

»Das Meer, das Meer!«

Wirklich umrauschte auf beiden Seiten, im Westen und im Osten, das eisfreie Meer die schwimmende Insel!

Neunzehntes Kapitel

Das Beringmeer

Vom Packeis getrieben, war die Insel mit rasender Schnelligkeit bis in das Beringmeer gekommen, ohne in der gleichnamigen Meerenge ans Land zu stoßen. Immer wich sie noch ab, gedrängt durch die unwiderstehliche Eiswand, die ihre Kraft der unterseeischen Strömung der Tiefe entlehnte; immer schob sie diese dem erwärmteren Wasser entgegen, das bald ihr Untergang werden mußte, jetzt, da das rettende Fahrzeug zertrümmert war!

Mrs. Paulina Barnett kam allmählich wieder zu sich und konnte nun über das vierundsiebzigstündige Gefängnis in dem verschütteten Haus berichten.

Von der Plötzlichkeit des Eissturzes überrascht, waren alle nach Türen und Fenstern gesprungen. Kein Ausweg! Der Sand- und Erdhügel, welcher einige Augenblicke vorher noch Kap Bathurst hieß, lagerte über dem Haus. Fast gleichzeitig hörten die Gefangenen das Aufschlagen der ungeheuren Schollen, die das Packeis über die Faktorei stürzte.

Nach kaum einer Viertelstunde merkten Mrs. Paulina Barnett und ihre Leidensgefährten, wie das Haus, nachdem es dem enormen Druck von oben erfolgreich widerstanden, langsam durch den Boden der Insel einsank. Sein Untergrund verschwand, an dessen Stelle trat – das Wasser des Meeres!

Sich einiger in der Küche verbliebener Nahrungsmittel bemächtigen und nach dem Bodenraum entfliehen, war das Werk eines Augenblickes, die Folge eines unbestimmten Triebes der Selbsterhaltung. Und konnten die Unglücklichen denn ein Fünkchen Hoffnung bewahren? – Vorläufig schien wenigstens der Dachstuhl auszuhalten, über dem sich wahrscheinlich zwei Eisstücke gegeneinanderstemmten und ihn so vor dem Zerdrücktwerden bewahrten.

Immer hörten sie nach ihrer Flucht in den Bodenraum noch die riesigen Bruchstücke der Eislawine herunterpoltern, und dazu stieg unter ihnen das drohende Wasser. Hier der Tod durch Erdrücken, dort durch Ertrinken!

Wie durch ein Wunder leistete das Dach ausreichenden Widerstand, und auch das Haus kam, nachdem es zu einer gewissen Tiefe eingesunken war, zum Stehen, doch stieg das Wasser im Bodenraum wohl einen Fuß hoch.

Mrs. Paulina Barnett, Madge, Kalumah und Thomas Black hatten sich bis in die Balkenkreuzungen hinein geflüchtet, zwischen denen sie so lange Stunden aushalten mußten, wobei die dienstfertige Kalumah immer bereit war, einen oder dem anderen etwas Nahrung durch das Wasser hindurch zuzutragen. Jeder Rettungsversuch erschien vergeblich, nur von außerhalb konnte ihnen Hilfe kommen.

Eine entsetzliche Lage! Nur mühsam vermochten sie noch in der an Sauerstoff armen und mit Kohlensäure überladenen Luft zu atmen – wenn ihre Rettung sich noch um einige Stunden verzögerte, so hätte Jasper Hobson nur noch Leichen vorgefunden.

Mrs. Paulina Barnett begriff bald, was geschehen war. Sie vermutete, daß das Packeis über die Insel hereingebrochen sei, und schloß aus dem unter dem Haus rauschenden Wasser, daß diese widerstandslos nach Süden gedrängt werde. Hieraus erklärt es sich auch, warum sie nach wiedererlangtem Bewußtsein sogleich um sich blickte und jene wenigen Worte ausstieß, die nach dem Verlust des Schiffes eine so verhängnisvolle Bedeutung hatten.

In jenem Augenblick fehlte aber allen Übrigen die Zeit, sich nach dem umgebenden Meer umzusehen, nur für eines hatten sie ein Verständnis, für die Rettung derjenigen, die ihnen fast mehr als ihr eigenes Leben galt, und für die Madges, Kalumahs und Thomas Blacks. Bis jetzt fehlte also, trotz aller überstandenen Prüfungen und Gefahren, noch keiner von den Leuten, die Jasper Hobson wider seinen Willen zu einer so grauenvollen Lage geführt hatte.

Diese sollte sich aber bald noch weiter verschlimmern

und das Ende der Katastrophe herbeiziehen, deren Lösung ja nicht mehr fern sein konnte.

Leutnant Hobson beeilte sich, die Ortslage der Insel noch an demselben Tag aufzunehmen. Ein Verlassen der letzteren wurde nun nach Zerstörung des Fahrzeugs und Befreiung der Wasserfläche von ihrer Eisdecke zur Unmöglichkeit. An Stelle der Eisberge schwammen im Norden nur noch die Trümmer der Packeiswand, deren einstürzender Gipfel Kap Bathurst dem Boden gleichgemacht hatte und deren tief eingetauchte Basis die Insel nach Süden zu drängte.

Bei Durchsuchung der Trümmer des Hauptgebäudes fand man glücklicherweise die Instrumente und Karten, welche Thomas Black bei sich führte, unversehrt wieder auf. Zwar deckten Wolken den Himmel, doch erschien dann und wann die Sonne lange genug, so daß Leutnant Hobson deren Höhe mit hinreichender Genauigkeit messen konnte.

Die Berechnung ergab, daß sich die Insel an diesem Tag, dem 12. Mai, unter 168° 12’ westl. Länge von Greenwich und unter 63° 27’ nördl. Breite befand. Der auf der Karte eingezeichnete Punkt lag dem Norton-Golf zwischen dem asiatischen Vorgebirge Tschaplin und dem amerikanischen Kap Stephens gegenüber, doch von beiden Küsten mehr als hundert Meilen entfernt.

»Wir müssen also darauf verzichten, an einen Kontinent anzulaufen?« sagte da Mrs. Paulina Barnett.

»Ja, Madam«, erwiderte Jasper Hobson, »von dieser Seite ist jede Hoffnung geschwunden. Die Strömung reißt uns mit großer Schnelligkeit nach der offenen See hinaus, und wir können bloß noch auf die Begegnung eines Walfängers rechnen, der in Sicht der Insel vorüberkäme.«

»Könnte uns indes die Strömung«, fragte die Reisende, »wenn auch nicht gegen das Festland, so doch einer der Inseln im Beringmeer zutreiben?«

Wirklich schimmerte in dieser Möglichkeit noch eine schwache Hoffnung, an die sich die Halbverzweifelten anklammerten wie der Ertrinkende an das schwächste

Brett. An Inseln fehlte es ja nicht in jenen Teilen des Beringmeeres, da waren St. Laurent, St. Mathieu, Nouniwak, St. Paul, Georg u. a. m. Von St. Laurent, einer ziemlich umfangreichen Insel mit vielen benachbarten Eilanden, trennte die schwimmende Insel jetzt kein zu großer Zwischenraum, und beim Verfehlen jener durfte man noch auf den unterbrochenen Bogen der Aleuten rechnen, der das Beringmeer im Süden abschließt.

Ja, St. Laurent konnte zum Rettungshafen für die Verschlagenen werden! Und wenn nicht dieses, dann St. Mathieu oder die Gruppe kleiner Inseln, deren Mittelpunkt letztere bildet. Die Aleuten noch zu erreichen war bei ihrer Entfernung von mehr als achthundert Meilen kaum zu erwarten. Vorher, lange vorher mußte die gleichsam untergrabene Insel Victoria von dem wärmeren Wasser gelöst, von den Strahlen der Sonne, die schon in das Zeichen der Zwillinge trat, geschmolzen sein.

Jedenfalls erschien diese Annahme begründet. In der Tat ist die Entfernung, bis zu welcher sich das Eis dem Äquator nähert, sehr veränderlich und kleiner in der südlichen, größer in der nördlichen Hemisphäre. Nicht gar selten begegnet man jenem noch in der Breite des Kaps der Guten Hoffnung, d. h. etwa in der siebenunddreißigsten Parallele, während die dem Arktischen Meer entstammenden Eisberge noch niemals den vierzigsten Grad der Breite überschritten. Offenbar steht aber die Schmelzungsgrenze des Eises mit der Temperatur in bestimmtem Verhältnis und hängt wesentlich von klimatischen Bedingungen ab. Nach langen Wintern tritt das Eis noch unter niederen Breiten auf; bei frühzeitigem Tauwetter ist natürlich das Gegenteil der Fall.

So verhielt es sich aber bei dem zeitigen Frühling des Jahres 1861, welcher die Schmelzung der Insel Victoria um ebensoviel früher herbeiführen mußte. Schon färbte sich das Wasser des Beringmeeres grünlich und verlor sein bläuliches Aussehen, das ihm nach dem Bericht des Seefahrers Hudson bei Annäherung von Eisbergen eigentümlich sein soll. Jetzt, da nun die Schaluppe fehlte, stand eine Katastrophe jeden Augenblick zu befürchten.

Jasper Hobson suchte eine solche dadurch abzuwenden, daß er ein hinreichend großes Floß zimmern ließ, um im Notfall die ganze kleine Kolonie aufzunehmen und wohl oder übel nach dem Festland überzuführen oder wenigstens eine Zeit hindurch mit einiger Sicherheit in See zu halten. Im Übrigen wurde die Begegnung eines Schiffes mit jedem Tag wahrscheinlicher, da sich jetzt gewiß schon Walfänger nach dem Norden zu gehen anschickten. Mac Nap erhielt also Auftrag, ein geräumiges und festes Floß zu zimmern, welches sich schwimmend erhalten sollte, wenn die Insel Victoria unterginge.

Noch dringlicher erschien es aber, vorher irgendeinen bewohnbaren Raum herzustellen, in dem die unglücklichen Insassen der Insel ein schützendes Unterkommen finden konnten. Als einfachster Ausweg bot sich da die Abräumung des vormaligen Soldatenhauses, dessen Wände noch benutzbar sein würden. Entschlossen gingen alle ans Werk, und schon nach wenigen Tagen war man imstande, sich vor der Unbeständigkeit des regnerischen und stürmischen Klimas zu flüchten.

Auch im Hauptgebäude suchte man wiederholt nach, und es glückte, aus den versenkten Zimmern verschiedene mehr oder minder nützliche Gegenstände, Werkzeuge, Waffen, Bettgeräte, einige Möbel, die Ventilationspumpen, das Luftreservoir usw., zu retten.

Am folgenden Tag, dem 13. Mai, mußte man jede Hoffnung aufgeben, bei der Insel St. Laurent anzulanden. Die Lagebestimmung lieferte den Beweis, daß die Insel weit östlich von jener vorübertrieb; wirklich stoßen die Strömmungen ganz im allgemeinen fast nie gegen ihre natürlichen Hindernisse, sondern umgehen diese eben, und Leutnant Hobson erkannte bald, daß auf diesem Wege an eine Landung nicht zu denken sei. Die Aleuten-Inseln allein, welche wie ein riesiges Netz durch mehrere Längengrade vor dem Beringmeer im Bogen ausgespannt erscheinen, versprachen die Insel aufzuhalten; aber würde sie, wie erwähnt, so lange ausdauern? Jetzt flog sie zwar mit größter Schnelligkeit dahin, wie aber, wenn diese sich verminderte, wenn die drängenden Eisberge sich auf irgendeine Weise von ihr ablösten, vielleicht vorher zusammenschmolzen, da sie keine Erd- und Sandschicht vor der unmittelbaren Sonneneinwirkung schützte?

Leutnant Hobson, Mrs. Paulina Barnett, Sergeant Long und der Meister Zimmermann behandelten diese Frage wiederholt und einigten sich unter Erwägung der tatsächlichen Verhältnisse in der Ansicht, daß die Insel in keinem Falle bis zu den Aleuten gelangen könne, ob sich nun ihre Bewegung verlangsame, sie aus dem Beringstrom herausgedrängt werde oder unter dem zweifachen Angriff des Wassers und der Sonnenwärme untergehe.

Am 14. Mai griffen Meister Mac Nap und seine Leute ihr Werk an und begannen ein geräumiges Floß zu zimmern. Es handelte sich darum, dieses Bauwerk so hoch als möglich über das Wasserniveau hervortreten zu lassen, um es nach Kräften gegen Sturzseen zu sichern. Das Werk war jetzt kein leichtes, doch rief das nur den Eifer der Arbeiter wach. Glücklicherweise hatte der Schmied Raë auch eine beträchtliche Menge eiserner Klammern wiederaufgefunden, die man einst von Fort-Reliance aus mitgenommen, und dieselben dienten dazu, die unteren Teile des Flosses sehr fest miteinander zu verbinden.

Die Stelle, auf der jenes erbaut wurde, verdient wohl einer Erwähnung. Einem Einfall Jasper Hobsons entsprachen folgende Maßnahmen Mac Naps: Statt nämlich große und kleine Holzstämme auf dem Erdboden richtig zu ordnen, geschah das gleich auf dem Wasser der Lagune. Die mit Schrauben- und Zapfenlöchern versehenen Bäume wurden in den kleinen See hinabbefördert, wo man sie ohne Mühe handhaben konnte. Hiermit erreichte man zwei Vorteile, denn zunächst konnte der Zimmermann sofort über die Tragkraft und den Grad der Stabilität seiner Arbeit urteilen, und dann schwamm auch das Floß schon, wenn die Insel einst unterging, und war nicht den Schwankungen und den etwaigen Stößen des geborstenen Bodens ausgesetzt, die ihm gefährlicher werden mußten, wenn es noch am Land lag. Diese zwei sehr wohl zu erwägenden Gründe veranlaßten den Meister Zimmermann, auf obige Art und Weise vorzugehen.

Während dieser Arbeiten schweifte Jasper Hobson bald allein, bald in Begleitung der Mrs. Paulina Barnett am Ufer umher. Er beobachtete den Zustand des Meeres und die wechselnden Aushöhlungen der Küste, die das Meer ausnagte. Sein Auge glitt über den einsamen, verlassenen Horizont dahin, an dem sich auch im Norden keine Riesengestalt eines Eisbergs mehr abzeichnete. Vergeblich suchte er, wie alle Schiffbrüchigen, »jenes rettende Fahrzeug, das nie erscheint«. Die Einsamkeit des Ozeans unterbrach nur der Durchzug einiger Spritzfische, die sich in dem grünlichen Gewässer tummeln, wo es von Myriaden fast mikroskopischer Tierchen, ihrer wesentlichen Nahrung, wimmelt. Dazu schwammen Hölzer vorüber, verschiedene aus heißen Ländern entführte Arten, welche die großen Meeresströmungen bis hier hinauftrugen.

Eines Tages, es war am 16. Mai, gingen Mrs. Paulina Barnett und Madge zwischen Kap Bathurst und dem früheren Hafen bei schöner Witterung und warmer Luft spazieren. Schon seit geraumer Zeit verschwand jede Spur von Schnee von der Oberfläche der Insel. Nur die Eisstücken, welche die Schollenwand am Ufer aufgehäuft hatte, erinnerten noch an das Polarklima. Nach und nach schmolzen aber auch jene, Tag für Tag sprangen neue Wasserfälle von dem Gipfel und den Seitenwänden des Eishaufens, und voraussichtlich mußte die Sonne bald alle nur von der letzten Winterkälte verlöteten Massen gelockert und zerstört haben.

Die Insel Victoria bot wirklich einen seltsamen Anblick und hätte unter anderen Verhältnissen wohl das lebhafteste Interesse erweckt, als der Frühling sich daselbst mit ungewohnter Kraft äußerte und das Pflanzenleben sich unter diesen milderen Breiten mit wahrhafter Üppigkeit entwickelte. Moose, kleine Blumen, Mrs. Joliffes Sämereien, alles sproßte fröhlich empor, und nicht an der Menge der Pflanzen allein, sondern auch an ihrer lebhafteren Färbung erkannte man die vegetative Kraft des dem arktischen Klima entführten Bodens. Die sonst blassen, wasserblauen Blüten schmückten sich mit wärmeren Farbtönen, alle Bäume und Gesträuche mit satterem Grün. Ihre Knospen sprangen bei dem Wiedereintritt des Saftes, den eine Temperatur von manchmal +20° in die Gefäße trieb. Die arktische Natur wandelte sich unter einem Breitengrad, der in Europa etwa dem von Christiania oder Stockholm entsprach, vollständig um.

Für die sich überall meldenden Naturkräfte hatte Mrs. Paulina Barnett jetzt freilich kein Auge. Vermochte sie in dem Zustand ihres vorübergehenden Wohnsitzes etwas zu ändern? – Konnte sie die schwimmende Insel wieder an die feste Erdrinde heften? Nein! In ihr regte sich nur das Vorgefühl der letzten Katastrophe, wie sie der Instinkt vielleicht den Hunderten von Tieren verriet, welche immer in der Nähe der Faktorei umherschweiften. Diese Füchse, Zobelmarder, Hermeline, Luchse, Biber, Bisamtiere und Wiesel, welche die nahe, drohende Gefahr ahnten und alle ihre Scheu zu verlieren schienen, alle schlossen sich ihren erklärten Feinden, den Menschen, an, so als ob sie von diesen Rettung erhofften. Sie zeigten eine stillschweigende, instinktive Anerkennung der menschlichen Überlegenheit, und das gerade jetzt, wo auch diese Überlegenheit so machtlos war!

Nein! Mrs. Paulina Barnett wollte von alledem nichts sehen; immer hingen ihre Blicke nur an jenem grausamen, grenzenlosen Meer, das mit dem Himmelshorizont verschwamm.

»Meine arme Madge«, sagte sie, »in dieses Unglück habe ich dich gebracht, dich, die mir überallhin folgte und deren Ergebenheit und freundschaftliche Treue wohl ein anderes Los verdient hätte! Kannst du mir verzeihen?«

»Es gibt nichts auf der Welt, was ich dir nicht verzeihen würde, meine Tochter«, antwortete Madge; »aber irgend etwas nicht mit dir zu teilen, das wäre mein Tod gewesen.«

»Madge! Madge!« rief die Reisende, »wenn ich mit meinem Leben das aller jener Unglücklichen erkaufen könnte, ich würde es freudig hingeben.«

»Du hast also keine Hoffnung mehr, meine Tochter?« fragte Madge.

»O Gott, nein!« antwortete Mrs. Paulina Barnett und fiel schluchzend ihrer Begleiterin in die Arme.

Für einen Augenblick kam das Weib doch in dieser so männlich angelegten Natur zum Durchbruch, und wer bliebe bei solchen Prüfungen auch stets von jeder Schwäche frei?

Mrs. Paulina Barnett ging das Herz über, und Tränen flossen aus ihren Augen.

Mit ihren Liebkosungen und Küssen suchte Madge sie zu trösten.

»Madge«, bat die Reisende, den Kopf wieder erhebend, »sage ihnen wenigstens nicht, daß ich geweint habe.«

»Nein, nein«, versicherte Madge, »sie würden's mir auch gar nicht glauben. Das war nur ein Augenblick des Kleinmuts! Auf, ermanne dich, meine Tochter, du unser aller Seele! Auf, auf, und fasse neuen Mut!«

»Hoffst du denn noch immer!« rief Mrs. Paulina Barnett, und sah ihrer treuen Gefährtin tief ins Auge.

»Ich hoffe immer!« antwortete einfach Madge.

Und doch, war es denn möglich, sich noch einen Hoffnungsschimmer zu bewahren, als die Insel einige Tage später weitab von der St.-Mathieu-Gruppe vorüberschwamm und nun im ganzen Beringmeer kein Land mehr lag, das sie auf ihrem verderblichen Zuge hätte aufhalten können?

Zwanzigstes Kapitel

Ins offene Meer!

Die Insel Victoria trieb nun in dem ausgedehntesten Teil des Beringmeeres dahin, noch sechshundert Meilen von den ersten Aleuten und mehr als zweihundert Meilen von der nächsten Küste an der Ostseite entfernt. Ihre Bewegung war noch immer eine sehr schnelle. Im Fall sich diese aber nur im geringsten verminderte, erforderte es mindestens drei Wochen, bis sie jenen Inselgürtel erreichen konnte, der dieses Meer im Süden abschließt.

Würde diese Insel, deren Basis sich unter dem Einfluß des warmen Wassers, das schon eine Temperatur von +10° hatte, täglich verminderte, so lange ausdauern? Konnte sich ihr Boden nicht jeden Augenblick auftun?

Mit aller Macht drängte Jasper Hobson zur Vollendung des Floßes, dessen unterer Teil schon auf dem Wasser der Lagune schwamm. Mac Nap bestrebte sich, seinem Bauwerk die größtmöglichste Sicherheit zu geben, um es zu befähigen, im Notfall auch länger einer bewegten See standzuhalten, da man doch nicht darauf rechnen durfte, einem Walfänger zu begegnen, sondern bis zu den Aleuten-Inseln hinab zu fahren.

Noch immer hatte die Insel Victoria in ihrer allgemeinen Gestaltung keine auffällige Veränderung erfahren. Zwar zog man alltäglich auf Kundschaft aus, wagte sich aber nur mit größter Vorsicht von der Faktorei weg, da jeden Augenblick ein Bruch des Bodens erfolgen und eine Zerstückelung der Insel das allgemeine Zentrum von den Ausgegangenen trennen konnte, welche dann keine Hoffnung mehr hatten, ihre Gefährten je wiederzusehen.

Der tiefe Einschnitt in der Nähe des Kaps Michael, welchen der Winterfrost wieder geschlossen hatte, tat sich von neuem auf und erstreckte sich jetzt eine halbe Meile landeinwärts bis nach dem vormaligen Paulina-Fluß. Es stand sogar zu befürchten, daß er dem Bett desselben nachgehen und längs dieser schon von Natur dünneren Linie aufbrechen würde. In diesem Fall mußte die ganze Küstenstrecke zwischen dem Kap Michael und dem Barnett-Hafen, d. h. ein ungeheures Stück von mehreren Quadratmeilen, verschwinden. Leutnant Hobson empfahl also seinen Leuten, sich nicht unnötig dorthin zu begeben, denn seiner Ansicht nach genügte wohl schon ein heftigerer Wellenschlag im Meer, um dieses Stück der Insel loszureißen.

Inzwischen führte man an verschiedenen Stellen Sondierungen aus, um diejenigen kennenzulernen, welche infolge ihrer Dicke der Auflösung den längsten Widerstand zu leisten versprachen. Die beträchtlichste Dicke fand man gerade in der Nähe des Kaps Bathurst, an der Stelle der alten Faktorei, wobei natürlich nicht der Durchmesser der Erd- und Sandschicht, denn auf diese war je wenig Verlaß, sondern der der Eiskruste in Anschlag kam. Gewiß war das noch ein glücklicher Umstand. Die betreffenden Punkte wurden später offengehalten, so daß man sich jeden Tag von der Stärkeabnahme der Basis der Insel zu überzeugen vermochte. Wenn diese Abnahme auch nur langsam vor sich ging, so machte sie doch Tag für Tag Fortschritte. Drei Wochen lang konnte die Insel, wenn man das immer wärmere Wasser, dem sie entgegentrieb, in Rechnung brachte, schwerlich noch aushalten.

Vom 19. bis zum 25. Mai trat schlechtes Wetter ein, und entfesselte sich ein heftiger Sturm. Vom Himmel leuchteten die Blitze und hallte der rollende Donner wider. Das von starkem Nordwestwind aufgewühlte Meer wogte in hohen Wellen, die der Insel gefährlich zu werden drohten. Die ganze kleine Kolonie hielt sich zusammen und bereit, sich auf dem Floß, das nun so ziemlich ausgebaut war, einzuschiffen. Man belud es sogar mit einigem Vorrat an Lebensmitteln und Trinkwasser, um auf jede Eventualität gefaßt zu sein.

Bei diesem Sturm fiel auch noch reichlicher Regen, ein warmer Platzregen, dessen große Tropfen tief in den Boden der Insel einschlugen und welche bis zur Basis derselben dringen mußten. Durch jene Infiltrationen schmolz nun offenbar der Boden auch von oben her, und außerdem schwemmten sie die überlagernden Schichten an manchen Punkten weg, so daß vorzüglich an kleinen Abhängen die Eiskruste zum Vorschein kam. Solche Stellen überdeckte man dann wieder sorgfältig mit Sand und Erde, um sie der Einwirkung der wärmeren Temperatur zu entziehen. Ohne diese Vorsicht wäre der Boden wohl bald wie ein Sieb durchlöchert gewesen. Auch an den bewaldeten Hügeln an den Ufern der Lagune richtete der Sturm einen unermeßlichen Schaden an. Sand und Erde wurden durch die Regenmassen fortgespült, und die ihren Halt verlierenden Bäume stürzten in großer Anzahl nieder. Binnen einer Nacht hatte sich das Aussehen jenes Teiles der Insel vollkommen verändert. Nur wenige Birkengruppen und vereinzelte Tannen hatten dem Sturm widerstanden. Auch hierin waren die Fortschritte der Zerstörung des ganzen Gebietes nicht zu verkennen, und doch vermochte die Kraft des Menschen nicht das geringste dagegen. Leutnant Hobson, Mrs. Paulina Barnett, der Sergeant und alle Übrigen sahen wohl ihre Insel nach und nach in Stücke gehen, alle fühlten es wenigstens, außer vielleicht Thomas Black, der trüb und stumm dieser Welt nicht mehr anzugehören schien.

Während des Sturmes, am 23. Mai, wäre der Jäger Sabine, der bei dichtem Morgennebel ausgegangen war, fast in einem im Laufe der Nacht entstandenen Loch ertrunken, das sich an der Stelle des früheren Hauptgebäudes geöffnet hatte.

Bis jetzt schien bekanntlich das verschüttete und zu drei Vierteln eingesunkene Haus zwischen der Eiskruste festgeklemmt gewesen zu sein. Jedenfalls hatte es aber der Wellenschlag des Meeres allmählich gelockert und die darüber gehäufte Last in den Abgrund hinabgedrückt. Erde und Sand rutschten in die entstandene Öffnung nach, in der die schäumenden Meereswellen sichtbar wurden.

Sabines Kameraden, welche auf sein Hilferufen herbeieilten, gelang es noch, jenen aus der Öffnung herauszulotsen, an deren glatten Rändern er sich krampfhaft anklammerte, so daß er für dieses Mal mit einem unfreiwilligen Bad davonkam.

Bald darauf sah man auch Balken und Planken vom Haus, die unter der Insel hingeschwommen waren, vom Ufer seewärts treiben, wie Wrackstücke eines gescheiterten Schiffes. Das war die letzte vom Sturm angerichtete Verheerung, welche übrigens den Zusammenhalt der ganzen Insel infrage stellte, da sie auch die inneren Teile derselben den Angriffen des Wassers preisgab, welches sie einem Krebse ähnlich nach und nach zerstörte.

Am Morgen des 25. Mai ging der Wind nach Nordost

um. Der Sturmwind schwächte sich zur steifen Brise ab, der Regen ließ nach und das Meer begann sich zu beruhigen. Friedlich verstrich die Nacht, und am anderen Tag glänzte die Sonne wieder am Himmel, so daß Jasper Hobson eine Ortsaufnahme vornehmen konnte. Diese ergab:

Breite 56° 13'; Länge 170° 23'.

Die Schnelligkeit der Insel war also eine außerordentliche, denn sie hatte fast achthundert Meilen seit den zwei Monaten zurückgelegt, als sie bei Anbruch des eigentlichen Tauwetters in der Beringenge festlag.

Diese eilige Vorwärtsbewegung erregte in Jasper Hobson wieder einige Hoffnung.

»Meine Freunde«, sagte er unter Vorzeigung der Karte des Beringmeeres, »sehen Sie hier die Aleuten? Jetzt sind sie nur noch zweihundert Meilen von uns entfernt – in acht Tagen dürften wir sie wohl erreichen.«

»In acht Tagen«, wiederholte Sergeant Long den Kopf schüttelnd, »acht Tage sind eine lange Zeit!«

»Ja«, fügte Leutnant Hobson hinzu, »hätte unsere Insel den hundertachtundsechzigsten Meridian eingehalten, so könnte sie schon jetzt in dem Breitengrad jener Inseln sein. Offenbar treibt sie aber infolge einer Abweichung des Beringstromes mehr nach Südwesten.«

Diese Beobachtung war ganz richtig. Die Strömung führte die Insel weitab von allen Ländern und vielleicht gar über die Aleuten hinaus, die sich nur bis zum hundertsiebzigsten Meridian erstrecken.

Schweigend betrachtete Mrs. Paulina Barnett die Karte. Sie starrte auf den Bleistiftpunkt, der die Lage der Insel bezeichnete. Noch einmal überblickte sie die ganze von der Stelle ihres Winterlagers aus zurückgelegte Strecke, diesen Weg, den ein unglückliches Geschick oder vielmehr die unabänderliche Richtung der Strömungen zwischen so vielen Inseln hindurch und an den Küsten zweier Kontinente vorüber, ohne einen dieser Punkte zu berühren, vorgezeichnet hatte und der sich nun nach dem unendlichen Pazifischen Ozean hinaus fortsetzte.

So dachte sie in düsterer Träumerei versunken, aus

der sie mit den Worten erwachte:

»Aber kann man unserer Insel denn in keiner Weise ihren Weg vorschreiben? Noch acht Tage solcher Schnelligkeit, und wir könnten vielleicht die letzte der Aleuten erreichen!«

»Diese acht Tage ruhen in Gottes Hand!« antwortete Leutnant Hobson in ernstem Ton, »wird Er sie uns noch schenken? Ich gestehe Ihnen ehrlich, Madam, jetzt kann uns die Rettung nur noch vom Himmel kommen.«

»Oh, das ist mein Glaube auch, Herr Hobson, aber der Himmel will auch, daß man sich seiner Hilfe würdig macht. Ist nicht irgend etwas zu tun, irgend etwas zu versuchen, was noch von Nutzen sein könnte?«

Verneinend schüttelte Jasper Hobson den Kopf. Ihm winkte nur noch ein Rettungsanker, das Floß; aber sollte man sich auf diesem einschiffen, aus irgendwelchem Material ein Segel herstellen, und so die amerikanische Küste zu gewinnen suchen?

Jaspers Hobson befragte den Sergeant Long, den Zimmermann Nac Nap, auf dessen Urteil er sehr viel gab, den Schmied Raë und die Jäger Sabine und Marbre. Nach Abwägung des Für und Wider einigte man sich dahin, die Insel nur zu verlassen, wenn man dazu gezwungen sein sollte. Wirklich stellte das Floß nur das letzte Hilfsmittel dar; das Floß, welches das Meer doch überfluten mußte und dem die Schnelligkeit der von den Eisbergen nach Süden getriebenen Insel abging. Auch der Wind blies vorwiegend von Osten her und hätte das Fahrzeug gewiß eher ins offene Meer hinaus verschlagen. Noch mußte man warten, immer warten, da die Insel den Aleuten zuschwamm. Näherte man sich dieser Inselgruppe, so würde man sehen, ob etwas zu tun sei.

Gewiß erschien das als das klügste, und wenn die Schnelligkeit nicht abnahm, so mußte die Insel entweder an der Südgrenze des Beringsmeeres aufgehalten sein, oder, südwestlich in den Stillen Ozean getrieben, rettungslos verlorengehen.

Das Mißgeschick, welches die Überwinternden schon seit langer Zeit verfolgte, sollte sie aber noch mit einem neuen Schlag treffen. Die Geschwindigkeit der Fortbewegung, auf welche sie so sehnlich rechneten, sollte ihnen bald geraubt werden.

Wirklich unterlag die Insel Victoria in der Nacht vom 26. zum 27. Mai zum letzten Mal einem Orientationswechsel, dessen Folgen sehr gewichtige waren. Sie machte eine halbe Drehung um sich selbst. Die von der Packeiswand übriggebliebenen Schollenreste wurden ihr hierdurch nach Süden zu entführt.

Am Morgen sahen die Schiffbrüchigen, ein Name, der ihnen wohl mit Recht zukommt, die Sonne über Kap Eskimo aufgehen und nicht am Horizont über dem Barnett-Hafen.

Dort schwammen die durch das Tauwetter sehr verkleinerten, aber doch noch ganz beträchtlichen Eisberge, die sonst die Insel trieben, dahin und verdeckten einen großen Teil des Gesichtskreises.

Worin bestanden aber jene gewichtigen Folgen des Lagewechsels? Mußten sich die Eisberge nicht von der Insel, mit welcher kein festes Band sie verknüpfte, ablösen?

Jedem kam die Ahnung eines neuen Unglücks, und jeder verstand, was der Soldat Kellet sagen wollte, als er ausrief: »Noch vor heute abend werden wir unsere Schraube eingebüßt haben!«

Kellet wollte damit sagen, daß diese Eisberge, welche nicht mehr hinter der Insel, sondern jetzt vor derselben waren, nicht zögern würden, sich von jener loszulösen. Sie hatten ihr aber jene große Schnelligkeit mitgeteilt, da sie so tief in die unterseeische Strömung eintauchten, deren Kraft der flachen Insel offenbar abgehen mußte.

Ja! Der Soldat Kellet hatte nur zu recht. Die Insel befand sich jetzt in der Lage eines Schiffes, dessen Masten gekappt und dessen Schraube zerbrochen war.

Niemand antwortete auf jene Prophezeiung Kellets. Doch es verfloß kaum eine Viertelstunde, als sich ein schreckliches Krachen vernehmen ließ. Der Gipfel des Eisberges schwankte, die Masse löste sich, und während die Insel sichtbar zurückblieb, enteilten die von dem unterseeischen Strom entführten Eismassen schnell nach Süden.

Einundzwanzigstes Kapitel

Die Insel wird zum Eiland

Drei Stunden später waren auch die letzten Reste der Packeiswand aus dem Gesichtskreis verschwunden, welche Schnelligkeit den Beweis lieferte, daß die Insel jetzt wohl ganz ohne Bewegung verharrte. Es erklärte sich diese Erscheinung dadurch, daß die Strömung, mit der sie vorher dahintrieb, sich nur in größerer Tiefe, aber nicht auf der Oberfläche des Wassers bewegte.

Die Vergleichung zwischen der Mittagsbeobachtung dieses und des folgenden Tages ergab nur eine Ortsveränderung von kaum einer Meile!

Nun gab es nur noch eine Rettung, eine einzige!

»Die Aufnahme der Schiffbrüchigen durch einen Walfänger, ob jene nun so lange auf der Insel blieben oder das Floß diese nach ihrem Untergang schon ersetzt hatte.

Die Insel Victoria befand sich zur Zeit übrigens unter 54° 33' der Breite und 177° 19' der Länge, mehrere hundert Meilen von den Aleuten, dem nächstgelegenen Land, entfernt.

Leutnant Hobson rief seine Leute noch einmal zusammen, um gemeinschaftlich mit ihnen zu beraten, was zu tun sei.

Alle stimmten in der Ansicht überein, bis zur Schmelzung der Insel auf derselben auszuharren, deren Ausdehnung sie gegen den Wellenschlag unempfindlich machte; häuften sich dann die Anzeichen der nahenden Zerstörung, so sollte sich die ganze kleine Kolonie auf dem Floß einschiffen.

Letzteres war nun vollendet. Mac Nap erbaute darauf einen Kajütenraum, einen Art Zwischendeck, in welchem das ganze Personal der Kolonie eine Zuflucht finden konnte. Auch einen Mast, der im Notfall aufzurichten war, hatte man nebst dem Zubehör an Segelwerk längst vorgerichtet. Bei der Festigkeit des ganzen Bauwerks und mit Unterstützung günstigen Windes durfte man wohl auf die Rettung der ganzen Gesellschaft durch dasselbe hoffen.

»Nichts ist dem unmöglich«, sagte Mrs. Paulina Barnett«, der den Winden befiehlt und die Wogen beherrscht!«

Jasper Hobson hatte den Vorrat an Lebensmitteln durchsehen lassen, der keinen Überfluß mehr aufwies, nachdem der Eissturz ihn so wesentlich vermindert hatte; dagegen fehlte es an Wiederkäuern und Nagetieren nicht, die an dem üppigen Moos- und Graswuchs der Insel reichliche Nahrung fanden. Da es nötig erschien, den Abgang an konserviertem Fleisch zu ersetzen, so schossen die Jäger einige Rentiere und Polarhasen.

Die Gesundheit aller hielt sich im ganzen recht gut. Von dem letzten milden Winter hatten sie nur wenig gelitten, und ihre waren Körperkräfte trotz der heftigsten Gemütsbewegungen nicht erschütttert worden. Dennoch sahen sie nicht ohne die trübsten Ahnungen dem Augenblick entgegen, in dem sie die Insel Victoria, oder richtiger, in dem jene sie selbst verlassen würde. Sie erschraken vor dem Gedanken, auf diesem grenzenlosen Meer und das auf einem Stück Holz zu schwimmen, welches dem Seegang machtlos preisgegeben war. Selbst bei erträglich gutem Wetter mußten die Wellen darüberschlagen und ihre Lage sehr peinlich gestalten. Man bedenke hierbei, daß sie eben keine Seeleute, keine Habitués des Meeres, die sich sorglos einem schwachen Brett anvertrauen, sondern Soldaten waren, und nur an die festen Landgebiete der Kompanie gewöhnt. Zwar trug sie nur eine zerbrechliche, auf dünner Eisscholle ruhende Insel, doch hatte sie einen Erdboden und auf diesem eine grünende Vegetation mit Bäumen und Strauchwerk, die Tiere bewohnten sie gleichzeitig mit ihnen, ihre vollkommene Indifferenz gegen den Seegang ließ sie als unbeweglich ansehen. Ja, sie liebten diese Insel Victoria, ihren Aufenthalt fast zwei Jahre hindurch; diese Insel, die sie so oft nach allen Richtungen durchstreift, die sie angesät hatten und welche schon so vielen Umwälzungen erfolgreich widerstand. Nur mit Wehmut würden sie dieselbe verlassen, und das nur dann erst, wenn jene unter ihren Füßen entwich.

Dem Leutnant Hobson waren diese Anschauungen nicht fremd, und er fand sie sehr natürlich. Er kannte das Widerstreben, mit dem seine Leute das Floß besteigen würden, aber die Verhältnisse drängten zuletzt doch wohl dazu, und die Insel konnte in dem erwärmten Meerwasser ja jeden Augenblick schmelzen, wenigstens ließen sich die drohenden Vorzeichen dieses Endes nicht verkennen.

Das Floß maß auf jeder Seite etwas über dreißig Fuß, bot demnach eine Oberfläche von fast tausend Quadratfuß. Seine Plattform überragte das Wasser nur um zwei Fuß, und die Seitenwände ringsum schützten es wohl gegen die ganz kleinen Wellen, während es auf der Hand lag, daß eine nur irgend bewegtere See darüber hinweggehen mußte. In der Mitte des Floßes hatte der Meister Zimmermann ein kleines Häuschen errichtet, das wohl zwanzig Personen bergen konnte. Rund um dasselbe waren Behälter für die Lebensmittel und das Trinkwasser angebracht und das Ganze mittels Eisenklammern fest mit der Plattform verbunden. Der dreißig Fuß hohe Mast stützte sich an diesen Oberbau, und diesen hielten von den Ecken des Apparates auslaufende Strickleitern. Dieser Mast sollte ein viereckiges Segel erhalten, das natürlich nur dienen konnte, wenn der Wind von rückwärts her wehte. Von irgendeiner anderen Takelage mußte bei diesem primitiven Fahrzeug, das auch nur ein sehr unzulängliches Steuerruder führte, gänzlich abgesehen werden.

So war Mac Naps Floß beschaffen, von dem zwanzig Personen oder bei Hinzurechnung des Kindes einundzwanzig ihre Rettung erhofften. Ruhig schwamm es, von starker Leine gehalten, am Ufer der Lagune. Wohl war es mit mehr Sorgfalt gebaut, als Schiffbrüchige durch den plötzlichen Untergang ihres Schiffes auf ein solches zu verwenden vermögen, aber immerhin blieb es doch nur ein Floß.

Schon der 1. Juni brachte wieder neues Unheil. Der Soldat Hope hatte aus der Lagune zu Küchenzwecken Wasser schöpfen wollen. Mrs. Joliffe kostete dasselbe und fand es salzig. Sie rief Hope zurück und sagte ihm, sie habe Süßwasser, aber kein Seewasser verlangt.

Hope erwiderte ihr, daß er dasselbe aus der Lagune geholt habe. Hieraus entspann sich ein lebhafteres Gespräch, welches Jasper Hobson herbeilockte. Bei den Versicherungen Hopes entfärbte er sich ein wenig und begab sich eiligst nach der Lagune . . .

Ihr Gewässer erwies sich vollkommen salzig! Offenbar war der Boden derselben weggeschmolzen und das Meerwasser durch die Öffnung eingedrungen.

Als sich diese Nachricht verbreitete, erfaßte zuerst alle ein lebhafter Schrecken.

»Kein Trinkwasser mehr!« riefen die armen Leute.

Nach dem Paulina-Fluß verloren sie nun auch den Barnett-See!

Der Leutnant beeilte sich indes, die erschreckten Gemüter zu beruhigen.

»An Eis fehlt es uns ja nicht, meine Freunde«, sagte er. »Macht euch keine Angst. Wir brauchen nur einige Stückchen unserer Insel einzuschmelzen, und ich hoffe, wir werden sie nicht ganz auftrinken«, fügte er mit einem Versuch zu lächeln hinzu.

Wirklich verliert das Salzwasser sowohl beim Verdampfen als auch beim Gefrieren alle Mineralbestandteile, die es in Lösung hielt. Man grub also, wenn man so sagen darf, einige Eisblöcke aus der Erde und schmolz diese nicht nur für den täglichen Gebrauch, sondern auch zur Füllung der Behälter auf dem Floß ein.

Dieser neue Wink, den die Natur hiermit gegeben hatte, durfte indes nicht unbeachtet bleiben. Unzweifelhaft löste sich die Insel an ihrer Basis auf, und jener Einbruch des Meerwassers wurde für sie zur beschleunigenden Gefahr. Der Boden konnte nun jede Minute in Stücke gehen, und Jasper Hobson gestattete seinen Leuten nicht mehr, sich zu entfernen, da sie leicht von den Übrigen getrennt und in die offene See hinausgetrieben werden konnten.

Auch die Tiere schienen ein Vorgefühl der ganz nahen Gefahr zu haben und drängten sich um die alte Faktorei herum. Seit dem Verschwinden des süßen Wassers bemerkte man, daß sie an den aus dem Boden gehobenen Eisstücken leckten. Sie schienen beunruhigt, manche wie toll geworden, und vorzüglich die Wölfe, welche bandenweise herankamen und mit lautem Gebell wieder das Weite suchten. Die Pelztiere hielten immer nahe der Stelle des versunkenen Hauses aus; der Bär trottete umher, ebenso friedfertig den Tieren wie den Menschen gegenüber. Auch er erschien wie aus Instinkt unruhig und hätte gern Schutz gefunden gegen eine Gefahr, die er voraus empfand und nicht abwenden konnte.

Die bis jetzt sehr zahlreichen Vögel verminderten sich. Während der letzten Tage wanderten starke Züge von solchen, deren Flügelkraft ihnen gestattete, einen sehr weiten Raum zu durcheilen, wie z. B. die Schwäne, nach Süden aus, wo sie auf den Aleuten den nächsten Ruhepunkt finden mußten. Ihren Weggang beobachteten Mrs. Paulina Barnett und Madge, die sich eben am Ufer befanden und daraus nicht die beste Aussicht für die nächste Zukunft prophezeiten.

»Ausreichende Nahrung finden diese Vögel auf der Insel«, sagte Mrs. Paulina, »und sie verlassen dieselbe dennoch! Das hat seinen guten Grund, meine arme Madge.«

»Ja«, erwiderte diese, »sie nehmen ihren Vorteil wahr. Doch wenn sie uns damit einen Wink gegeben, so sollten wir diesen zu benutzen suchen. Mir scheint es dazu auch, als ob die übrigen Tiere unruhiger wären als je vorher.«

Noch an diesem Tag ließ Jasper Hobson einen großen Teil der Lebensmittel und Lagergeräte nach dem Floß schaffen. Auch beschloß man, daß sich alle auf demselben einschiffen sollten.

Gerade jetzt war aber das Meer sehr wild und auf diesem kleinen mitteländischen Meer, das die See nun an Stelle der Lagune bildete, wogte das Wasser heftig auf und nieder. Die in dem verhältnismäßig engen Raum gefangenen Wellen brachen sich donnernd am Ufer. Das Bild glich einem Sturm auf dem See, oder vielmehr auf diesem meerestiefen Abgrund. Das Floß schwankte furchtbar, und in Massen stürzten die Fluten über dasselbe hinweg, so daß man sich genötigt sah, die begonnene Beladung mit dem Notwendigsten wieder einzustellen.

Unter diesen Verhältnissen widersprach auch Jasper Hobson der Ansicht seiner Leute nicht weiter. Besser erschien es, noch eine Nacht ruhig auf der Erde zu verbringen und die Einschiffung nach Beruhigung des Meeres wieder fortzusetzen.

Die Nacht verlief übrigens besser, als man zu hoffen gewagt hatte. Der Wind legte sich, und das Meer wurde ruhiger. Es war nur ein Gewittersturm gewesen, der mit jener den elektrischen Meteoren eigentümlichen Geschwindigkeit vorüberging. Um acht Uhr abends war die See fast wieder glatt, und nur plätschernd hörte man noch die Wellenbewegung in der Lagune.

Unzweifelhaft konnte die Insel einer allmählichen Auflösung nicht entgehen, doch erschien eine solche günstiger, als ein plötzlicher Bruch derselben, wie er bei einem Sturm und seinen berghohen Wogen so leicht stattfinden konnte.

Dem Gewitter folgte ein leichter Nebel, der aber mit der Nacht an Dichtigkeit zunahm. Von Norden aus heranziehend, bedeckte er den größten Teil der Insel.

Noch vor Schlafengehen untersuchte Jasper Hobson die Taue des Floßes, welche um starke Birkenstämme geschlungen waren. Aus Vorsicht wickelte er sie noch einmal herum. Das Schlimmste, was geschehen konnte, war nun eine Entführung des Floßes über die Lagune, aber diese hatte ja keinen so großen Umfang, daß es sich deshalb den Blicken hätte entziehen können.

Zweiundzwanzigstes Kapitel

Die vier folgenden Tage

Die Nacht verlief ruhig. Jasper Hobson erhob sich zeitig, da er die Einschiffung der kleinen Kolonie noch an dem nämlichen Tag veranlassen wollte, und ging nach der Lagune.

Noch wälzte sich ein dicker Nebel dahin, über dem man jedoch den hellen Sonnenschein gewahr wurde. Der Himmel war durch den Gewittersturm gereinigt worden, und der Tag versprach ziemlich warm zu werden.

Als Leutnant Hobson an dem Binnenwasser anlangte, konnte er nicht einmal dessen Oberfläche übersehen, so dichte Nebelmassen lagerten noch darüber.

Da kamen ihm Mrs. Paulina Barnett, Madge und einige andere nach.

Langsam stieg der Dunst empor und wich zusehends zurück, wobei er die Wasserfläche mehr und mehr bloßlegte. Von dem Floß war aber noch nichts zu entdecken.

Plötzlich entführte ein Windstoß die letzten Nebelmassen.

Kein Floß lag mehr am Ufer, kein See zeigte sich dem Auge – das unendliche Meer dehnte sich vor ihren Blikken aus.

Leutnant Hobson vermochte seine Verzweiflung nicht mehr zu verbergen, und als er und seine Begleiter sich umdrehten und vergeblich den ganzen Horizont durchsuchten, entrang sich ihrer Brust ein greller Schrei – ihre Insel war nur noch ein Eiland!

Während der Nacht hatten sich sechs Siebtel des früheren Gebietes neben Kap Bathurst geräuschlos abgetrennt, ins Meer versenkt, und das frei gewordene Floß war in die offene See hinausgetrieben, ohne daß diejenigen, deren letzte Hoffnung es gewesen war, auch nur das Geringste davon bemerkten.

Wohl ergriff die Verzweiflung die armen Schiffbrüchigen, die über einem Abgrund standen, der sie jeden Augenblck zu verschlingen drohte. Einige Soldaten wollten sich ins Meer stürzen. Mrs. Paulina Barnett warf sich ihnen entgegen. Sie ließen ab, und manchem traten die Tränen ins Auge. Konnten die Unglücklichen bei dieser entsetzlichen Lage noch ein Fünkchen Hoffnung haben? Und wer malt sich die Stellung des Leutnants mitten unter den halb verwirrt gewordenen Leuten aus? Einundzwanzig Personen auf einem Scholleneiland, das nur zu bald unter ihren Füßen schmelzen mußte! Mit jenem großen Teil der Insel waren alle bewaldeten Hügel verschwunden und kein Baum weiter vorhanden. Zum Ersatz verblieben höchstens noch einige Planken der vormaligen Gebäude, die aber zum Neubau eines Floßes, das alle aufnehmen sollte, bestimmt unzureichend waren. Das Leben der Schiffbrüchigen hing also nur noch von der Dauer des Eilandes ab, welche sich auf wenige Tage berechnete, denn um die Zeit der Mitte des Juni hielt sich die Temperatur fast stets auf zwanzig Grad Wärme.

Schnell nahm Leutnant Hobson noch eine wiederholte Untersuchung der Insel vor, um zu erfahren, ob es sich empfehlen möchte, einen anderen Teil des Überrestes zum Aufenthalt zu wählen, wenn die Eisdicke da länger auszuhalten verspräche. Mrs. Paulina Barnett und Madge begleiteten ihn dabei.

»Hoffst du noch immer?« fragte die Reisende ihre treue Gefährtin.

»Immer und ewig!« erwiderte Madge.

Mrs. Paulina Barnett gab keine Antwort. Eiligen Schrittes lief sie mit Jasper Hobson längs des Uferrandes hin. Die Küste von Kap Bathurst bis Kap Eskimo erwies sich in einer Ausdehnung von acht Meilen noch unversehrt. Von letzterem Punkt aus zog sich der Bruch in einer krummen Linie zur äußersten Spitze der Lagune und weiter ins Innere hinein. Hier bildete demnach das Ufer der Lagune, welches nun die Meereswellen bespülten, die neue Küste. Von dem anderen Ende des Sees aus reichte die Spaltung bis nach einer Stelle zwischen Kap Bathurst und dem ehemaligen Barnett-Hafen. Die Insel repräsentierte also einen Streifen, dessen Breite kaum eine Meile betrug.

Von den hundertundzwanzig Quadratmeilen der früheren Oberfläche blieben jetzt noch zwanzig übrig.

Leutnant Hobson beachtete mit peinlicher Sorgfalt die jetzige Gestaltung des Eilandes und fand, daß die Stelle der vormaligen Faktorei noch immer die verläßlichste sei. Es erschien ihm deshalb ratsam, die jetzige Lagerstätte nicht aufzugeben, welche auch die Tiere durch Instinkt noch beibehalten hatten.

Dennoch bemerkte man, daß eine beträchtliche Menge Wiederkäuer und Nager sowie eine große Anzahl der weit umher revierenden Hunde mit dem größten Teil der Insel verschwunden waren, obgleich von ersteren nicht wenig noch vorhanden blieben. Der Bär trabte auf dem Eiland umher und streifte längs der Ufer, wie es die wilden Tiere im Käfig zu tun pflegen.

Gegen fünf Uhr abends kehrte Leutnant Hobson nebst seinen zwei Begleiterinnen zurück. In der so mangelhaften Wohnung befanden sich alle, Männer und Frauen, versammelt; keiner wollte noch etwas sehen, keiner etwas hören. Mrs. Joliffe machte ein Abendbrot zurecht. Der weniger als seine Kameraden niedergeschlagene Jäger Sabine ging ab und zu und suchte etwas frisches Wild herbeizuschaffen. Der Astronom saß in der Ecke und blickte unsicher und fast empfindungslos über das Meer hinaus. Es schien, als ob ihn nichts mehr berührte.

Jasper Hobson teilte allen seine Erfahrungen mit und versicherte ihnen, daß die zur Zeit benutzte Lagerstätte noch eine verhältnismäßig größere Sicherheit böte als jeder andere Küstenpunkt, auch empfahl er allen, sich nun nicht mehr zu entfernen, denn schon traten halbwegs zwischen der Wohnstätte und dem Kap Eskimo die Vorzeichen weiterer Brüche zutage. Voraussichtlich mußte sich die Oberfläche der Insel also bald noch bedeutend verkleinern, und nichts, nichts war dagegen zu tun! Der Tag wurde sehr warm. Die zur Darstellung von Trinkwasser ausgegrabenen Schollen schmolzen ohne Mithilfe des Feuers. An steileren Uferstrecken flossen fortwährend Wasserstrahlen ins Meer, und deutlich erkannte man eine allgemeine Senkung der ganzen Insel.

Unaufhörlich nagte das wärmere Wasser an ihrer Basis.

Während der folgenden Nacht kam niemand Schlaf in die Augen. Wer wäre auch zu schlummern imstande gewesen, wenn er jede Minute die Öffnung des Abgrundes unter sich fürchtete, außer vielleicht das kleine Kind, das seine Mutter, die es nicht verlassen konnte, sorglos anlächelte?

Auch am 24. Juni stieg die Sonne am wolkenlosen Firmament empor. Im Laufe der Nacht war weder eine Veränderung eingetreten noch die Gestalt der Insel wesentlich anders geworden.

An demselben Tag verirrte sich ein Blaufuchs in die Wohnung, die er gar nicht wieder verlassen wollte, ebenso wie alle sonst vorkommenden Tiere bei der vormaligen Faktorei umherschweiften und mehr eine Herde Haustiere zu sein schienen. Die Wolfsbanden fehlten allein der arktischen Fauna; offenbar war dieses Raubgesindel bei der Teilung der Insel auf dem abgetrennten Stück mit weggeführt worden und im Wasser umgekommen. Wie von einer Ahnung gehalten, wich der Bär nicht mehr aus der Nähe des Kap Bathurst, wo auch die übrigen Pelztiere seine Anwesenheit gar nicht zu fürchten schienen. Die Schiffbrüchigen selbst waren mit dem gigantischen Tier ganz vertraut geworden und ließen ihn ohne Belästigung kommen und gehen. Die allgemeine Gefahr hatte eben alle Scheidewände zwischen den Menschen und den übrigen Geschöpfen niedergerissen.

Kurze Zeit vor Mittag sollten die Unglücklichen noch einmal freudig erregt und doch recht traurig enttäuscht werden.

Als der Jäger Sabine auf eine kleine Erhöhung stieg und von da aus das Meer überschaute, rief er plötzlich aus:

»Ein Schiff! Ein Schiff!«

Wie elektrisiert sprangen alle nach dem Jäger zu; Leutnant Hobson befragte ihn mit den Augen.

Sabine wies auf einen Punkt im Osten, der sich wie ein leichter weißer Hauch vom Horizont abhob. Ohne eine Silbe zu sprechen, starrten alle dahin, und bald erkannte jeder deutlich die Masten eines Schiffes.

Wahrscheinlich gehörte letzteres einem Walfänger an; über die Sache selbst konnte man sich nicht täuschen, denn nach Verlauf einer Stunde wurde auch der Schiffsrumpf sichtbar.

Leider erschien dasselbe im Osten. d. h. auf der entgegengesetzen Seite von der, nach welcher das entführte Floß geschwommen sein mußte. Den Walfänger trieb nur der Zufall in diese Meeresteile, und man durfte sich nicht dem Glauben hingeben, daß er etwa nach Schiffbrüchigen suche, da ihm das leere Floß nicht begegnet war.

Jetzt handelte es sich um die Frage, ob man von jenem Schiff aus das wenig über dem Wasser aufragende Eiland wahrnehmen und die Notsignale erkennen würde, die man nach besten Kräften gab. Bei hellem Tage war das nicht eben wahrscheinlich. Bei Nacht hätte man ein weithin sichtbares Feuer unterhalten können. Würde das Schiff aber nicht vor Einbruch der Nacht verschwunden sein? Auf jeden Fall machte man sich durch Zeichen und Gewehrschüsse bemerkbar.

Doch – das Schiff kam näher! Man erkannte einen Dreimaster, offenbar einen Walfischfänger aus Neu-Archangel, der nach Umsegelung der Halbinsel Alaska der Beringstraße zusteuerte. Er befand sich hinter dem Wind der Insel und fuhr mit dem halben Segelwerk nach Norden. Ein Seefahrer hätte es an der Segelstellung erkennen müssen, daß jenes Schiff nicht eigentlich auf die Insel zuhielt. Aber vielleicht bemerkte es diese?

»Wenn es uns gewahr wird«, flüsterte Leutnant Hobson dem Sergeant Long ins Ohr, wenn es uns gewahr wird, sucht es zu entfliehen!«

Jasper Hobson hatte mit diesen Worten vielleicht recht. In diesen Meeren fürchten die Seefahrer nichts mehr, als die Annäherung von Eisbergen und Eisinseln, an welche schwimmende Klippen sie in der Dunkelheit der Nacht so leicht stoßen können. Deshalb eilen sie, sobald ihnen selbige zu Gesicht kommen, ihre Richtung zu ändern. Würde jenes Schiff nicht dasselbe tun, wenn es das Eiland bemerkte?

Wahrscheinlich.

Keine Feder vermöchte den Wechsel von Hoffnung und Verzweiflung zu schildern, den die Schiffbrüchigen zu erdulden hatten. Bis zwei Uhr nachmittags konnten sie noch glauben, daß die Vorsehung endlich Mitleid mit ihnen habe, daß die Hilfe käme, daß die Rettung da sei. Immer hatte sich das Fahrzeug in schräger Richtung genähert. Jetzt war es nur noch sechs Meilen von dem Eiland entfernt. Man verdoppelte die Notsignale, schoß, so stark man konnte, erzeugte selbst einen möglichst dikken Rauch, indem man einige Planken von der Wohnung opferte . . .

Vergeblich. Entweder sah niemand auf dem Schiff das Eiland, oder es beeilte sich doch, demselben zu entgehen.

Um zweiundeinhalb Uhr wendete es ein wenig und entfernte sich nach Nordosten.

Eine Stunde nachher war es wiederum nur wie ein weißlicher Rauch zu sehen, und bald darauf vollkommen verschwunden.

Da stieß einer der Soldaten, Kellet, ein gellendes Gelächter aus. Man hätte glauben sollen, daß er wahnsinnig geworden sei.

Mrs. Paulina Barnett sah ihrer Madge gerade ins Gesicht, so als wollte sie fragen, ob sie noch immer Hoffnung hege.

Madge wendete den Kopf ab.

Am Abend dieses unseligen Tages wurde wieder ein lauter Krach hörbar – der größte Teil des Eilandes löste sich los und verschwand im Meer. Laut schallte der Angstschrei der Tiere. Von der Insel war noch das Stückchen zwischen der früheren Wohnung und dem Kap Bathurst übrig!

Nun war sie zur – Scholle geworden!

Dreiundzwanzigstes Kapitel

Auf einer Scholle

Eine Scholle! Ein unregelmäßiges dreieckiges Stück Eis, dessen Seiten von hundert bis höchstens hundertfünfzig Fuß maßen! Und darauf einundzwanzig menschliche Wesen, gegen hundert Pelztiere, ein riesiger Polarbär – alle auf diesen letzten Überrest zusammengedrängt.

Ja, noch waren die Schiffbrüchigen wenigstens alle am Leben, keiner bei dem Bruch verschlungen worden, der gerade stattfand, als sie sich alle in der Wohnung aufhielten. Sollte das Schicksal sie bis jetzt nur gerettet haben, um sie alle mit einem Schlag zu verderben?

Welch eine schlaflose Nacht! Niemand sprach ein Wort oder rührte sich von der Stelle, da die geringste Erschütterung hinreichen konnte, eine weitere Zerstückelung zu veranlassen.

Selbst einige Stücke getrockneten Fleisches, welche Mrs. Joliffe austeilte, wollte niemand anrühren.

Die meisten verbrachten die Nacht in der freien Luft; sie wollten wenigstens mit Gottes weitem Himmel über sich verschlungen werden und nicht in einer beengenden Baracke.

Am anderen Tag, dem 5. Juni, stieg die Sonne glänzend über den Unglücklichen auf. Diese sprachen kaum miteinander und suchten sich zu meiden. Mit irrendem Blicke schweiften einige über den kreisförmigen Horizont, in dessen Mittelpunkt die elende Scholle schwankte.

Auf dem vollkommen verlassenen Meer zeigte sich kein Segel, nicht einmal eine andere Insel oder ein Eiland von Eis. Diese Scholle war offenbar die letzte, welche noch auf dem Beringmeer schwamm.

Die Temperatur nahm täglich weiter zu; kein Lüftchen regte sich, in der Atmosphäre herrschte eine wahrhaft erschreckende Ruhe. Lange, flache Wellen hoben und senkten nur sanft jenes Stückchen Eis und Erde, die Reste der Insel Victoria, aber ohne es weiter zu treiben, so wie ein verlassenes Wrack auf und ab schwankt.

Die Trümmer eines Schiffs aber, ein Rest des Gerippes, ein Teil eines Mastes, eine zerbrochene Segelstange, einige Planken umd dergleichen schwimmen doch wenigstens und können nicht versinken. Eine Scholle dagegen, ein Stück erstarrtes Wasser, die der Strahl der Sonne zerschmilzt . . .

Daß diese Scholle so lange ausgedauert, erklärt sich dadurch, daß sie den dicksten Teil der vormaligen Insel gebildet hatte. Eine Decke von Erde und Pflanzen lag über ihr, und ihre Eiskruste mußte voraussichtlich von nicht geringem Durchmesser sein. Gewiß hatten die lange anhaltenden Fröste des Polarmeeres sie »mit Eis ernährt«, als jenes Kap Bathurst früher, Jahrhunderte hindurch die nördlichste Spitze des amerikanischen Festlandes bildete.

Jetzt überragte diese Scholle das Niveau des Meeres im Mittel noch um fünf bis sechs Fuß; sie mußte also auch unter Wasser noch eine beträchtliche Masse darstellen. Lief sie aber bei dem ruhigen Wasser keine Gefahr zu bersten, so mußte sie doch nach und nach selbst zerfließen, was man an ihren Rändern recht deutlich wahrnehmen konnte, welche unter der Zunge der langen Wellen verschwanden, so daß unaufhörlich ein Stückchen Land nach dem andern samt seiner grünenden Decke im Meer verschwand.

Ein derartiges Nachbrechen des Bodens fand noch an demselben Tag an der Stelle statt, welche die Wohnung trug, die jetzt unmittelbar am Rande der Scholle stand. Zum Glück war diese menschenleer, doch konnte man von ihr nur einige Planken und Dachbalken retten; der größte Teil der Gerätschaften und die astronomischen Instrumente gingen verloren. Die ganze kleine Kolonie mußte sich nun auf den höchsten Punkt des Bodens zurückziehen, wo sie nichts gegen die Unbill der Witterung schützte.

Dorthin brachte man auch einige Werkzeuge, die Pumpen und das Luftreservoir, von dem Jasper Hobson zum Ansammeln des reichlich strömenden Regens Gebrauch machte, um Trinkwasser zu gewinnen, da es jetzt nicht mehr geraten erschien, dem Boden zu diesem

Zwecke Eis zu entnehmen.

Gegen vier Uhr näherte sich der Soldat Kellet, derselbe, der schon einige Spuren von Geistesabwesenheit gezeigt hatte, Mrs. Paulina Barnett und sagte zu ihr in ernstem Ton:

»Madam, ich gehe ins Wasser.«

»Kellet!« rief erschrocken die Reisende.

»Ich sage Ihnen, ich gehe ins Wasser. Ich hab' es mir wohl überlegt; eine andere Rettung gibt es doch nicht, so will ich lieber freiwillig sterben.«

»Kellet«, mahnte die Reisende und ergriff die Hand des Soldaten, dessen unsteter Blick auf ihr ruhte, »Kellet, das werden Sie nicht tun!«

»Doch, Madam; und da Sie immer so gut gegen uns alle waren, wollte ich nicht sterben, ohne von Ihnen Abschied zu nehmen.«

Kellet wandte sich nach dem Meer zu. Entsetzt klammerte sich Mrs. Paulina Barnett an ihn fest; Ihre Schreie riefen Jasper Hobson und den Sergeanten herbei. Alle unterstützen ihre Bemühungen, den Wahnwitzigen zurückzuhalten. Der Unglückliche, den seine fixe Idee einmal erfaßt hatte, schüttelte abwehrend den Kopf.

Vermochte man wohl diesem Geisteskranken Vernunft beizubringen? Nein! Und wie leicht konnte sein Beispiel ansteckend sein! Wer weiß, ob nicht so manche Kameraden Kellets, die im höchsten Grade entmutigt und verzweifelt waren, seinen Selbstmord nachahmten? Um jeden Preis mußte also das Vorhaben jenes Unglücklichen verhindert werden.

»Kellet«, sagte da Mrs. Paulina Barnett mit sanftester Stimme und halb lächelnd, »sind Sie mein guter und offenherziger Freund?«

»Ja, Madam«, erwiderte Kellet ruhig.

»Nun gut, Kellet; wenn Sie wollen, werden wir zusammen in den Tod gehen, . . . aber heute noch nicht.«

»Madam! . . .«

»Nein, mein wackerer Kellet, dazu bin ich nicht vorbereitet; doch morgen, wollen Sie morgen . . .«

Fester als je sah der Soldat der beherzten Frau ins Gesicht; einen Augenblick schien er zu zweifeln, warf einen wilden Blick über das glitzernde Meer, strich sich mit der Hand über die Augen und murmelte:

»Also morgen!«

Dann mischte er sich wieder ruhig unter seine Genossen.

»Der arme Unglückliche!« sprach Mrs. Paulina Barnett für sich, »bis morgen habe ich ihn zu warten vertröstet, wer weiß, ob wir bis dahin nicht alle schon versunken sind?«

Die ganze folgende Nacht verbrachte Jasper Hobson am Ufer. Er überdachte hin und her, ob es nicht ein Mittel gebe, die Auflösung der Insel so lange hinzuhalten, bis sie ein Land erreichte.

Mrs. Paulina Barnett und Madge wichen keinen Augenblick voneinander. Kalumah lag auf dem Boden, wie ein Hund vor seiner Herrin, und suchte diese zu erwärmen. Mrs. Mac Nap war, bedeckt mit einigen Pelzen, den Überbleibseln der Reichtümer aus der Faktorei, ihr Kind am Herzen, eingeschlummert.

Mit unvergleichlicher Reinheit erglänzten die Sterne. Die Schiffbrüchigen lagen da und dort hingestreckt, unbeweglich wie Leichname. Kein Geräusch unterbrach diese fürchterliche Ruhe. Nur die Wellen hörte man, wie sie die Scholle abnagten, und dann und wann ein Abbröckeln und Nachbrechen, dessen Ausdehnung man aus dem begleitenden trockenen Tone erriet.

Manchmal richtete sich der Sergeant empor und sah rings um sich, als könnten seine Augen die Finsternis durchbohren, aber bald fiel er wieder in seine horizontale Lage zurück. An dem äußersten Ende der Scholle erschien der Bär wie eine unbewegliche, große Schneemasse.

Auch diese Nacht verstrich, ohne daß sich in der allgemeinen Lage etwas Wesentliches änderte; nur nahmen die niedrigen Morgennebel nach Osten zu eine leichte Färbung an. Einige Wolken im Zenit zehrten sich auf, und bald vergoldeten die Strahlen der Sonne die Wellen des endlosen Meeres.

Des Leutnants erste Sorge war es, die Scholle ringsum zu untersuchen. Ihr Umfang erschien noch weiter verkleinert, ernstlicher fiel aber der Umstand ins Gewicht, daß auch ihre mittlere Höhe über dem Wasser geringer wurde. Selbst die jetzt so schwache Bewegung der Wellen reichte hin, sie teilweise zu bedecken. Nur der Gipfel der kleinen Erhöhung blieb eigentlich noch frei von Wasser.

Auch Sergeant Long hatte seinerseits die Veränderungen während der vergangenen Nacht ins Auge gefaßt. Die Fortschritte der Auflösung traten so deutlich zutage, daß ihm jede Hoffnung schwand.

Mrs. Paulina Barnett wandte sich zu Leutnant Hobson.

»Madam«, fragte sie dieser, »werden Sie heute das Versprechen halten, das Sie Kellet gegeben haben?«

»Herr Hobson«, erwiderte in fast feierlichem Ton die Reisende, »haben wir alles getan, was in unseren Kräften stand?«

»Alles, Madam!«

»Nun, dann geschehe der Wille des Herrn!«

Doch sollte im Laufe dieses Tages noch ein letzter verzweifelter Rettungsversuch gemacht werden. Von Nordwesten her wehte eine mäßige Brise gerade nach der Richtung hin, in welcher das nächste Land, die Inselgruppe der Aleuten, liegen mußte.

Wie weit es bis dahin war, konnte man freilich nicht sagen, da die Lage der Scholle aus Mangel an Instrumenten nicht hatte bestimmt werden können. Wahrscheinlich konnte sie, vorausgesetzt, daß ihr keine Meeresströmung zu Hilfe gekommen, nicht weit weggetrieben sein, da sie dem Wind ja fast gar keine Angriffspunkte darbot.

Immerhin blieb diese Frage offen. Wenn die Scholle nun doch dem Land näher war, als man ahnte! Wenn eine Strömung sie nach den so sehr ersehnten Aleuten getragen hatte! Jetzt wehte der Wind dorthin und mußte das Eisstück schnell fortführen, wenn man für etwas Segelfläche sorgte. Hatte jenes auch nur noch wenige Stunden zu schwimmen, so konnte in dieser Zeit doch vielleicht ein Land in Sicht kommen oder wenigstens ein Küstenfahrer oder ein Fischerboot angetroffen werden, welche der offenen See ja stets fern bleiben.

Eine anfangs ganz dunkle Idee gewann in Leutnant Hobsons Geiste bald ganz bestimmte Gestalt. Warum sollte man auf der Scholle nicht ebenso, wie auf einem Floß, ein Segel ausspannen? Die Ausführung konnte nicht schwierig sein.

Jasper Hobson teilte dem Zimmermann seinen Gedanken mit.

»Sie haben recht«, antwortete Mac Nap. »Alle Segel auf!«

So wenig Aussicht auf Erfolg dieser Versuch auch haben mochte, so belebte er doch einigermaßen die gesunkenen Lebensgeister. Konnte das wohl anders sein? Mußten die Unglücklichen sich nicht an alles anklammern, was einer Hoffnung ähnlich sah? Alle gingen ans Werk; selbst Kellet, der Mrs. Paulina Barnett noch nicht an ihr Versprechen erinnert hatte.

Ein Giebelbalken der vormaligen Soldatenwohnung wurde roh zugerichtet und in der Erd- und Sandmenge, die den kleinen Hügel bildete, befestigt. Mehrere Seile hielten ihn nach Art der Strickleitern. Eine aus einer starken Stange bestehende Rah empfing an Stelle des Segels eine Ausrüstung durch die Tücher und Decken der Lagerstätten und wurde alsdann aufgehißt. Das sehr urwüchsige Segel schwoll, als es passend gerichtet war, unter dem günstigen Winde an, und der Strudel hinter der Scholle bewies bald, daß sich dieselbe schneller in der Richtung nach Südosten bewegte.

Das war doch ein Erfolg, der die niedergeschlagenen Geister ermunterte. Es ging doch vorwärts, und alles jubelte über die wenn auch nur sehr mäßige Bewegung. Der Zimmermann war von diesem Resultat vorzüglich befriedigt. Als ständen sie auf Bordwache, so starrten aller Augen nach dem Horizont, und hätte man ihnen jetzt gesagt, daß sich kein rettendes Land zeigen würde, sie hätten es nicht einmal geglaubt.

Und doch sollten sie lange vergeblich harren.

Drei Stunden lang segelte die Scholle schon über das ziemlich ruhige Meer dahin. Sie leistete weder dem Wind noch dem Seegang Widerstand, und die Wellen trugen sie vielmehr, statt ihr hinderlich zu sein. Doch immer noch dehnte sich der ununterbrochene Horizont in vollem Kreise aus, und immer hofften und harrten die Armen!

Gegen drei Uhr nachmittags nahm Leutnant Hobson den Sergeant Long beiseite und sprach zu ihm:

»Wir kommen zwar vorwärts, aber nur auf Kosten der Festigkeit und der Ausdauer unseres Eilandes.«

»Wie meinen Sie das, Herr Leutnant?«

»Ich will damit sagen, daß die Scholle sich durch die Reibung des Wassers schneller abnutzt und leichter brechen wird. Seit wir unter Segel sind, hat sie schon um einen guten Teil abgenommen.«

»Das glauben Sie . . .«

»Das weiß ich bestimmt, Long. Die Scholle wird schmäler und im Verhältnis länger, auch reicht das Meer bis auf zehn Fuß vor unseren Hügel.«

Leutnant Hobson hatte wahr gesprochen; mit der schnell dahingeführten Scholle mußte es sich so verhalten, wie er mutmaßte.

»Sergeant«, fragte da Jasper Hobson, »sind Sie der Meinung, daß wir den Lauf der Insel unterbrechen?«

»Ich sollte meinen«, erwiderte Sergeant Long, »wir müßten darüber die Ansicht aller hören; die Verantwortlichkeit für diesen Beschluß müssen alle gleichmäßig tragen.«

Der Leutnant stimmte zu. Beide nahmen ihren Platz auf der kleinen Erhöhung wieder ein, und Jasper Hobson sprach sich über die gegenwärtige Lage aus.

»Diese Schnelligkeit«, sagte er, »verzehrt die Scholle, die uns trägt, und könnte die unvermeidliche Katastrophe wohl um einige Stunden beschleunigen. Sprecht eure Meinung aus, meine Freunde. Wollt ihr, daß wir weitersegeln?«

»Vorwärts! Vorwärts!«

Wie aus einem Munde riefen es alle die Unglücklichen.

Man fuhr also unbeirrt weiter, und dieser Beschluß sollte zu ganz unberechneten Folgen führen. Um sechs Uhr abends erhob sich Madge und rief, indem sie nach einem entfernten Punkt am Horizont zeigte:

»Land! Land!«

Wie elektrisiert sprangen alle auf. Wirklich erhob sich ein Land, im Südosten, zwölf Meilen von der Scholle.

»Segel, Segel herbei!« rief Jasper Hobson.

Alle verstanden ihn. Die Segelfläche wurde vergrößert; man brachte zwischen den Seilen mittels Kleidungsstücken, Pelzfellen und allem, in dem sich der Wind fangen konnte, eine Art Beisegel an.

Die Schnelligkeit der Fahrt nahm zu, zumal die Brise auffrischte. Von allen Seiten schmolz aber nun die Scholle. Man fühlte sie erzittern; jeden Augenblick konnte sie in Stücke gehen.

Jetzt wollte niemand hieran denken; nur die Hoffnung erfüllte sie; da unten auf dem festen Lande war ja das Heil!

Man rief nach ihm ins Weite, man machte Zeichen – es war ein wahrer Rausch, der alle erfaßte!

Um siebeneinhalb Uhr hatte sich die Scholle merklich der Küste genähert, aber sie schmolz und versank auch zusehends. Schon spülten die Wellen über den größten Teil derselben und begruben die meisten der Tiere, die vor Angst sich nicht zu lassen wußten.

Jeden Augenblick konnte man das Versinken in den Abgrund befürchten. An die Ränder der Scholle schaffte man noch Sand und Erde, um jene vor der direkten Bestrahlung durch die Sonne zu schützen, aus demselben Grunde breitete man auch Pelzfelle, die ihrer Natur nach sehr schlechte Wärmeleiter sind, darüber aus. Alle nur erdenklichen Mittel wurden angewendet, um die endliche Katastrophe zu verzögern. Aber alles das war nicht hinreichend. Im Innern der Scholle hörte man es krachen, und auf der Oberfläche zeigten sich die Linien der Sprünge. Schon drang das Wasser von allen Seiten darüber ein, und noch war die Küste vier Meilen unter dem Winde entfernt!

Die Nacht sank herab – eine dunkle, mondlose Nacht.

»Frisch auf! Macht ein Signal, meine Freunde«, rief Jasper Hobson. »Vielleicht wird man uns doch von dort aus gewahr!«

Schnell trug man aus allem, was noch Brennbares vorhanden war, nämlich wenige Planken und einen kleinen Balken, zu einem Scheiterhaufen zusammen und setzte diesen in Flammen. Bald züngelte ein helleuchtendes Feuer durch das Halbdunkel empor ...

Doch immer weiter schmolz die Scholle und immer tiefer sank sie hinab. Bald tauchte nur noch der kleine Hügel über das Wasser auf. Auf denselben hatten sich alle, eine Beute des Entsetzens, zusammengedrängt und mit ihnen die wenigen vom Meer noch verschonten Tiere. Der Bär ließ ein furchtbares Brummen vernehmen. Immer höher stieg das Wasser, und nichts ließ annehmen, daß die Schiffbrüchigen bemerkt worden seien. Kaum eine Viertelstunde konnte noch bis zum Untersinken vergehen ...

Gab es denn kein Mittel, den Zusammenhalt der Eisscholle nur um kurze Zeit zu verlängern? Nur noch um drei Stunden, so durfte man hoffen, das kaum noch drei Meilen entfernte Ufer zu erreichen! Aber was in aller Welt, was war zu tun?

»Oh«, rief Jasper Hobson, »gebt mir ein Mittel, die Schmelzung dieser Scholle jetzt zu hindern. Mein Leben, ja mein Leben gebe ich darum!«

Da ließ sich eine Stimme vernehmen:

»Es gibt wohl noch ein Mittel!«

Thomas Black war es, der also sprach; der Astronom, der so lange Zeit kaum den Mund geöffnet hatte, der kaum noch als Lebender gerechnet wurde unter allen diesen Opfern eines grausamen Todes. Und nun erlangte er die Sprache wieder, um zu verkünden: »Es gibt noch ein Mittel, die Schmelzung dieser Scholle zu verhindern! Es gibt noch eine Hilfe, die uns retten kann!«

Jasper Hobson stürzte auf Thomas Black zu; fragend hingen aller Augen an diesem; sie glaubten, nicht recht gehört zu haben.

»Und dieses Mittel wäre ...« fragte der Leutnant.

»An die Pumpen!« erwiderte einfach Thomas Black.

War dieser zum Narren geworden? Hielt er die Scholle für ein Schiff, das bei zehn Fuß Wasser im Kielraum zu versinken drohte?

Die Ventilationspumpen und das jetzt als Trinkwasserbehälter dienende Luftreservoir befanden sich wohl noch auf der Scholle, doch was sollten sie jetzt nützen? Wie konnten sie die Ränder, welche von allen Seiten abschmolzen, wieder erhärten?

»Er ist toll geworden!« sagte Sergeant Long.

»An die Pumpen!« wiederholte der Astronom. »Laßt wieder Luft in das Reservoir!«

»Tun wir seinen Willen!« rief Mrs. Paulina Barnett.

Die Pumpen wurden mit dem Luftbehälter verschraubt, dessen Deckel schnell verschlossen und verdichtet, und in ihm die eingepreßte Luft bis zur Spannung mehrerer Atmosphären komprimiert. Da befestigte Thomas Black einen Lederschlauch an das Reservoir, öffnete den Hahn des letzteren und ging damit längs der Ränder der Scholle hin, wo die Wärme diese auflöste.

Und was geschah dabei zum größten Erstaunen aller? Überall, wo die Hand des Astronomen den Luftstrom hinleitete, hörte es auf zu tauen, schlossen sich die Spalten wieder und fror es von neuem.

»Hurra! Hurra!« riefen die Unglücklichen.

Zwar ermüdete die Arbeit an den Pumpen sehr, aber an Mannschaften zur Ablösung fehlte es ja nicht. Die vorspringenden Teile der Scholle nahmen wieder feste Gestalt an, als wären sie einer neuen, strengen Kälte ausgesetzt.

»Sie retten uns wie durch ein Wunder, Herr Black«, sagte Jasper Hobson.

»Oh, das geht ja ganz natürlich zu!« erwiderte der Astronom.

Es war das in der Tat ganz natürlich, und zwar vollzog sich folgender physikalische Prozeß:

Das Eis gefror nämlich aus zwei Gründen: erstens, indem das Wasser an der Oberfläche durch den Luftstrom verdunstet wurde und dadurch eine bedeutende Kälte erzeugte, und zweitens, indem die stark zusammengedrückte Luft sich wieder ausdehnte und dabei viel Wärme band. Überall, wo ein Sprung sich zeigte, verlötete die durch die Luftausdehnung hervorgebrachte Kälte dessen Ränder wieder, und die Eisscholle gewann, dank diesem äußersten Hilfsmittel, nach und nach fast ihre frühere Festigkeit wieder.

Mehrere Stunden fuhr man so in gleichem fort. Erfüllt von froher, verlockender Hoffnung, arbeiteten die Schiffbrüchigen mit einem Eifer, den nichts zu lähmen vermochte.

Man näherte sich dem Lande.

Als die Küste nur noch eine Viertelmeile entfernt lag, sprang der Bär ins Wasser, schwamm bald ans Land und verschwand.

Einige Minuten nachher strandete die Scholle auf dem Ufersande. Die wenigen Tiere, welche sie noch geborgen hatte, entflohen in das Dunkel. Dann verließen sie die Schiffbrüchigen, sanken in die Knie, und lobpreisend stieg der Dank für ihre wunderbare Erhaltung und glückliche Rettung zum Himmel empor!

Vierundzwanzigstes Kapitel

Schluß

An dem äußersten Ende des Beringmeeres, auf der letzten der Aleuten, der Insel Blejinic, stieß das ganze Personal von Fort-Esperance, nachdem es seit Eintritt des Tauwetters 1800 Meilen weit getrieben worden war, wieder ans Land. Aleutische Fischer, die den Geretteten zu Hilfe kamen, nahmen sie gastfreundlich auf. Bald waren die englischen Agenten am Festlande, welche im Dienst der Hudsons-Bai-Kompanie standen, über Jasper Hobson und seine Leute in Kenntnis gesetzt.

Erscheint es nach dieser eingehenden Erzählung noch besonders nötig, den Mut der wackeren Leute, die ihres Chefs würdig waren, und ihre entschlossene Tatkraft bei so vielerlei Prüfungen hervorzuheben? Nie hatte jener ihnen gefehlt, weder den Männern noch den Frauen, denen die beherzte Paulina Barnett immer als Beispiel der

Willenskraft im Mißgeschick und der Ergebung in den Ratschluß der Vorsehung voranging. Alle hatten treulich gekämpft bis zum Ende und der Verzweiflung keine Macht über sich gegönnt, selbst als sie das Festland, auf dem Fort-Esperance gegründet worden war, sich in eine umherirrende Insel, diese Insel in ein Eiland, dieses Eiland sich in eine Scholle verwandeln sahen, und auch zuletzt noch nicht, als selbst diese unter dem doppelten Einfluß der Sonne und des wärmeren Wassers zu schmelzen begann! Wenn der Versuch der Kompanie wieder von vorn angefangen werden mußte, wenn das neue Fort seinen Untergang gefunden hatte – den Leutnant Hobson und seine Genossen, die der Spielball so vieler unvorhergesehener Unfälle gewesen waren, konnte kein Vorwurf treffen. Jedenfalls fehlte von den neunzehn Leutnant Hobsons Fürsorge anvertrauten Personen keine einzige, ja, die kleine Kolonie war sogar um zwei Mitglieder, die junge Eskimodin Kalumah und das Kind des Zimmermanns Mac Nap, das Patchen der Mrs. Paulina Barnett, gewachsen.

Sechs Tage nach ihrer Rettung kamen die Schiffbrüchigen in Neu-Archangel, der Hauptstadt des russischen Amerika, an.

Dort sollten sich alle, welche die allgemeine Gefahr zu so nahen Freunden gemacht hatte, vielleicht für immer trennen!

Jasper Hobson und seine Leute wollten Fort-Reliance auf dem Überlandweg wieder erreichen, während Mrs. Paulina Barnett, Kalumah, die sich von ersterer nicht mehr trennen konnte, Madge und Thomas Black über San Francisco und die Vereinigten Staaten nach Europa zurückzukehren beabsichtigten.

Bevor sie aber voneinander schieden, sprach der Leutnant in Gegenwart aller seiner Leute mit bewegter Stimme diese Worte zu der Reisenden:

»Madam, segne Sie Gott für das Gute, das wir alle Ihnen verdanken! Sie waren unser Glaube, unser Trost, die Seele unserer kleinen Welt! Ich danke Ihnen in aller Namen aus tiefstem Herzensgrunde!«

Ein dreimaliges Hurra erschallte zu Ehren Mrs. Paulina Barnetts; dann wollte jeder der Soldaten die Hand der mutigen Reisenden drücken, jede der Frauen sie tiefgerührt umarmen.

Jasper Hobson, der eine so innige Zuneigung zu Mrs. Paulina Barnett gewonnen hatte, wurde das Herz recht schwer, als er ihr zum letzten Mal die Hand bot.

»Wäre es möglich, daß wir uns nie und nimmer wiedersehen sollten?« sagte er.

»Nein, Jasper Hobson«, antwortete die Reisende, »nein, das kann nicht sein! Und wenn Sie nicht nach Europa kommen, ich werde Sie wieder zu finden wissen, hier oder in der neuen Faktorei, die Ihre Hand doch einst noch gründet ...«

In diesem Augenblick trat Thomas Black, der, seit er festes Land unter den Füßen spürte, die Sprache wiedererlangt hatte, vor und sagte mit bestimmtester Miene:

»Ja, wir werden uns wiedersehen ... in sechsundzwanzig Jahren. Meine Freunde, die Sonnenfinsternis des Jahres 1860 ist mir entgangen, aber die nächste werde ich nicht verfehlen, die im Jahre 1886 unter denselben Verhältnissen und unter denselben Breiten stattfinden wird. In sechsundzwanzig Jahren also, werte Frau, finde ich Sie und auch Sie, mein wackerer Leutnant, an den Grenzen des Polarmeeres wieder.«

COLLECTION JULES VERNE

1. Von der Erde zum Mond
Direkte Fahrt in 97 Stunden 20 Minuten
2. Reise um den Mond
3. Reise um die Erde in 80 Tagen
4. Reise zum Mittelpunkt der Erde
5. Fünf Wochen im Ballon
6./7. Zwanzigtausend Meilen unter dem Meer
8. Abenteuer von drei Russen und drei Engländern in Süd-Afrika
9./10. Abenteuer des Kapitän Hatteras
11./12./13. Die Kinder des Kapitän Grant
14./15./16. Die geheimnisvolle Insel
17./18. Das Land der Pelze
19. Eine schwimmende Stadt
Die Blockadebrecher
20. Eine Idee des Doktor Ox
Meister Zacharius
Ein Drama in den Lüften
Eine Überwinterung im Eis
Eine Mont-Blanc-Besteigung
21. Der Chancellor
Tagebuch des Passagier J. R. Kazallon
22./23. Der Kurier des Zaren
Michael Strogoff
24. Schwarz Indien
25./26. Reise durch die Sonnenwelt
27./28. Ein Kapitän von 15 Jahren
29./30./31. Die Entdeckung der Erde
32. Die fünfhundert Millionen der Begum
33. Die Leiden eines Chinesen in China
34./35. Die großen Seefahrer des 18. Jahrhunderts
36./37. Das Dampfhaus

38./39. Der Triumph des 19. Jahrhunderts
40./41. Die Jangada
42. Die Schule der Robinsons
43. Der grüne Strahl
44./45. Keraban der Starrkopf
46. Der Südstern oder das Land der Diamanten
47. Der Archipel in Flammen
48./49./50. Mathias Sandorf
51. Robur der Sieger
52. Ein Lotterie-Los
53./54. Nord gegen Süd
55./56. Zwei Jahre Ferien
57. Kein Durcheinander
58./59. Die Familie ohne Namen
60./61 Mistreß Branican
62. Das Karpatenschloß
63. Claudius Bombarnac
Notizbuch eines Reporters
64./65. Der Findling
66./67. Meister Antisers wunderbare Abenteuer
68./69. Die Propeller-Insel
70. Vor der Flagge des Vaterlandes
71. Clovis Dardentor
72./73. Die Eissphinx
74./75. Der stolze Orinoco
76./77. Das Testament eines Exzentrischen
78./79. Das zweite Vaterland
80. Das Dorf in den Lüften
81. Die Historien von Jean-Marie Cabidoulin
82./83. Die Gebrüder Kip
84./85. Reisestipendien
86. Ein Drama in Livland
87. Der Herr der Welt
88. Der Einbruch des Meeres
89. Der Leuchtturm am Ende der Welt
90./91. Der Goldvulkan
92./93. Reisebüro Thompson & Co.
94. Die Jagd nach dem Meteor
95. Der Pilot von der Donau
96./97. Die Schiffbrüchigen der Jonathan
98. Wilhelm Storitz' Geheimnis
99./100. Cäsar Cascabel